Theres Wohlfahrt

Die Rosenkette
Der silberne Armreif

Theres Wohlfahrt

Die Rosenkette

Der silberne Armreif

*Zwei Romane über Liebe und Intrigen
in der Zeit des Bauernkrieges und der Glaubensspaltung*

BURGHÜGEL Editionsverlag Rudolstadt

IMPRESSUM

ISBN 978-3-943509-06-9
© 2012 BURGHÜGEL Editionsverlag Rudolstadt
ein Imprint von PROARCERA Limited
Niederlassung Deutschland
Zweigstelle Rudolstadt
Marktstraße 9 | 07407 Rudolstadt
Tel.: 03672 / 48 96 92 0
www.edition-burghuegel.de

Satz / Layout: www.ml-verlagswesen.de
Covergestaltung: www.pxlrebell.com

Alle Nachdrucke sowie Verwertung in Film, Funk und Fernsehen auf jeder Art von Bild-, Wort- und Tonträgern sind honorar- und genehmigunsgpflichtig.

Alle Rechte vorbehalten.

Auslieferung: BURGHÜGEL Editionsverlag Rudolstadt
10,00 EUR

Theres Wohlfahrt

Die Rosenkette

Für Mama,
weil ich ohne sie nicht
der Mensch wäre, der ich bin

Prolog

DIE KINDER

(Dezember 1510, bei Meiningen)

Der Mond schien mit silbernem Licht auf den Waldboden. Mit nächtlicher Kälte und dem ersten Schnee meldete sich der kommende Winter. Eine Frau schleppte sich durch den Wald. Die gerade zweijährige Tochter an ihrer Hand quengelte lautstark.

Die junge Frau hatte ihr zu Hause verlassen müssen, weil sich raffgierige Verwandte ihr Wittum angeeignet hatten, nachdem ihr Ehemann an einem Fieber gestorben war. Man sah, dass sie hochschwanger war und sie fühlte, dass sie schon kurz vor der Niederkunft stand. Nun konnte sie nicht weiter. Erschöpft ließ sie sich in den Schnee sinken.

Die Kleine sah ihre Mutter entsetzt an. Sie war noch sehr jung, aber schlau genug um zu wissen, dass dies den Tod bedeuten konnte.

„Dein Geschwisterchen kommt", stöhnte die Schwangere. Sie wusste, dass die Presswehen nicht mehr lange auf sich warten lassen würden. Auf einer Decke, die eine der wenigen Habseligkeiten war, die sie mitgenommen hatte, brachte sie unter großen Schmerzen einen gesunden Jungen zur Welt. Mit letzter Kraft band sie mit einem Stoffstreifen die Nabelschnur ab und durchtrennte sie mit einem scharfen Messer.

Doch das Blut wollte nicht aufhören zu fließen. Die Frau ahnte, dass sie sterben würde. Sie wandte sich an ihre Tochter, die wimmernd neben ihr hockte.

„Cecilia, pass auf deinen Bruder auf!", sagte sie mit letzter Kraft. Die Kleine hielt den Säugling auf dem Arm und hatte entsetzt dem Blutfluss zugesehen. Als die Augen ihrer Mutter brachen und sie sich nicht mehr rührte, rief sie leise: „Mutter? Mutter!" Erst nach und nach erkannte das Mädchen, dass ihre Mutter für immer die Erde verlassen hatte.

* * *

Wilhelm, ein Page auf der Meininger Burg, streifte durch den Wald. Er hatte es geschafft, für ein wenig Zeit der strengen Hand des Waffenmeisters zu entwischen.

Nach einem Streit mit seinem Oheim brauchte er einige Zeit der Ruhe. Es war wieder einmal darum gegangen, dass Wilhelm und seine Freunde Karl und Florian sich weigerten, mit richtigen Schwertern Übungskämpfe auszutragen. Zwar wusste er, dass es Situationen geben würde, in denen das nötig war, aber trotzdem verabscheute er Gewalt, besonders bei Wehrlosen, was er bei seinem Vater zu oft erlebt hatte.

Noch völlig in Gedanken hörte der Junge plötzlich ein Weinen und folgte dem Geräusch. Bald sah er ein kleines Mädchen, vielleicht zwei Jahre alt, auf dem Boden hocken. Auf dem Arm hielt es einen Säugling. Jetzt bemerkte Wilhelm die Blutlache und die totenbleiche Frau.

Für einen Moment blieb er erschrocken stehen. Dann dämmerte ihm, was wohl geschehen war. Fieberhaft dachte er nach. Er musste etwas unternehmen!

Kurz entschlossen stolperte Wilhelm zu der Kleinen und nahm sie einfach in den Arm. Einen Moment hörte sie auf zu weinen und sah ihn aus traurigen Mandelaugen an. Dann schluchzte sie an seiner Schulter. Dabei fragte er sich fortwährend, wie er den Geschwistern helfen konnte. Schließlich kam ihm die Idee.

„Ich kann euch mitnehmen. Es gibt da jemanden, der sich um euch kümmern kann." Wilhelm dachte sofort an die beherzte ältere Witwe Bertha in der Stadt. Sie würde, wenn er Glück hatte, die Beiden aufnehmen. Er half dem verheulten Mädchen auf und nahm sie bei der Hand. Den Säugling wickelte er in seinen Umhang und trug ihn ganz eng am Körper.

Nach einigen Minuten hatten sie die Kate der Töpferwitwe in der Georgsstraße erreicht. Als Wilhelm schon klopfen wollte, überfielen ihn Zweifel. Warum sollte Bertha die Kinder zu sich nehmen? Er hatte nicht einmal über einen anderen Plan nachgedacht! Doch dann nahm er seinen Mut zusammen und hämmerte an die Tür.

* * *

Bertha öffnete überrascht und staunte nicht schlecht, als sie den jungen Pagen, den sie von ihren Besuchen auf der Burg kannte, mit zwei kleinen Kindern sah.

„Wilhelm? Was ... machst du denn hier? Wer sind die beiden Kinder?"

Nervös fuhr der Junge sich durch das Haar. „Na ja, die beiden saßen allein im Wald ... ihre Mutter ist gestorben und ich dachte, ... dass du sie vielleicht aufnehmen könntest." Jetzt war es heraus.

Bertha sah die beiden Kinder nur für einen Augenblick an und wusste, dass diese Kleinen ihre Hilfe brauchten. Sie nickte nur fest und nahm zuerst das Bündel in den Arm.

„Na komm rein, Mädchen. Hast du auch einen Namen?"

„Cecilia!"

Erster Teil

DER KRIEG

„Was tun aber unsere Fürsten?
Sie nehmen sich des Regiments nicht an,
hören die armen Leute nicht,
sprechen nicht Recht,
halten die Straßen nicht rein,
wehren nicht Mord und Raub,
strafen kein Frevel und Mutwill,
verteidigen nicht Witwen und Waisen,
helfen nicht den Armen zu Recht,
schaffen nicht, daß die Jugend recht
erzogen würd zu Guten,
fördern nicht Gottes Dienst,
so doch um solcher Ursach willen
Gott Oberkeit eingesetzt hat,
sonder verderben allein die Armen
je mehr und mehr mit neuen Beschwerden,
brauchen ihre Macht nicht zu Erhaltung des Friedens,
sonder zu eignem Trutz,
daß je einer seim Nachbauren stark genug sei,
verderben Land und Leut mit unnötigen Kriegen,
Rauben, Brennen, Morden."

*Thomas Müntzer (1489 – 1525),
Pfarrer und Bauernführer*

Aus der Feldpredigt vor der Schlacht von Frankenhausen

Die 12 Artikel

(6. März 1525 in Memmingen)

Im Zunfthaus von Memmingen war der Teufel los. Die fünfzig Vertreter des Baltringer Haufens, des Allgäuer Haufens, sowie die des Bodenseehaufens passten kaum in den Raum. Haufen nannte man Bauerngruppen, die ihre Rechte gegen die Grundherren oder Landesherren verteidigen wollten. Mit ihnen wollte der Memminger Kürschner Sebastian Lotzer endlich gegen die Ausbeutung der Bauern vorgehen.

Seit Jahren schon forderten die Herren unmenschlich hohe Abgaben und ließen die Bauern noch mehr Frondienste leisten, so dass diese ihre Felder nicht mehr bestellen und die Zinsen nicht mehr bezahlen konnten. Dadurch verfiel der Großteil der deutschen Bauern in die Leibeigenschaft. Aber damit sollte nun Schluss sein.

Der Kürschner, ein schlanker Mann Mitte dreißig, erhob die Stimme: „Meine Brüder", begann er, „Luthers Schriften sagen es aus: Die Bauern dürfen sich nicht länger so behandeln lassen!" Ein vielstimmiger Chor antwortete ihm.

„Deshalb sind wir hier versammelt. Nun werden wir die ‚Artikel der Bauern' schreiben!" Erneut Jubel.

Und so geschah es: Sebastian Lotzer verfasste die folgenden zwölf Artikel:

1. Jede Gemeinde soll ihren Pfarrer selbst wählen dürfen
2. Kornzehnte sind für die Gemeinde zu verwenden
3. Keine Leibeigenschaft mehr
4. Jeder Bauer soll frei Jagen und Fischen dürfen
5. Alle sollen Holz fällen dürfen
6. Nicht so viele Frondienste

7. Bauern sollen selbst über die Häufigkeit der Frondienste entscheiden
8. Man soll die Zinsen und Steuern nach Ertragslage festlegen
9. Ehrliches Justizwesen (nicht nach Gunst)
10. Rückgabe des Gemeindelandes
11. Vererbung des Landes
12. Widerlegung der „12 Artikel" nur mit der Bibel

Diese Artikel machten schnell die Runde und wurden sehr bekannt.

Besuch

(Frühjahr 1525 in Meiningen)

Das junge, schlanke Mädchen von vielleicht 17 Jahren strich sich das goldblonde Haar aus dem Gesicht. Sie stand inmitten einer Menschenmenge, die sich auf dem Platz vor der Stadtkirche versammelt hatte. „Da kommt er!", rief aufgeregt ihr jüngerer Bruder Johannes neben ihr. Gemeint war Thomas Fuchs, Wagner und Ratsherr von Meiningen, der nun das aufgestellte Podest betrat.

Augenblicklich erstarben alle Gespräche. Der große Mann erhob daher sofort seine laute, kräftige Stimme. „Bürger von Meiningen! Unsere Wünsche und Hoffnungen wurden in Memmingen niedergeschrieben." Mit diesen Worten hielt er mehrere Pergamente hoch. „Das sind ‚Die zwölf Artikel'. Ich werde die Forderungen der Memminger vorlesen."

Das junge Mädchen spitzte die Ohren und lauschte gespannt den Artikeln. Die Forderungen nach Freiheit und Gerechtigkeit schienen ihr berechtigt und notwendig, doch sie fragte sich, wie man diese erreichen wollte. Womöglich ... mit Gewalt? Unruhig schaute sie sich nach ihrem Bruder um. Er und seine Freunde hatten die Köpfe zusammengesteckt und die jungen Männer schienen etwas zu planen.

Schließlich kehrte Johannes zu ihr zurück und sie fragte unwirsch: „Was habt ihr schon wieder ausgeheckt?"

Johannes sah sie einen Moment prüfend an, dann fragte er: „Du wirst Mutter nichts erzählen?"

„Nein."

„Gut! Also, meine Freunde haben in Erfahrung gebracht, dass der Werrahaufen bald in Richtung Frankenhausen aufbricht, wo sich viele Gleichgesinnte gerade sammeln. Vorher jedoch muss Vogt Wilhelm in ihrem Lager einen Eid auf die 12 Artikel leisten. Dann werden wir uns dem Haufen anschließen."

Cecilia musste einen Moment stehen bleiben. Johannes hielt ebenfalls an.

„Was ist?"

„Nein!", flüsterte sie erstickt. Ihre Stimme wurde laut. „Johannes, das kannst du nicht tun! Du ... bringst dich in Lebensgefahr!"

„Vielleicht. Aber findest du nicht auch, dass die 12 Artikel eine gute Sache sind, für die es sich lohnt, auch zu kämpfen?"

„Nein, nicht so. Nicht mit Gewalt."

„Weißt du einen anderen Weg? Thomas Müntzer predigt schon lange davon, dass dies der letzte Ausweg für die Bauern und Bürger wie uns sei."

Seine Schwester schwieg. Schließlich fragte sie das, was ihr gerade durch den Kopf schoss. „Wer wird Meiningen beschützen, wenn der Werrahaufen weggeht?"

Cecilia wusste, dass die Stadt ein Bündnis mit dem Bauernhaufen eingegangen war, um Unheil zu vermeiden und weil die meisten Bürger ohnehin Befürworter des Aufstandes waren.

„Na ja, dann soll, Gerüchten zufolge, der Bildhäuser Haufen hierher kommen."

Aha, er wusste also Bescheid.

Betont nebensächlich sagte er: „Also, ich gehe noch mit den anderen an die Werra, etwas kämpfen üben."

„Kämpfen?" Sie spuckte das Wort beinah aus.

„Ja, kämpfen", antwortete ihr Bruder knapp und wandte sich zum Gehen. Sie sah ihm kopfschüttelnd nach.

Cecilia machte sich auf den Weg zu der Kate, die sie mit ihrer Ziehmutter und ihrem Bruder bewohnte. Sie lag am Rande der Stadt, so dass sie ein ganzes Stück laufen musste. Während Cecilia auf ihr Zuhause zulief, beschloss sie, die Hintertür zu benutzen. Bertha, die Frau, die sie und ihren Bruder aufgezogen hatte, wusste nichts davon, dass sie und Johannes zu der Verkündung gegangen waren und würde es nicht gutheißen.

Leise öffnete sie die Tür und hörte plötzlich Stimmen. Ihre Ziehmutter unterhielt sich mit jemandem! Neugierig schlich sich Cecilia zu einer verborgenen Ecke. Als sie leise in den Eingang spähte, schien ihr Herz beinah stehen zu bleiben.

Dort stand ein junger, gutaussehender Mann mit braunen Locken und grünen, freundlich leuchtenden Augen. Er war groß und hatte markante Gesichtszüge. Der Fremde unterhielt sich lächelnd mit Bertha.

„Was hat Mutter mit diesem Mann zu schaffen?", murmelte Cecilia verwundert. Kurz darauf rief Witwe Bertha laut: „Johannes! Cecilia! Kommt mal her!"

Schnell schnappte sich Cecilia einen Eimer und tat so, als hätte sie nur auf den Ruf reagiert. Fragend sah sie den Mann, dann die Alte an. Die fragte nun: „Wo ist dein Bruder?"

„Am Werraufer, mit den anderen Burschen."

Ihr Blick richtete sich unsicher auf den Fremden. Im selben Moment flogen auch seine Augen zu ihr. Cecilia hätte später nicht sagen können, wie lange dieser Augenblick dauerte, in dem sich ihre Blicke ineinander festhakten. Es könnte nur eine Sekunde oder auch mehrere Minuten gewesen sein, während sie in seinen dunkelgrünen Augen versank. Ihr Herz hämmerte wie wild und nun wusste sie, dass sie sich hoffnungslos, heftig und unwiderruflich in ihn verliebt hatte.

Die Stimme ihrer Ziehmutter ließ die junge Frau erschrocken den Blick abwenden. „Hol Johannes doch bitte her", trug Bertha dem Mädchen auf. Cecilia folgte der Aufforderung und verließ nach einem Knicks das Haus.

Auf dem Weg zum Fluss hatte sie Zeit, über einige Dinge nachzudenken. Woher kannte Bertha den Mann? Wer war er? Noch tief in Gedanken versunken erreichte sie die Wiese, auf der sie ihren Bruder wusste. Sie rief seinen Namen. Der Blondschopf löste sich aus der Reihe und kam zu seiner älteren Schwester. Im

Gegensatz zu ihr hatte Johannes meerblaue Augen, wahrscheinlich vom ihrem anderen Elternteil.

„Was ist los?"

„Mutter schickt mich, dich zu holen. Ein junger Mann ist bei uns in der Hütte."

Den ganzen Rückweg lang stellte Johannes ununterbrochen Fragen über den Besucher, von denen Cecilia die meisten nicht beantworten konnte. Dann erreichten sie die Kate und Johannes staunte nicht schlecht über den feinen Besucher. Bertha lächelte und klärte ihre Ziehkinder endlich auf.

„Das ist Junker Wilhelm, der Erbe von Weida und Neffe unseres Burgvogtes. Als Page hat er euch einst im Wald gefunden und zu mir gebracht. Erinnerst du dich, Cecilia?"

Damals war sie zwei Jahre alt, völlig verstört und traurig wegen der dramatischen Ereignisse und dem Verlust der Mutter. Wie sollte sie sich nach 15 Jahren daran erinnern? Sie schüttelte den Kopf. Der junge Ritter lächelte sie freundlich an und ihr Herz schien stehen zu bleiben.

„Lasst uns in die Küche gehen. Dort ist es gemütlicher", schlug die Witwe vor. Cecilia und Johannes folgten ihr und dem Gast in den Raum. Das junge Mädchen hing an Wilhelms Lippen, selbst sagte sie aber fast nichts, denn sie war fasziniert von seiner warmen, nicht zu tiefen Stimme. Als er später gegangen war, verabschiedete sich auch Cecilia in ihre Kammer. Dort ließ sie sich auf das Bett sinken und starrte ins Leere, von tausend Gedanken und Gefühlen zerrissen.

GEFÜHLSCHAOS

In dieser Stellung verharrte Cecilia, bis ihre Ziehmutter die Kammer betrat.

„Was ist los, mein Kind?"

„Nichts", log sie und sah auf ihre Füße.

„Mach mir und dir doch nichts vor", mahnte Bertha.

Jetzt seufzte Cecilia leicht und begann, von ihren seltsamen Empfindungen für Wilhelm zu erzählen.

Die Witwe wiegte leicht den Kopf hin und her und sagte dann: „Du bist verliebt, mehr nicht."

Fast entsetzt sah Cecilia ihre die Mutter an.

„Nun tu nicht so, als wäre das eine Krankheit!", rügte die alte Frau ihre Ziehtochter.

„Aber was bringt es mir denn? Es gibt für diese Liebe sowieso keine Chance."

Nun lächelte die Witwe: „Wer sagt das denn? Ich glaube, Wilhelm mag dich."

Cecilia sah ihre Erzieherin und Vertraute zweifelnd an. „Wirklich!", beteuerte diese und bevor sie den Raum verließ, fragte sie: „Könntest du bitte morgen einen Krug zur Burg bringen? Gib in bei Hannah, der Magd ab, die hat ihn bei mir bestellt und am Markttag war er noch nicht fertig."

Schließlich ging sie und ließ eine noch unentschlossenere Cecilia zurück.

Bertha war die Witwe des Töpfers und hatte dieses Handwerk bei ihm erlernt. Als er noch lebte, war sie ausschließlich für die Verzierungen und den Verkauf der Waren zuständig. Seit seinem Tod allerdings fertigte sie die Krüge, Schüsseln und Teller allein. So konnte sie sich und die Kinder ernähren. Gemeinsam verkauften sie die Stücke auf dem Wochenmarkt.

Erst am nächsten Abend kam das Mädchen dazu, ihren Auftrag zu erledigen. Sie hatte den ganzen Tag lang viel zu tun gehabt und keine Zeit gefunden, um auf die Burg zu gehen. Nun lief sie entschlossen in die Richtung der Burg Meiningen.

Das große Gebäude tauchte schon bald vor ihr auf und Cecilia verschlug es wie immer die Sprache vor dem gewaltigen Monument. Doch dann straffte sie sich und kam an die Zugbrücke, welche über dem Wassergraben lag. Schnell lief sie über das Holz und klopfte ans Tor. Nachdem sie dem Wachmann ihr Anliegen erklärt hatte, ließ der sie ohne weitere Fragen ein.

Schließlich schaffte es Cecilia, sich zu Hannah durchzufragen, und hatte sie bald gefunden. Die Küchenmagd war eine kleine dickliche Frau, die ihre besten Jahre schon hinter sich hatte. Sie wusste sofort, was Cecilia brachte und bezahlte den Schilling.

Kurz darauf wollte sich das Mädchen wieder auf den Nachhauseweg machen, doch sie blieb unvermittelt stehen, als Wilhelm auf sie zulief.

„Habe ich doch richtig gesehen! Hallo Cecilia! Was machst du denn hier?"

„Ich ... ich musste etwas abliefern", stotterte sie verlegen. Bisher hatte sie sich nie für ihre einfache Herkunft geschämt, doch plötzlich, als dieser reiche Erbe in seiner teuren Kleidung vor ihr stand, stieg ihr die Schamröte ins Gesicht.

Aber Wilhelm schien das nicht gemerkt zu haben. „Um diese Zeit ist es sehr gefährlich, allein unterwegs zu sein. Ich werde dich begleiten, wenn du nichts dagegen hast."

Gerührt wegen seiner offensichtlichen Sorge um sie konnte Cecilia nur nicken. Wilhelm lächelte und bot ihr seinen Arm.

Doch sie zögerte. „Ist das nicht ... unschicklich?"

Das Lächeln blieb. „Niemand wird um diese Zeit daran Anstoß nehmen."

Also nahm sie an.

* * *

Eine Weile liefen sie den Weg in seliger Stille, doch dann musste Cecilia die Frage stellen, die ihr auf der Zunge brannte. „Junker, stimmt das, was meine Ziehmutter über Euch erzählt hat? Habt Ihr meinen Bruder und mich wirklich gefunden?"

Unwillkürlich musste Wilhelm lächeln, wenn er an damals dachte. „Ja."

„Erzählt mir bitte davon. Ich kann mich kaum noch an die Ereignisse erinnern."

Er schien einen Moment nachdenken zu müssen. Auch er erinnerte sich nicht mehr an alle Einzelheiten, aber diesen Abend hatte er trotzdem nie vergessen können. So erzählte Wilhelm, wie er arglos durch den Wald gelaufen war, froh, dem Waffenmeister zu entkommen, und wie er dann das Weinen des kleinen Mädchens gehört und sie gefunden hatte.

Als Wilhelm zu seiner Schlussfolgerung bezüglich der Lage der Kinder kam, versuchte er, so wenig wie möglich von der toten Frau zu sprechen. Auch er hatte seine Mutter verloren, wenn auch auf weniger tragische Weise, und konnte daher gut nachvollziehen, was seine Worte in ihr loslösen mussten. Doch sie blieb stumm und hörte ihm nur zu.

Schließlich war er am Ende angelangt und setzte nun zu einer Gegenfrage an. „Du weißt ja schon ziemlich viel über mich, aber ich nicht über dich. Wo kam deine Mutter mit dir her?"

Auch Cecilia schien sich einen Moment sammeln zu müssen, dann antwortete sie: „Meine Mutter stammte aus Italien." Als sie sein erstauntes Gesicht sah, fügte sie schnell an: „Nicht meine Mutter direkt. Meine Großmutter war Italienerin und hat einen Deutschen geheiratet."

„Und? Wo habt ihr gelebt und warum seid ihr hierhergekommen?"

„Meine Familie lebte in Günzburg, bei Ulm. Ich weiß nicht, warum Mutter in ihrem Zustand hierher wollte. Bertha wusste das auch nicht. Sie hat mir das alles erzählt."

„Bertha kannte deine Mutter?"

„Ja, Bertha ist auch in Günzburg aufgewachsen und war mit meiner Mutter befreundet, bis sie den Töpfer geheiratet hat und nach Meiningen kam."

Wilhelm fühlte sich von all diesen Dingen überrollt, die da auf ihn einstürzen. Er hatte nichts von alldem gewusst und hätte nie gedacht, dass so eine Geschichte dahinter steckte. Noch immer überrumpelt erreichte er mit Cecilia Berthas Kate.

„Ich danke euch für das Geleit", meinte sie steif. Nach dem sie geknickst hatte, verschwand sie im Haus.

Wilhelm sah ihr wehmütig nach, bis die Dunkelheit sie verschluckt hatte. Nicht nur, dass er gern weiter mit Cecilia geredet hätte, sie bedeutete ihm mehr, als er sich anfangs hatte eingestehen wollen.

Anfangs, bei dem Wiedersehen nach 15 Jahren … Er war ein Narr! Das war ihm just in dem Moment klar geworden, als sie sich verabschiedet hatte. Wie hatte er glauben können, dass so etwas wie Vertrautheit zwischen ihnen eingekehrt war? Vertrautheit zwischen einem Ritter und einem Bauernmädchen? Wo lag da der Sinn?

Doch plötzlich war Wilhelm der Sinn egal. Er würde in den Krieg ziehen und, verdammt noch mal, er konnte das nicht tun, ohne Cecilia seine Gefühle gestanden zu haben. In den nächsten zwei oder drei Wochen würde das nicht gehen, denn er musste zu seinem Vater nach Weida. Doch im Anschluss daran würde er es schon irgendwie schaffen, noch einmal nach Meiningen zurück zu kommen.

* * *

Cecilia saß gedankenverloren über der Näharbeit und machte sich Vorwürfe. Sie hätte ihn nicht so kühl stehen lassen sollen! Doch in diesem Moment war urplötzlich das Wissen zurückgekehrt, dass dieses fast freundschaftliche Gespräch niemals hätte stattfinden dürfen. Er hätte sich niemals so offen und unbefangen mit ihr unterhalten dürfen! Plötzlich sah sie, trotz der Tatsache, dass sie nebeneinander gelaufen waren, einen Graben zwischen ihnen. Einen Graben, der sie durch den Standesunterschied spaltete. Andererseits konnte Cecilia an dem Gespräch nichts Schlechtes finden und tief in ihr hatte sie sich gewünscht, weiter mit Wilhelm zu reden. Ja, wenn sie ehrlich zu sich selbst war, hatte sie ihn für sein Verhalten bewundert.

Am liebsten wäre sie auf die Burg gegangen und hätte Wilhelm alles erklärt, doch das war unmöglich. Das Gespräch lag inzwischen fast drei Wochen zurück! Ein Ritter wie Wilhelm hatte bestimmt wichtigere Dinge im Kopf als ein Gespräch mit einem Bauernmädchen. Doch tief in ihr schmerzte sie dieser Gedanke und sie wollte es nicht glauben.

Das leise Öffnen der Tür riss Cecilia aus ihren Gedanken. Ihr Herz blieb fast stehen, nur um dann wie verrückt los zu pochen.

„Ri... Ritter Wilhelm?", stotterte sie leise. Der junge Mann ließ gar nicht erst Verlegenheit zwischen ihnen aufkommen und begann zu sprechen: „Cecilia, ich werde in den Bauernkrieg ziehen müssen und leider nicht auf der Seite der Bauern, sondern auf der meines Onkels, Georg III."

Cecilia zuckte zusammen. Der Truchsess von Waldburg war der gefürchtete Anführer des Schwäbischen Bundes, dem stärksten Feind der Aufständischen. Ohne auf die Reaktion zu achten fuhr Wilhelm fort: „Wenn ich sterben sollte, möchte ich, dass du etwas weißt."

Während ihr Herz raste, sah Cecilia ihn an. Der Ritter stürzte auf sie zu, nahm ihr Gesicht in seine Hände und küsste sie.

Cecilia fühlte sich wie in einem Sog. Die Berührung seiner Lippen schaltete alles Denken aus. Nur eines musste Cecilia sich nun endgültig eingestehen, obwohl sie es bis jetzt nicht hatte wahrhaben wollen: Sie liebte Wilhelm. Und nachdem sie diesen Gedanken endlich akzeptiert hatte, wünschte sie sich, dass Wilhelm sie noch einmal so küsste.

Den Wunsch erfüllte er ihr. Dann flüsterte er in ihr Ohr: „Komm morgen Abend zur Trauerweide am Flussufer. Ich möchte meinen letzten Abend mit dir verbringen." Er sah Cecilia bedauernd an. „Ich muss wieder ..."

Sie nickte und sah Wilhelm nach. Dann vergrub sie ihr Gesicht in den Händen.

Nun war das geschehen, wovor sie sich immer gefürchtet hatte: Cecilia hatte keine Ahnung, auf welcher Seite sie stand – auf der ihres Bruders oder auf der ihrer großen Liebe?

Eine unmögliche Liebe

In dieser verletzlichen Haltung und verzweifelt wie nie zuvor fand Johannes seine Schwester. Sofort schloss er die Tür und setzte sich stumm neben Cecilia.

Nach einer Weile fragte er dann: „Was ist passiert?"

Sie sah ihren Bruder lange an, dann erzählte sie alles, von ihren Gefühlen, über die Gespräche mit Bertha und Wilhelm bis zu dem Geschehnis eben.

Johannes lächelte und meinte: „Das ist doch wunderbar! Wilhelm ist ein netter Kerl. Ich weiß nicht, was dein Problem ist."

„Was mein Problem ist? Das fragst du noch? Erstens ist er ein Ritter, es ist unmöglich! Und zweitens ... weiß ich jetzt nicht mehr, auf welcher Seite ich stehe", rief Cecilia aufgebracht.

Johannes konnte seine Schwester beim besten Willen nicht verstehen. Wieso wehrte sie sich so gegen diese Liebe? „Seite? Wenn ich dich richtig verstanden habe, tut Wilhelm das nicht freiwillig. Außerdem gibt es nur im Krieg diese Seiten, nicht jetzt."

„Trotzdem. Ich, weiß auch nicht, ob ich zu dem Treffen gehen soll."

„Da überlegst du noch? Er könnte sterben, und du willst fernbleiben?" Er verstand die Welt nicht mehr.

„Du hast kein Problem damit?"

„Ich hätte nur eines, wenn du nicht zu dem Treffen mit ihm gehst."

„Also gut, ich werde hingehen."

„Ja!", bekräftigte Johannes.

* * *

Lange hatte Cecilia mit sich gerungen. Doch alle ihre Überlegungen führten zu einem Schluss: Sie liebte Wilhelm und konnte sich nicht vorstellen, jemals wieder einen Mann so zu lieben, sollte ihm etwas zustoßen.

Aber auch wenn sie ihm gern mehr als diese Nacht gegeben hätte, konnte sie es nicht. Sie war arm und so war das Einzige, was sie ihm schenken konnte, ihre Jungfräulichkeit. Sie wusste, dass ihre Chancen auf eine gute Heirat damit zerstört waren, aber sie würde sowieso niemals einen anderen als Wilhelm heiraten, wenn es nur möglich wäre.

Trotzdem brannten in ihr Zweifel. War es wirklich richtig, was sie tat? Noch immer voller Sorgen erreichte sie die Weide.

Wilhelm war schon da und schloss sie in seine Arme als wolle er sie nie wieder loslassen. Dann küsste er sie und dieser Kuss ließ Cecilia alle Zweifel vergessen.

Sein Kuss wurde fordernder und schwer atmend lösten sie sich voneinander. „Ich bin bereit", sagte sie leise, aber fest.

Er sah sie zweifelnd an, doch in ihrem Gesicht konnte Wilhelm die Entschlossenheit lesen. Vorsichtig küsste er sie auf den Mund und dann ihren Hals. Sie wusste, dass es Sünde war, was sie taten, da sie nicht im Bund der Ehe vereint waren, aber konnte diese ehrliche Liebe falsch sein?

Außerdem würden sie sowieso niemals heiraten können, doch nun verbot Cecilia sich die düsteren Gedanken und bei jedem Kuss loderte das Feuer der Leidenschaft mehr in ihr. Behutsam strich er ein Stück ihres einfachen Oberkleides zur Seite und küsste ihre Schulter. Cecilia wurde ungeduldig und warf das Oberkleid achtlos ins Gras. Nach einem Moment der Überraschung küsste Wilhelm sie und strich langsam über ihre Brüste. Dann zog er ihr das Unterkleid aus und liebkoste sie an Brüsten, Bauch und Schenkeln. Nun wollte Cecilia nicht länger warten und ließ sich auf die Decke sinken. Geduldig wartete sie, bis Wilhelm sich ebenfalls entkleidet hatte. Trotz ihres Verlangens küsste sie seinen Bauch und fuhr über die harten Muskelstränge seiner Arme. Aber dann konnten sie beide nicht mehr länger warten. Cecilia stieß einen erleichterten Seufzer aus, als Wilhelm in sie glitt. Vorsichtig bewegte er sich in ihr und ergoss sich schließlich mit einem befreiten Schrei in sie. Dann rollte er sich neben Cecilia, sie schmiegte sich glücklich an ihn und so schliefen sie ein.

Cecilia erwachte als Erste und mit einem wohligen Schauer erinnerte sie sich an jede Einzelheit der vergangenen Nacht. Doch bald kehrten die Sorgen zurück. So sehr sie Wilhelm liebte und obwohl sie nichts bereute – die Probleme würden nun erst beginnen. Sie würden niemals heiraten können, doch nun war es vollkommen unmöglich, den anderen einfach zu vergessen. Zu stark war das Band zwischen ihnen geworden, das durch die Liebesnacht noch gefestigt worden war. Aber hatten sie eine Chance?
Etwas später wurde auch Wilhelm wach und küsste sie zärtlich. Er richtete sich auf und sagte, ohne sie anzusehen: „Ich muss bald aufbrechen."
Nur mit Mühe verbarg Cecilia ihre Trauer, aber als Wilhelm aufstand und begann, sich anzuziehen, konnte sie nicht länger an sich halten.
„Zieh nicht!", sagte sie leise, doch Wilhelm hatte sie gehört. Er kam auf sie zu und sagte: „Cecilia, es tut mir im Herzen weh, dich zurückzulassen und glaube mir, ich würde lieber mit dir fliehen, als in diesen verdammten Kampf zu ziehen, aber ich muss es tun."
Cecilia spürte die Wahrheit hinter seinen Worten, schon allein, weil er zum ersten Mal fluchte, und sie wusste, dass er, wenn er jetzt mit ihr fliehen würde, seinem Vater, seinem zukünftigen Lehnsherrn, und somit auch dem Kaiser untreu werden würde. In Kriegszeiten galt das als Verrat und Wilhelm wäre vogelfrei. Das wollte sie nicht verantworten.

Wilhelm fuhr fort: „Kämpfte ich nicht auf der Seite meines Onkels, würde ich wahrscheinlich trotzdem ziehen, aber auf der Seite der Bauern."

Plötzlich hatte sie das dringende Bedürfnis, eine Frage loszuwerden. „Warum stehst du eigentlich auf der Seite der Bauern, obwohl du adlig bist?"

Wilhelm lächelte schwach. „Das ist zum größten Teil der Verdienst meiner Mutter. Sie war natürlich auch adelig, aber eine sehr kluge Frau. Sie dachte über Dinge nach, an die andere ihres Standes nicht einen Gedanken verschwendeten. Als ich älter war, erzählte sie besonders mir und meinem jüngeren Bruder Georg von diesen Betrachtungen. Allerdings tat sie es stets so, dass wir nicht durch ihre Worte beeinflusst wurden, sondern selbst über die Zusammenhänge des Lebens nachdachten und unsere eigene Meinung bilden konnten. Unter anderem sagte sie auch, dass wir die Bauern beschützen und nicht morden sollten (wie mein Vater es nur allzu gerne tat), weil sie alles herstellen, was wir zum Leben brauchen, und es sogar gegen unseren Eid als Ritter verstößt, in dem man schwört, die Wehrlosen zu schützen. Diese Worte haben sich in mein Gedächtnis eingebrannt, erst recht, als meine Mutter auf dem Sterbebett noch einmal sagte, ich solle immer an ihre Worte denken und ein gerechter Mensch werden."

Als Zwölfjähriger hatte er nur zu gut verstanden, dass er seine Mutter niemals wieder sehen würde und hatte sich geschworen, sein Leben in ihrem Sinne zu führen, auch wenn dadurch Konflikte mit seinem Vater vorprogrammiert waren. Seine Stimme brach, weil ihm, wie so oft in den letzten Tagen, klar wurde, das er morgen vollkommen zuwider diesen Worten handeln würde.

„Und morgen musst du dich vollkommen gegen deine Überzeugung stellen", mutmaßte Cecilia, als hätte sie seine Gedanken gelesen.

„Ja", murmelte er, „Georg und Heinrich haben Glück."
„Warum?", fragte sie.
„Weil Georg noch zu jung ist. Er hat gerade erst seine Schwertleite hinter sich. Sonst würde es ihm genauso schwer fallen wie mir. Und Heinrich ...", Wilhelm schnaubte verächtlich durch die Nase, „... würde bestimmt kein schlechtes Gewissen bekommen. Dazu ist er zu sehr von Vater geprägt."
Cecilia nickte. Sie musste an Johannes denken und das beklemmende Gefühl, nicht zu wissen, auf wessen Seite sie stand, kehrte zurück. Für diese eine Nacht hatte sie es vergessen können, aber nun war es wieder da.
Mit einem Mal kamen Cecilia die Tränen. Wilhelm trat zu ihr und küsste sie sanft weg. Dann sagte sie: „Unsere Liebe hat ja sowieso keine Zukunft."
„Das darfst du nicht sagen!"
„Aber es ist doch so!", sagte Cecilia hart und sah auf ihre nackten Füße. „Du wirst eine Ministerialentochter heiraten, um mehr Land zu besitzen, und ich werde bald einen Bauern heiraten müssen."
„Lass uns jetzt nicht über die Zukunft nachdenken. Es kann so viel passieren", versuchte Wilhelm ihre Gedanken von dem Thema abzubringen. „Ich liebe dich mehr, als ich sagen kann und kann mir nicht vorstellen, mit einer anderen Frau zusammen zu sein." Bei diesen Worten sah er ihr fest in die Augen und sie war gerührt von seinem Geständnis. Dann verabschiedete er sich mit einem Kuss von Cecilia und ging.
Sie sah ihm lange nach. Es war alles so unwirklich und sie fühlte eine tiefe Traurigkeit, weil es ihnen nicht möglich war, selbst über den Verlauf ihres Lebens zu bestimmen. Langsam zog sie ihre Kleider an und machte sich auf den Heimweg.

In der Kate war noch alles ruhig. Cecilia schaffte es problemlos in die Kammer, die sie mit Johannes teilte. Ihr Bruder war hellwach, hatte aber kein Geräusch gemacht. Mit einem schelmischen Grinsen meinte er: „Die Zeit, die du weg warst, spricht Bände."

Obwohl ihr nicht danach zumute war, musste sie über die Anspielung lächeln und dachte, dass diese Nacht für immer als strahlende Erinnerung in ihrem Inneren bestehen bleiben würde, ganz egal, was passieren sollte. Natürlich erzählte sie ihrem Bruder nichts von der Nacht, aber sie berichtete ihm knapp von dem Gespräch am Morgen. „Da siehst du es wieder: Er will es nicht tun", meinte Johannes. Überrascht sah Cecilia ihn an: Männer! Mussten die sich immer gegenseitig in Schutz nehmen? Schon wieder verteidigte er Wilhelm!

„Ja, schon, aber er hat auch gesagt, dass er lieber auf der Seite der Bauern kämpfen würde. Das wäre ebenso schlimm!", hielt Cecilia dagegen.

„Er kann aber auch nicht mit dir fliehen. Das wäre ..."

„Ja, ja!" Cecilia hatte keine Lust auf einen Vortrag ihres jüngeren Bruders. Sie wusste es ja selbst. Plötzlich spürte sie, dass er unruhig wurde. „Tut mir leid, Schwesterchen, aber ich muss auch los", sagte Johannes bedauernd. Jetzt erst wurde Cecilia wieder klar, dass auch ihr Bruder kämpfen wollte. Über ihren Kummer hatte sie das fast vergessen. Tränen stiegen ihr in die Augen, doch sie wagte einen letzten verzweifelten Versuch, den Jüngeren von seinem Vorhaben abzubringen.

„Tu's nicht. Diese Schlacht wird euch alle ins Verderben stürzen, das weißt du genau! Bleib hier!"

„Cecilia, ich weiß, du machst dir Sorgen, aber es wird alles gut werden." Zumindest hoffte er das, da er sich noch nicht vorstellen konnte, wie die vielen verschiedenen Bauernhaufen den organisierten Adligen gegenübertreten würden.

Sie spürte, dass es sinnlos war und gab auf, doch eine Sache wollte sie unbedingt erreichen. „Johannes, ... du hältst mich jetzt vielleicht für ... albern, aber ... könntest du etwas auf Wilhelm aufpassen?"

„Wenn es so wird, wie ich denke, wird es eher anders herum sein müssen", meinte er bitter.

Cecilia sank auf dem Bett zusammen. Sollte sie etwa an einem Tag die beiden liebsten Menschen in ihrem Leben verlieren?

Wilhelm hatte sich noch einmal in ihre Kammer geschlichen und sich von Cecilia verabschiedet. Es war ein Abschied ohne viele Worte, die beiden nur schwer über die Lippen gekommen wären.

Als Wilhelm sie vom Pferd aus noch einmal ansah, drohte sie, von ihren Gefühlen übermannt zu werden. Schnell lief sie in die Kammer, die nun ihr allein gehörte, wenn auch hoffentlich nicht für lange Zeit.

Johannes war schon einige Zeit vor Wilhelm aufgebrochen, da sich die Bauern zu Fuß auf den Marsch nach Frankenhausen machen mussten.

Cecilia fühlte sich so allein wie noch nie in ihrem Leben.

Entscheidungsschlacht
(15. Mai 1525, Schlachtberg bei Frankenhausen)

Johannes lauschte ebenso ergriffen wie alle anderen der Predigt Thomas Müntzers. Seine Worte überzeugten alle davon, der Auslieferung ihres Anführers entgegenzuwirken. Johannes hatte nie daran gedacht, Müntzer an den Schwäbischen Bund zu verraten. Diese Predigt stärkte ihn in seinem Entschluss.

Die Schlacht hätte schon seit einiger Zeit im Gang sein sollen, doch man hatte sich auf einen dreistündigen Waffenstillstand geeinigt, damit die Bauern über den Vorschlag der Adligen nachdenken konnten, Thomas Müntzer an sie auszuliefern und dafür keinen Kampf erwarten zu müssen. Vorschlag? Für Johannes war es eher eine Erpressung.

Müntzer beendete gerade seine Rede mit dem „Amen", als jeder ein lautes Rumpeln hörte. Johannes hätte vor Wut beinah einen Fluch ausgestoßen. Diese Hurensöhne von Adligen wagten es tatsächlich, den Waffenstillstand zu brechen und brachten auf dem Hügel ihre Kanonen in Stellung. Eine Art lähmende Stille senkte sich über das Heer der Bauern. Doch nur so lange, bis das Donnern der Geschütze diese Stille zerriss. Die ersten Kugeln kamen geflogen und fanden ihre Opfer. Wieder und wieder hörte Johannes Männer aufschreien, die von den tödlichen Geschossen getroffen worden waren. Auch ihn selbst packte die Angst, ebenfalls von einer Kugel getroffen zu werden.

Die Söldner der Adligen ritten nun mit gezogenen Schwertern, Hellebarden und Gewehren aus der Deckung. Alle Bauern scharrten sich ihrerseits mit den Waffen um Thomas Müntzer und begannen „Komm Heiliger Geist, Herre Gott" zu singen. Aber Johannes konnte sich nicht darauf konzentrieren, weil ihm jetzt klar wurde, wie schlecht ihre Chancen gegen die Überzahl der gut organisierten, bestens bewaffneten und eindeutig überlegenen Adligen standen. Da hatten sie, mit ihren einfachen Bauerngeräten, Sicheln, Äxten. Dreschflegeln und Sauspießen nicht den Hauch einer Chance, zumal der Schwäbische Bund das Überraschungsmoment auf seiner Seite hatte.

Offensichtlich hatten auch andere solche Gedanken, denn Stimmen wurden laut, die den Rückzug forderten. Schließlich wurde dieser Plan umgesetzt. Die Schar der Bauern bewegte sich also in Richtung Stadt. Aber das Heer der Landsknechte und Ritter traf dadurch ganz direkt auf das der Bauern und begann sofort, die Fliehenden zu vernichten. Unerbittlich hieben sich die Söldner durch ihre Reihen. Doch diese Situation ließ die Bauern noch schneller vorankommen und mit allem Willen kämpfte auch Johannes um das Weiterkommen.

Die riesige Schar erreichte die Stadt. Aufmerksame Bürger hatten das herannahende Unheil wohl schon beobachtet und alle gewarnt und wer sich noch auf den Straßen befand, flüchtete wie von Hunden gehetzt in das nächste Haus.

Johannes arbeitete sich immer weiter, bis ein Reiter auf ihn zu geprescht kam, der sein Schwert zum Schlag erhoben hatte. Blitzschnell holte Cecilias Bruder mit seiner Sichel aus, doch er konnte nicht mehr verhindern, dass die Klinge ihm einen schmerzhaften Schnitt im Oberarm beibrachte. Aber ihm blieb keine Zeit, sich weiter um den Schmerz zu kümmern, denn schon musste er den nächsten Angriff abwehren. Immer wieder verfluchte Johannes den Schwäbischen Bund, der sie hier so feige abschlachtete. Überall um sich herum sah er seine Gefährten sterben und er wusste nicht, wie lange er selbst noch aushalten würde. Gerade zwang er sich zur Zuversicht, da wurde er von einem Knüppelhieb zu Boden gestreckt.

* * *

Erschüttert stolperte Wilhelm über das Schlachtfeld. Überall nur verstümmelte und blutüberströmte Leichen, die meisten mit weit aufgerissenen Augen, die ihn anklagend anzustarren schienen. Bei jedem einzelnen lief es dem jungen Ritter kalt den Rücken hinunter.

Selbst, wenn er keinen dieser Männer kannte, fühlte Wilhelm sich schuldig an ihrem Tod. Immerhin hatte auch er bei dem Angriff mitgewirkt und in diesem ungleichen Kampf Menschen getötet, auch wenn ihm das seit seiner Pagenzeit verhasst war, vor allem, wenn die Opfer in Waffen und Kampfkunst unterlegen waren. Er musste wieder an seine Mutter denken und schmerzlich wurde ihm bewusst, dass sie nicht gerade stolz auf ihn gewesen wäre. Mit seinen 23 Jahren hatte er viel von Krieg und Tod erfahren, doch noch nie auf eine so grausame Weise. In seinem Inneren war Wilhelm noch immer zornig über die feige Entscheidung seines Onkels und der anderen Heerführer, die Bauern trotz des Waffenstillstandes einfach aus dem Hinterhalt anzugreifen.

Irgendwann verbot er sich jegliches Denken und verschloss seinen Blick, um die Bilder des Grauens nicht an sich heran zu lassen. Trotzdem suchten Wilhelms Augen nach etwas oder besser nach jemandem: Johannes. Auch wenn es ihm angesichts von so viel Tod und Verstümmelung schwerfiel, positiv zu denken, lebte ihn ihm die Hoffnung, Cecilias Bruder nicht auf diesem Feld zu finden. Er hatte ihn während der Kämpfe aus den Augen verloren, so war es ihm nicht möglich, ihn zu beschützen. Immer weiter lief Wilhelm durch die Berge von Leichen, bis er entsetzt stehen blieb. Nicht weit vor ihm entfernt lag ein blonder Lockenkopf mit einer Wunde am Oberarm. Wilhelm erkannte sofort, dass es Johannes war. Für einen Moment schloss er bestürzt die Augen. Seine schlimmste Befürchtung hatte sich erfüllt.

Wilhelm hatte die Augen wieder geöffnet und riss sie, teils aus Erschrecken, teils aus Überraschung, auf. Er konnte deutlich sehen, dass Johannes geblinzelt hatte. Sollte der junge Mann wirklich noch leben?

Neue Hoffnung erfüllte den jungen Ritter und er fasste den Entschluss, Johannes aus dieser Lage heraus und in Sicherheit zu bringen. Rasch sah er sich um. In der Nähe lief ein Landsknecht herum, der wahrscheinlich nach Überlebenden suchte, um sie als Gefangene abzutransportieren oder sie zu töten. Spontan rief Wilhelm hinüber: „Hier sind auch alle tot."

„Wirklich?" Der Mann kam in seine Richtung. Wilhelm stellte sich so in den Weg, dass der Blick auf Johannes versperrt war. Mit aller Autorität, die er aufbringen konnte, sagte er: „Stellst du etwa das Wort eines Ritters in Frage?"

Irritiert starrte der Landsknecht ihn an. „Nein, Herr aber ich habe meine Anweisungen und Ihr habt ja vielleicht etwas übersehen?"

„Meinst du?"

Der Mann zuckte mit den Schultern. „Ja!"

Unsicher trat Wilhelm ein Stück zur Seite. Nun konnte er nur noch hoffen, dass Johannes die Situation verstand und sich ruhig verhielt. Vor Anspannung biss er sich auf die Lippe, als der Kerl an Johannes vorbeiging. Plötzlich blieb der Landsknecht stehen und trat dem Scheintoten an den Oberarm, genau an die verletzte Stelle. Entsetzt sah Wilhelm, wie Johannes vor Schmerz die Zähne zusammenbiss und dann trotzdem ein gequältes Stöhnen zu hören war. Ohnmächtig musste Wilhelm mit ansehen, wie Cecilias Bruder gepackt und weggezerrt wurde.

Damit gab es keine Rettung mehr und das Todesurteil war gefällt.

Einige Tage später in Meiningen

Cecilia war gerade auf dem Weg zu den Brotbänken, als jemand in der Menge ihre Aufmerksamkeiten erregte: Gerald, einer von Johannes' Freunden. Er war mit in den Bauernkrieg gezogen. Wusste er etwas? Lebte Johannes noch? War er auch hier? Und Wilhelm? Vielleicht konnte Gerald diese quälende Ungewissheit vertreiben, die in ihr fraß. Sie steuerte zielstrebig auf den 16-jährigen zu. „Gerald! Hier!"

Der Bauernbursche kam mit finsterer Miene auf sie zu. Bangen Herzens fragte Cecilia nach ihrem Bruder.

„Sie haben uns feige aus dem Hinterhalt angegriffen, trotz des Waffenstillstands, und haben uns niedergemetzelt. Johannes und viele andere Überlebende wurden gefangengenommen", antwortete Gerald. Auf die Frage, wie es bei den Adligen aussehe, meinte er: „Die haben nur geringe Verluste erlitten, diese Hurensöhne!"

Also gab es für Wilhelm Hoffnung! Erleichtert atmete Cecilia auf. Aber was war mit Johannes? Sie musste mehr erfahren. „Gerald, kannst du mir noch etwas mehr von der Schlacht erzählen?"

Fast erstaunt sah er sie an. „Willst du das wirklich wissen?"

„Ja!"

Der Bursche strich sich nervös durch das Haar. „Gut, aber wir sollten an die Seite gehen." Jetzt erst nahm sie war, dass überall um sie herum Menschen geschäftig herumliefen. Sie nickte und lief hinter Gerald her. In einer leeren Gasse drehte er sich zu ihr um, runzelte die Stirn und fragte erneut: „Willst du das wirklich wissen?"

Cecilia atmete tief durch und nickte.

„Gut." Ein resignierender Ausdruck trat auf Geralds Gesicht. „Zuerst hatten wir Bauern uns im Tal gesammelt und dann kam eine Nachricht der Fürsten, mit der sie verlauten ließen uns zu verschonen, sollten wir Thomas Müntzer ausliefern. Natürlich taten wir das nicht. In diesem Punkt waren sich die Bauern einig. Deshalb brachten diese Barbaren ihre Geschütze in Stellung und begannen das Morden. Schließlich ritten die Adligen und ihre Knechte auf uns los und wir flohen in Richtung Frankenhausen. Dabei sind wir auf sie gestoßen und das Gemetzel fing erst richtig an." Seine Stimme brach und er musste schlucken. „Als alles vorbei war, zogen die Fürsten triumphierend in Frankenhausen ein."

„Und was ist mit Johannes?", fragte Cecilia mit erstickter Stimme.

„Johannes? Ich weiß es nicht genau. Während des Kampfes habe ich ihn nicht gesehen. Als ich mich, nachdem die Kämpfe beendet waren, hinter einem Wagen versteckt hielt, um nicht entdeckt zu werden, habe ich ihn gesehen. Er wurde mit anderen Verwundeten weggebracht."

Am liebsten hätte Cecilia auch nach Wilhelm gefragt, aber das traute sie sich nicht. Wenn nicht viele Verluste bei den Adligen zu beklagen waren, konnte sie hoffen, dass Wilhelm mit großer Wahrscheinlichkeit noch lebte.

Aus einer plötzlichen Eingebung heraus fasste Cecilia einen Entschluss: Sie würde nach Frankenhausen reisen und ihren Bruder finden. Schnell bedankte sie sich bei Gerald und lief in Richtung ihrer Kate.

* * *

Bertha war sehr überrascht, als ihre Ziehtochter so aufgeregt in die Hütte stürzte. „Was ist denn los?", fragte die Witwe erschrocken.

„Johannes wurde gefangen genommen und Wilhelm ... lebt wahrscheinlich."

Bertha wurde aschfahl im Gesicht. „Lebt Johannes noch?"
„Ich weiß es nicht!"

Bertha hörte die Verzweiflung in Cecilias Stimme, die nächsten Worten ließen die sonst so selbstsichere Alte jedoch sprachlos werden.

„Ich werde nach Frankenhausen reisen und ihn finden."

„Das kannst du nicht machen, als junges Mädchen und allein!"

„Doch! Morgen werde ich aufbrechen."

Wenn Bertha nicht gewusst hätte, dass Cecilia nicht ihre Tochter war, hätte sie gedacht, dass sie ganz nach ihr käme. Darüber musste die alte Frau lächeln. Doch dann wurde sie wieder ernst. „Nein, das kannst du nicht tun. Es gab zwar schon Zeiten, in denen sich Frauen nicht einmal allein auf die Straße wagen konnten, aber auch jetzt ist es für unsereins viel zu gefährlich ohne Begleitung. Ich verbiete dir, diesen Marsch anzutreten." Cecilia setzte schon zu einer Erwiderung an, als Bertha hinzufügte: „Aber wenn du mit einem Händlerzug unterwegs bist, könnte die Sache ungefährlicher sein."

„Danke, Mutter!", rief Cecilia, die den Plan verstanden hatte.

Bertha lächelte in sich hinein. „Also, auf jeden Fall brauchst du Geld und ein Packtier für Gepäck. Ich spare schon seit Jahren für dich und Johannes. Einen Teil von dem, was ich in den letzten Jahren verdiente, habe ich zurückgelegt."

„Mutter", flüsterte Cecilia gerührt, „Du würdest dein gesamtes Erspartes für diese Sache opfern?"

„Ach was. Ich benötige ja nicht sehr viel. Außerdem brauchst du für deinen Weg und die Zeit in Frankenhausen dringend Geld."

„Ich kann dir nicht genug danken, Mutter!"

„Das musst du nicht. Hauptsache, du findest Johannes und bringst ihn gesund nach Hause."

„Das werde ich!", meinte das Mädchen zuversichtlich.

* * *

Am nächsten Tag wachte Cecilia schon früh auf und fühlte sich sehr schlecht. Sie schaffte es gerade noch zum Abtritt, bevor sie sich erbrach. Na wunderbar, eine Magenverstimmung, dachte sie, aber von meinem Vorhaben bringt mich das nicht ab.

Heute wollte sie sich im „Goldenen Ochsen", einem der Gasthöfe, umsehen, um einen Händlerzug zu finden, dem sie sich anschließen konnte. Bertha hatte auf dem Markt erfahren, dass dort drei Händler Quartier genommen hatten, die morgen weiterreisen würden. Also lief sie zu dem hübschen, ziemlich großen Haus in der Burggasse, über dessen Eingang ein Schild mit einem goldenen Ochsen und dem Namen prangte.

Cecilia blieb neben dem Eingang stehen. Sollte sie wirklich reingehen? Was, wenn sie auf einen Zug traf, der sie nicht mitnehmen konnte oder wollte? Doch dann straffte sie sich und betrat das Gasthaus. Was konnte sie schon verlieren?

Drinnen war es noch ziemlich dunkel, trotz des hellen Tages. Erst nach einigen Sekunden gewöhnten sich ihre Augen an das schummrige Licht, dass einige Kerzen erzeugten. Auf der einen Seite des großen Raumes, der die Wirtsstube darstellte, stand eine Art hölzerner Tresen. Dahinter stand Gunther Heideck, der Wirt, ein resoluter, älterer Mann und unterhielt sich mit seinen Gästen, zumindest mit denjenigen, deren Tische nah bei seinem Arbeitsplatz standen.

Scheu sah Cecilia sich um. Wie sollte sie unter den vielen Gästen die drei Händler entdecken? Es schien ihr das klügste, den Wirt nach den Gesuchten zu fragen, also ging Cecilia zum Tresen und grüßte Gunther.

„Guten Tag, Mädchen. Was möchtest du denn hier?"

„Ich ... wisst Ihr, wo sich die drei Händler aufhalten, die bei Euch wohnen?" Der Wirt sah sich suchend in der Stube um. Dann deutete er auf einen Tisch in der linken Ecke, an dem drei Männer saßen. „Dort sind sie."

„Vielen Dank!" Damit lief Cecilia nach hinten. Nervös musterte sie die Fremden. Der Erste hatte schwarze Locken und einen leichten Oberlippenbart, der Zweite hingegen hatte hellrote Haare und man sah nur Ansätze von Bartwuchs. Offensichtlich war er der Jüngste der drei. Nun beobachtete Cecilia den Letzten. Er hatte schon graue Strähnen im dunklen Haar und einen beeindruckenden Vollbart.

Der mit den schwarzen Locken bemerkte sie zuerst. „Guten Tag, Mädchen. Was möchtest du denn?"

„Ich wollte Euch bitten, ... mich vielleicht auf Eure Reise mitzunehmen, wenn Ihr in meine Richtung unterwegs seid."

„Und wohin willst du?" Das war wieder der Erste.

„Nach Frankenhausen."

„Das trifft sich gut", bemerkte der Rothaarige.

„Ja, das ist richtig", stimmte ihm der Lockenkopf bei.

„Wir wollen nach Nordhausen, also liegt dein Ziel auf unserem Weg. Ähm ... wie heißt du eigentlich?"

„Mein Name ist Cecilia Töpfer."

„Pardon, wir haben ganz vergessen, uns vorzustellen! Mein Name ist Anton Heimer und das dort ist mein langjähriger Partner Otto Sorge." Er deutete auf den mit den grauen Strähnen, der noch kein Wort gesagt hatte. „Und das ...", er klopfte dem Rothaarigen auf die Schulter, „... ist Jakob Grünbaum, ein Neueinsteiger. Dass wir Händler sind, weißt du sicher schon."

Cecilia konnte nur nicken, weil sie noch überrascht über das muntere Geplapper von Anton Heimer war. „Wie viel soll ich Euch denn bezahlen?", war die erste Frage, die ihr wichtig erschien.

Alle drei sahen sie verdutzt an, bevor Anton Heimer und Jakob Grünbaum in haltloses Gelächter ausbrachen. Nur Otto Sorge verzog keinen Mundwinkel. Cecilia hingegen schaute irritiert von einem zum anderen. „Was?"

Der Schwarzhaarige fing sich wieder und antwortete: „Warum solltest du etwas dafür bezahlen müssen, dich unserer Gruppe anzuschließen? Das ist doch Blödsinn. Es sei denn, dir ist nicht klar, dass du für die Kosten, die anfallen, selbst aufkommen musst."

„Doch, schon", versicherte sie, „Ich dachte nur … Muss ich auch nicht … anders bezahlen?"

Die drei starrten Cecilia beinah erschrocken an. Die biss sich nervös auf die Lippe. Ihr schien diese Frage äußerst berechtigt, aber den Händlern offensichtlich nicht.

„Für was hältst du uns denn?", fragte Jakob Grünbaum fast entrüstet.

„Es tut mir leid. Ich dachte bloß …"

„Beruhige dich, Cecilia. Mach dir keine Sorgen. Niemand wird dir etwas tun", meinte Anton, „Geh jetzt besser. Morgen um neun, hier?"

„Ja!" Cecilia lächelte. Sie verabschiedete sich höflich von den drei Männern und machte sich auf den Weg nach Hause.

* * *

„Meint ihr, das ist klug?" Zum ersten Mal an diesem Tag erhob Otto Sorge die tiefe Stimme.

„Warum nicht?", fragte sein jüngster Kollege und zuckte die Schultern.

„Sie kann eine Gefahr werden."

„Otto, das ist doch nicht dein Ernst! Meinst du, dass sie Männer magisch anzieht? Sie scheint nicht sehr männerverrückt zu sein", meinte auch Anton Heimer.

„Ja", stimmte ihm Jakob Grünbaum zu. „Die Gefahr wird dadurch, dass wir noch eine Person dabei haben, bestimmt nicht größer."

„Ja, ja", meinte der grauhaarige Mann noch nicht ganz überzeugt.

„Gut, also machen wir uns morgen mit Cecilia auf den Weg nach Nordhausen", fasste Anton Heimer zusammen.

* * *

Als Cecilia wieder in der Burgstraße ankam, fand sie ihre Ziehmutter im Stall. Seit sie die beiden Geschwister aufgenommen hatte, lebte hier eine alte Ziege, die Bertha gekauft hatte, um Johannes seine Milch zu geben. Doch zur Überraschung ihrer Ziehtochter fütterte die Witwe einen Esel.

„Mutter ... was?"

Bertha wandte sich um. „Ach, Cecilia! Nehmen die Händler dich mit?"

„Ja, aber was ist das?"

„Ein Esel, sieht man das nicht? .Ich dachte, du könntest etwas zum Transport gebrauchen."

Cecilia war überwältigt. „Danke, Mutter. Du denkst wirklich an alles!"

Bertha lächelte. „Was denkst du denn? Also, kommst du mit ins Haus? Da gibst es noch etwas, was ich dir gern mitgeben würde."

DIE ROSENKETTE

Neugierig folgte Cecilia ihrer Ziehmutter ins Haus. Bertha suchte eine kleine Kiste unter ihrem Bett hervor, holte etwas kleines Längliches heraus und schob die Kiste zurück. Dann legte sie das Geschenk in Cecilias Hand. Erstaunt starrte das Mädchen auf die kleine Kette mit dem goldenen Anhänger in Form einer Rose.

„Diese Kette gehörte deiner Mutter. Wilhelm hat sie mir zusammen mit ihrem anderen Nachlass gegeben, als er dich und Johannes zu mir brachte. Ich hatte auch genauso eine, aber seit Leonoras Tod trage ich sie nicht mehr, sondern bewahre sie als Erinnerung in einem Kästchen auf. Dieser Schmuck soll dir Glück bringen, in allen Situationen, die vor dir liegen. Gott steh dir bei!"

Cecilia hatte Tränen in den Augen. „Wer ... hat diese Kette gemacht?"

„Dein Großvater. Er war zwar ein ganz normaler Schmied, aber er hatte ein besonderes Händchen für Schmuck."

Cecilia begann, teils aus Freude, teils wegen der fast verblassten Erinnerungen, zu weinen. „Danke", flüsterte sie unter Tränen. Die beiden Frauen umarmten sich lange. Auch Berthas Augen wurden feucht.

„Ich möchte dir noch etwas erzählen, Cecilia", meinte sie. „Nämlich, warum dir deine Mutter diesen Namen gab. Ich denke, auch das sollte dich begleiten. Als du noch klein warst, war das eine deiner Lieblingsgeschichten."

„Wirklich?", fragte Cecilia verdutzt. Sie konnte sich nicht daran erinnern.

Bertha fuhr fort. „Deine Mutter wollte dir einen Namen geben, der stark ist und Bedeutung hat. Sie war keine strenge Katholikin, aber sie interessierte sich sehr für die Heiligen ihrer Religion.

Auch weil die meisten aus ihrem Heimatland Italien stammten. Besonders die heilige Cecilia hatte es ihr angetan. Sie erzählte mir immer wieder ihre Geschichte. Cecilia lebte um 200 n. Chr. als Christin in Rom. Sie wurde gegen ihren Willen verheiratet, doch sie fand Trost in der Musik. Sie spielte Orgel, Harfe und Violine. Schließlich bekehrte sie viele weitere Menschen zum Christentum, bis sie und andere beim Bestatten christlicher Märtyrer erwischt wurden. Sie und ihre Mitstreiter wurden gefangen genommen und man setzte Cecilia in kochendes Wasser, aber sie spürte Kälte. Schließlich sollte der Henker sie enthaupten, doch seine drei Versuche scheiterten. Cecilia lebte noch drei Tage und verteilte ihren Besitz an die Armen. Wie gesagt, deine Mutter war von der heiligen Cecilia vollkommen begeistert, deshalb gab sie dir diesen Namen. Den Namen einer starken, mutigen Frau, die ihren eigenen Weg gegangen ist."

„Mutter, es ist eine schöne Geschichte, aber du weißt auch, dass ich nicht viel von der Papstkirche halte."

Bertha musste lächeln. „Du bist deiner Mutter so ähnlich, das glaubst du nicht. Erst recht jetzt, mit der Kette." Trauer mischte sich in ihre Stimme. „Nur deine Augen sind nicht blau. Du hast sie von deinem Vater geerbt …"

Cecilia hatte das Gefühl, als wolle Bertha noch mehr sagen, aber sie stockte.

„Na los, pack zusammen, was du brauchst und bereite dich auf deine Reise vor", erinnerte ihre Ziehmutter rasch.

Warum hat sie nicht weitergeredet?, fragte sich Cecilia. „Mach ich", sagte sie schnell und lief nach oben.

In der Nacht konnte Cecilia vor Aufregung kaum schlafen, doch trotzdem war sie am nächsten Tag hellwach. Schon früh ging sie in den Stall, versorgte den Esel und packte ihr weniges Gepäck auf den Rücken des Tieres. Als sie „Asino", wie sie ihn kurzentschlossen genannt hatte, aus dem Stall führte, wartete Bertha schon auf sie.

„Asino" bedeutet auf Italienisch Esel, wie Bertha ihr erzählt hatte. Ihre Ziehmutter wiederum hatte ihre Kenntnisse der italienischen Sprache von Cecilias Mutter und hatte gemeint, dass Leonora gewollt hätte, dass auch ihre Tochter diese Sprache beherrscht.

Cecilia ließ den Esel stehen und umarmte ihre Ziehmutter fest.

„Pass auf dich auf, mehr verlange ich nicht", flüsterte Bertha.

„Das werde ich tun, Mutter", versicherte Cecilia. Dann ergriff sie Asinos Zügel, winkte noch einmal zurück und machte sich auf den Weg zum „Goldenen Ochsen". Dort wurden gerade von den Knechten die Pferdewagen beladen. Anton Heimer trat ebenfalls aus dem Haus und sagte: „Ah, Cecilia! Schön, dass du da bist."

Schließlich war alles beladen und so brachen drei Pferdewagen, ein Esel und mehrere Leute zu Fuß von Meiningen aus auf.

Die Tage kamen Cecilia wie eine Ewigkeit vor. Die meiste Zeit verbrachte sie mit dem Führen und Pflegen ihres Esels oder unterhielt sich mit Anton Heimer und Jakob Grünbaum. Otto Sorge beachtete sie weiterhin nicht und wechselte kein Wort mit ihr, aber das störte Cecilia nicht weiter. Da sie, außer für die Gasthäuser, nicht noch das Geld für die Zölle an den Territorialgrenzen aufbringen konnte, half sie dafür bei der Versorgung der Pferde.

Eines Abends, den sie im Freien verbrachten, erzählte Cecilia von ihrem Bruder. „Ach ja, der Bauernkrieg. Er hat viel zerstört", meinte Anton Heimer.

„Aber ich verstehe nicht, wie es zu so einem schrecklichen Kampf kommen konnte."

„Dafür gab es zwei wichtige Gründe", begann der Händler zu erklären. „Der eine war wirtschaftlicher Natur. In den letzten

Jahren ist die Wirtschaft regelrecht aufgeblüht, doch das führte dazu, dass die Herren ihre Erträge auf Kosten der Bauern erhöhen wollten. Sie sollten mehr Abgaben und Frondienste leisten. Außerdem wurde ihnen das Erblehen weggenommen und in ein Schlupflehen umgewandelt. So können sie die Abgaben immer wieder erhöhen. Der zweite Grund liegt in den neuen Ideen des Doktor Luther. Davon hast du ja bestimmt auch gehört. Luther deckte die Missstände der katholischen Kirche auf und besonders seit er die Bibel in unsere Sprache übersetzt hat, glaubt das einfache Volk nicht mehr alles, was die Herren und die Kirche sagen. Als Luther dann 1521 in Worms vor dem Kaiser und den Großen des Reiches seine Lehren nicht widerrief, wurde er endgültig zur Legende. Das alles gab genug Stoff für einen gewaltsamen Aufstand. Es gab ja noch mehr Schlachten als Frankenhausen: Böblingen, Zabern, das Massaker von Weinsberg … all das war die Folge der landesherrlichen Misswirtschaft."

„Woher wisst Ihr das alles?", fragte Cecilia bewundernd.

„Als Händler kommt man viel herum und hat Kontakt mit allerlei Leuten. Da kommt man auch mal mit Bauern und Städtern ins Gespräch."

„Und die haben Euch das alles erzählt?"

„Das meiste."

Die Tage schlichen dahin wie zäher Gummi und Cecilia hatte aufgehört, sie zu zählen. Aus den Gesprächen der anderen erfuhr sie jedoch, dass es der fünfte Tag sein musste, als sich Jakob Grünbaum, der vor ihr lief, alarmiert umschaute.

„Was ist?", fragte Cecilia besorgt, denn sie hatte gelernt, dass der jüngste Händler besonders ausgeprägte Sinne hatte.

„Psst!", machte er nur.

Angestrengt lauschte sie und hörte es schließlich auch: Ein Rascheln im Wald, als würde jemand an den Büschen entlang streichen. Sie nahmen leise und vorsichtige Schritte wahr. Das alles konnte nur eines bedeuten: Wegelagerer. Bevor Cecilia reagieren konnte, rief Jakob: „Cecilia, schnell! Versteck dich in einem der Planwagen!"

Reflexartig sprang sie in einen relativ leeren Wagen und hockte sich hin. Angespannt achtete Cecilia auf jedes Geräusch. Sie hasste es, nicht zu wissen, was passierte.

Wenig später hörte sie Anton Heimer schreien: „Alle zusammen und eng um die Wagen gehen!" Offensichtlich war der Trupp erprobt in solchen Dingen. Lange war nichts zu hören. Nach endloser Zeit hörte Cecilia näher kommende Schritte. Dann schlug Jakob Grünbaum mit einem Lächeln das grobe Leinen zurück und sagte: „Du kannst wieder raus kommen."

„Was ist passiert?"

„Nichts. Wir hatten sie schon bemerkt, also haben sie es nicht gewagt, uns anzugreifen."

Nach einer langen, beschwerlichen Reise war Frankenhausen endlich in Sicht. Nach acht Tagen kam Cecilia an. Der Abschied von den Händlern und ihren Bediensteten war sehr herzlich. Anton Heimer und Jakob Grünbaum umarmten sie sogar und wünschten ihr Glück. Nur Otto Sorge hielt sich wie immer zurück.

Sie war noch nie in der kleinen, thüringischen Stadt gewesen, die durch die Schlacht bekannt geworden war, denn sie war noch nie aus dem heimischen Meiningen herausgekommen.

Schon vor dem Stadttor spürte man die bedrückende, erwartungsvolle, aber auch schaurige Stimmung. „Was ist hier los?", fragte Cecilia einen Wachposten am Tor. Der Mann grinste dümmlich. Schnell schob sie hinterher, dass sie aus Meiningen käme. Nun klärte der Mann sie auf: „Die Menschen versammeln sich, da morgen die aufrührerischen Bauern und übermorgen der

Bastard Thomas Müntzer geköpft werden. Die hohen Herren wollen alle aufrührerischen Gedanken damit ersticken."

Cecilia war es, als würde ihr jemand den Boden unter den Füßen wegziehen. Johannes, ihr Bruder, sollte geköpft werden? Mit zitternder Stimme fragte Cecilia: „Wo sind die Todgeweihten gefangen?"

Der Wachsoldat sah sie misstrauisch an. „Weshalb willst du das wissen?"

Nun konnte sie es nicht länger verbergen. „Ich glaube, dass auch mein Bruder unter ihnen ist."

Der Mann sah sie fast mitleidig an und sagte ihr dann, dass alle Gefangenen ins Schloss gebracht worden waren. „Frage dort einen Wachmann oder den Kerkermeister." Aus ehrlichem Herzen bedankte Cecilia sich bei dem Wachposten.

In Frankenhausen war, so schien es, jeder auf den Beinen.

Cecilia hatte keinen Blick für die hübschen Kaufmannshäuser und die gotische Kirche. Nur ein Gedanke hatte in ihrem Kopf Platz: Ihr Bruder Johannes könnte unter den Gefangenen sein und auch hingerichtet werden! Sie war wie betäubt und beschloss, sofort zum Schloss von Frankenhausen aufzubrechen. Sie musste Gewissheit haben!

Asino, ihren Esel, hatte sie in der Herberge untergestellt, die ihr die Kaufleute empfohlen hatten. Dort fand sie günstige Unterkunft.

Die Zeit der Ritter ging allmählich ihrem Ende zu und die Burgen wurden unnütz. Die deutschen Fürsten orientierten sich also an Frankreich und bauten sich auf ihren Grundmauern Schlösser, nicht mehr vorrangig zum Schutz, sondern vornehmlich für Annehmlichkeit und Prunk. Das Schloss Frankenhausen gehörte den Grafen von Schwarzburg-Rudolstadt, die zweifellos etwas aus dem Gebäude gemacht hatten. Schön geschwungene Ornamente und fantasievolle Bilder zierten die Außenseite.

Es kam Cecilia wie eine Wanderung vor, bis sie endlich mit weichen Knien vor dem Schloss ankam. Nun stand sie am Tor.
„Was willst du?", fuhr der Wachmann sie unwirsch an. „Sind die Todgeweihten, die morgen geköpft werden, hier gefangen?"
Der Wächter nickte. „Warum willst du das wissen?"
„Ich bin mir nicht sicher, ob mein Bruder unter ihnen ist. Könntet Ihr bitte herausfinden, ob ein Johannes Töpfer hier sitzt?" Sie hielt ihm eine Münze hin, um ihre Bitte zu bekräftigen.
„Dafür ist der Kerkermeister zuständig."
„Könntet Ihr ihn holen?"
Statt einer Antwort brüllte der Wachmann einen Stallburschen an, der vor Schreck beinah den Sattel fallen ließ, den er trug. „Hol den Kerkermeister her, sofort!" Der Junge ließ den Sattel liegen und rannte los.
Bald kam er wieder, schnappte sich den Sattel und verschwand.
Dann erschien ein fetter, aufgedunsener Kerl, der beim Lachen fast nur Zahnstummel entblößte. „Was ist los?", fragte er ebenso unwirsch wie der Wachmann.
„Entschuldigt die Störung, Herr, aber ich muss wissen, ob mein Bruder, Johannes Töpfer, hier gefangen ist und geköpft werden soll."
„So, so ... dafür musst du aber auch etwas für mich tun, mein Täubchen." Etwas an dem Tonfall gefiel Cecilia nicht, aber sie nickte.
„Also, du wirst jetzt mit in meine Kammer kommen und mir meine Wünsche erfüllen. Dann kannst du vielleicht deinen Bruder sehen. Vielleicht ..."
Wut und Entsetzen begannen in Cecilia zu brodeln. Es lief ihr kalt den Rücken herunter, wenn sie sich vorstellte, mit dem

Fetten im Bett zu liegen. Aber was, wenn es die einzige Chance war, Johannes zu sehen? Instinktiv schlossen sich ihre Finger um den Rosenanhänger.

Der Kerkermeister lachte ein dröhnendes Lachen, bei dem sein fetter Bauch wackelte. Da erst bemerkte Cecilia die Schwertspitze am Adamsapfel des Dicken. Das Lachen verstummte.

„Du führst das Mädchen jetzt zu ihrem Bruder oder du bekommst es mit mir zu tun!"

Ehe Cecilia sich umdrehen konnte, erkannte sie die Stimme und ihr Herz machte vor Freude einen Sprung.

„Natürlich! Sofort!", rief der Dicke angstvoll. Er drehte sich schon um, als sich Wilhelms Schwert noch einmal in den Rücken des Kerkermeisters bohrte.

„Wag´ es nicht, sie auch nur anzufassen! Sie steht unter meinem persönlichen Schutz."

Während Cecilia dem Mann folgte, schenkte sie Wilhelm noch ein dankbares Lächeln, das er erwiderte. Sie war erleichtert darüber, dass Wilhelm noch lebte und dass sie ihn wiedergesehen hatte.

Die Erleichterung hielt nur so lange an, bis sie den Kerker betrat. Alles starrte vor Schmutz und ein beißender Gestank, sie wusste nicht, ob nach Verwesung, Fäkalien oder Dreck, stieg ihr in die Nase. Ein Schaudern durchfuhr Cecilia, als sie auch noch Ratten über den Boden huschen sah. Hier sollte ihr Bruder gefangen sein? Sie schüttelte sich bei dem Gedanken und ihr liefen Tränen über das Gesicht.

Der Kerkermeister machte sich an seinem Schlüsselbund zu schaffen und öffnete eine der Gittertüren. „Johannes Töpfer, Besuch!", rief der Fette in die Dunkelheit. Bald sah Cecilia den blonden Lockenkopf ihres Bruders auftauchen. Er konnte sich kaum auf den Beinen halten, kam ihr aber dennoch langsam entgegen.

Sie nahmen sich weinend in die Arme, mit dem Wissen, dass sie sich das letzte Mal sehen und sich umhalsen konnten. Sie musterte ihren Bruder. Er war mager geworden und die Tage im Verlies hatten seinem Körper stark zugesetzt. Sie konnten beide nicht viel sagen. Cecilia flüsterte ihm zu, dass Wilhelm am Leben war. „Bertha und ich sind stolz auf dich, weil du so mutig auf der Seite der Bauern gekämpft hast. Wir glauben, dass alles im Leben einen Sinn hat und dass nicht alles umsonst war."

Johannes antwortete mit fester Stimme: „Ich weiß, dass morgen unsere Hinrichtung ist, aber ich werde aufrechten Hauptes dem Tod entgegen treten. Wir haben für eine gerechte Sache gekämpft und hoffen, dass das der Anfang war und nicht das Ende!" Sie umarmten sich ein letztes Mal, beide bemüht, nicht in Tränen auszubrechen.

Dem Kerkermeister, der stumm dem kurzen Gespräch zugehört hatte, schien es jetzt zu viel zu werden. „Genug! Sofort zurück ins Verlies, Bauer! Und du", er sah hart auf Cecilia, „gehst jetzt besser, sonst muss ich nachhelfen!"

„Warte!", rief Johannes, „Cecilia! Werde mit Wilhelm glücklich! Er ist ein guter Mann und er wird dich immer lieben!" Wenn das nur ginge, dachte sie traurig.

Er wurde zurück in die Zelle gestoßen und Cecilia warf einen letzten Blick auf ihren geliebten Bruder. In diesem Moment wusste Cecilia, dass sie Johannes nicht lebend wiedersehen würde. Bevor sie von den Tränen übermannt wurde, raffte sie ihren Rock und lief nach draußen.

Ein neues Leben

Mit zitternden Knien stand Cecilia in der Menge, die neugierig der Hinrichtung beiwohnen wollte. Diese Schaulust konnte Cecilia nicht teilen. Die meisten der Anwesenden warteten einfach nur auf das Schauspiel, das die Fürsten zum Zweck der Abschreckung inszenierten. Einige schauten mit finsteren Mienen, das waren die, die wussten, was die Niederschlagung der Bauernaufstände für sie zu bedeuten hatte. Außerdem konnte man auch hier und da kleinere Gruppen sehen, die weinend und ängstlich zusammen standen, um ihrem Angehörigen oder Freund bis zuletzt beizustehen.

Genauso wollte Cecilia in den letzten Augenblicken bei Johannes sein und sich nicht feige in ihrer Kammer in der Herberge verkriechen.

Laute Musik erklang von allen Seiten. Die Spielleute hielten sich schon seit Tagen in Frankenhausen auf und unterhielten die Bevölkerung mit ihren Liedern und Possen. Doch plötzlich verstummten die Musik sowie das Gemurmel der Menschen. Der Stadtmeister, der Henker und Georg III. betraten den Richtplatz. Cecilia musterte Wilhelms Onkel und dachte, das dieser Mann einem wirklich das Fürchten lehren konnte. Das buschige, dunkle Haar und die schwarzen Augen ließen den Truchsess düster und bedrohlich wirken.

Das Urteil wurde nun noch einmal vorgelesen: „Landfriedensbruch und aufrührerisches Verhalten."

Dann war es soweit. Die Aufständischen wurden vorgeführt. Nach dem Verlesen ihrer Namen und „Vergehen", wurde einer nach dem anderen hingerichtet. Cecilia zuckte jedes Mal zusammen, wenn die Axt auf das Holz des Richtblocks krachte.

Auf dem gesamten Marktplatz war es totenstill. Die anfänglich verbreitete Neugier hatte purem Entsetzen Platz gemacht. Cecilia hätte nicht sagen können, wie viele Menschen an diesem Tag ihr Leben verloren. In Ihren Ohren rauschte es und sie fühlte sich wie in einem bösen Traum, aus dem sie hoffentlich bald erwachen wollte. Da hörte sie, wie der Name ihres Bruders aufgerufen wurde. Sie straffte ihren Körper und sah nach vorn, genau in die Augen des geliebten Bruders. Beim Vortreten hatte Johannes sie in der Menge sofort erkannt.

Sie sah den stolzen Ausdruck in seinen Augen, nickte ihm fast unmerklich zu und verspürte Stolz, da er selbst jetzt seine Haltung nicht verlor. Der Henker machte sich bereit und die Axt fuhr herunter. Das Geräusch, mit dem das Genick brach, hörte Cecilia nicht mehr. Ihr wurde schwarz vor Augen und sie stürzte zu Boden.

Cecilia wusste nicht, wie lange sie nicht bei sich gewesen war, als sie erwachte. Drei besorgte Frauengesichter beugten sich über sie. Die erste Frau mochte wohl einige Jahre jünger als sie selbst sein, die zweite etwas älter. Die sagte nun erleichtert: „Gott sei es gedankt! Sie kommt wieder zu sich!"

„Wie heißt du?", fragte die dritte.

„Cecilia Töpfer. Ich komme aus Meiningen."

„Weißt du, was passiert ist, Cecilia?"

Sie dachte nach. Dann stiegen die Erinnerungen an die furchtbaren Szenen in ihr auf. Johannes! Er war tot!

Cecilia wurde von einem Weinkrampf geschüttelt, weil ihr plötzlich wieder klar wurde, dass sie das Versprechen gebrochen hatte, das sie ihrer Ziehmutter gegeben hatte. Aber sie hörte, wie die zweite sagte: „Wahrscheinlich hängt die Ohnmacht mit den schrecklichen Ereignissen auf dem Marktplatz zusammen."

Die dritte wandte sich sofort an Cecilia. „Was hat dich denn so mitgenommen?"

Cecilia sammelte alle Kräfte und berichtete stockend von ihrem Bruder, ihrer Reise und seiner Hinrichtung. Die drei machten betrübte Gesichter.

Nun traute Cecilia sich, ihre Frage zu stellen. „Wo bin ich hier und wer seid ihr?"

Die Älteste antwortete: „Du bist im Haus des Kaufmanns und Ratsherrn Frank Eberlein. Ich bin Anna, seine Frau, das ist unsere Tochter Katarina und das unsere Magd Kathrein." Dabei deutete sie erst auf die Jüngste und dann auf die Magd, vielleicht 19 Jahre alt.

Cecilia war erstaunt. Warum hatte man sie in das Haus eines Ratsherrn gebracht? Kathrein, die Magd, schien ihre stumme Frage zu verstehen und meinte: „Ich habe dich aufgefangen, als du auf dem Markt zusammengebrochen bist. Man hat mir geholfen, dich zu meiner Herrin zu bringen."

„Hör zu, Cecilia", erhob nun wieder die Hausherrin die Stimme. „Wenn du noch keine anderen Pläne hast, wäre es mir eine Freude, dich als Magd aufzunehmen. Ich suche gerade jemanden. Du scheinst mir ein starkes Mädchen zu sein und so eine können wir gut gebrauchen."

Cecilia dachte an Bertha. Sie musste ihr eine Nachricht zukommen lassen, dass diese sich nicht unnötig sorgte. Dann wandte sie sich mit offenem Blick an die Frau des Ratsherrn: „Gern, es wäre mir eine Ehre."

„Also ist es abgemacht. Trotzdem sollte noch einmal ein Medicus nach dir sehen, zur Sicherheit."

Cecilia nickte. Warum auch nicht?

„Gut, also ... Katarina, lauf und hol den Herrn Georgi! Kathrein, bereite unserem Gast eine kräftige Suppe!"

Jeder eilte an seine Arbeiten. Auch Anna Eberlein verließ die Kammer. Gedankenverloren begann Cecilia die Suppe zu essen, die Kathrein ihr sofort gebracht hatte.

Schließlich betrat der Medicus die Kammer. Er war ein kleiner, rundlicher Mann mit viel zu großen Ohren. „Du bist Cecilia Töpfer?", fragte er mit einer freundlichen, wenn auch etwas forschen Stimme. Sie nickte nur. Er verneigte sich übertrieben vor ihr und stellte sich nun seinerseits vor. „Mein Name ist Cornelius Georgi, zu deinen Diensten."

Der Arzt begann, sie überall zu untersuchen und Cecilia wurde es fast unangenehm. Irgendwann huschte ein wissendes Lächeln über das narbige Gesicht und Cornelius Georgi tastete über ihren Bauch. Cecilia wusste nicht, wozu das gut war, ließ es aber geschehen.

Nun richtete sich der kleine Mann auf und meinte: „Also, diese Fragen scheinen dir jetzt vielleicht etwas peinlich, aber es ist wichtig. Wann hast du zuletzt bei einem Mann gelegen?"

Einen Moment starrte Cecilia ihn verblüfft an, doch dann murmelte sie: „Vor ungefähr einem Monat."

„Und wann floss dein Monatsblut zuletzt?"

„Ich glaube es war davor."

„Aha, dachte ich es mir", sagte der kleine Mann eher zu sich selbst. Dann sah er wieder zu ihr. „Ich kann dir gratulieren! Mit ziemlicher Sicherheit bist du guter Hoffnung! Meinen Glückwunsch!"

Ihr war, als hätte jemand einen Eimer kaltes Wasser über sie geschüttet. Allerdings ließen sich damit einige Dinge erklären, wie die Übelkeit am Morgen ihres Aufbruchs, die übertriebene Reaktion bei der Hinrichtung und das Ausbleiben ihres Monatsblutes.

Aber wie sollte es jetzt weitergehen? Wie sollte sie ihr Kind – Wilhelms Kind – ernähren? Die Anstellung war damit Geschichte. Wer wollte schon eine schwangere Magd? Verzweiflung machte sich in Cecilia breit. Nun würde sie doch zurück nach Meinigen müssen, denn die Anstellung war somit vertan.

Der Medicus packte seine Utensilien zusammen und verließ mit einem Nicken die Kammer. Noch immer voller Verzweiflung hörte Cecilia gedämpfte Stimmen vor der Tür. Cornelius musste also gerade ihren Untergang herbeiführen. Kurz darauf trat die Eberleinerin vor ihr Lager. Cecilia bereitete sich innerlich auf den Rauswurf vor. „Cecilia, der Medicus hat mir von seinem Ergebnis berichtet." Die angesprochene blickte bang zu Boden. „Ich habe dir eine Stellung angeboten. Dieses Angebot bleibt bestehen, wenn die Nachricht an deinen Zukunftsplänen nichts geändert hat."

„Aber nein!", sagte Cecilia erleichtert und überrascht zugleich. Sie könnte doch hier arbeiten?!

„Ich schwöre", meinte Anna Eberlein, „dass ich dich vor den Klatschmäulern schützen werde."

Cecilia konnte ihr Glück kaum fassen. Mit neu erwachtem Mut umfasste sie die Rosenkette um ihren Hals, die sie nie abgelegt hatte. Alles konnte gut werden.

Zweiter Teil

Auf der Suche

„Wie kunstbegabte Götter schufen wir
mit unsern Nadeln eine Blume beide
nach einem Muster und auf einem Sitz,
ein Liedchen wirbelnd, beid' in einem Ton,
als wären unsre Hände, Stimmen, Herzen
einander einverleibt. So wuchsen wir
zusammen, einer Doppelkirche gleich,
zum Schein getrennt, doch in der Trennung eins,
zwei holde Beeren, einem Stiel entwachsen,
dem Scheine nach zwei Körper, doch ein Herz.
Zwei Schildern eines Wappens glichen wir,
die friedlich stehn, gekrönt von einem Helm."

William Shakespeare (1504 – 1616)
„Ein Sommernachtstraum"

Böse Überraschungen

Nach der Schlacht von Frankenhausen plagte Wilhelm ein schlechtes Gewissen, weil er es nicht geschafft hatte, Johannes zu retten. Leider war seine List fehlgeschlagen, weil ein misstrauischer Landsknecht noch einmal nachgesehen hatte. Er hatte versucht zu vertuschen, dass Johannes noch lebte und hätte ihn dann vielleicht später verstecken können. Es tat ihm schrecklich leid, einerseits um diesen tollen Burschen und andererseits natürlich wegen seiner geliebten Cecilia. Als er sie dann in Frankenhausen gesehen hatte, waren die Gefühle erneut hochgekommen. Deshalb war er ihr voller Sorge heimlich gefolgt, um sie, wenn nötig, zu beschützen. Dies hatte er ja auch auf dem Schloss tun müssen.

Jetzt drängte er sich nur mit Mühe durch die Massen auf dem Frankenhausener Marktplatz. Es war kurz nach der Hinrichtung, die Wilhelm sich nicht angesehen hatte. Er wollte hier nach Cecilia suchen, obwohl er es für unwahrscheinlich hielt, sie hier finden zu können.

Wilhelm steuerte auf eine ältere Frau zu, die an einer übersichtlichen Stelle saß und Felle von Schafen verkaufte, offensichtlich also die Frau eines Schäfers oder Gerbers. Er stellte sich vor sie hin und fragte: „Hast du der Hinrichtung beigewohnt?"

„Ja, natürlich, Herr!"

„Ist dir vielleicht bei den Zuschauern eine junge Frau aufgefallen mit langen, dunkelblonden Haaren und großen, kastanienbraunen Augen? Sie ist sehr hübsch und ziemlich groß und schlank. Außerdem war ihr Bruder unter den Hingerichteten, so dass sie vielleicht schrie oder weinte? Ist dir so etwas aufgefallen?"
Wilhelm hielt fast den Atem an, bis die Frau endlich sprach.

„Ich glaube nicht dass ich Euch helfen kann, Herr. Es waren zu viele Menschen … aber wartet mal … da fällt mir doch etwas wieder ein. Es waren viele Menschen entsetzt und haben auch geweint. Eine junge Frau fiel gar in Ohnmacht und wurde weggebracht. Aber ich kann euch nicht sagen, ob es die war, die Ihr sucht."

„Wisst Ihr denn, wo man sie hingebracht hat?"

Bedauernd schüttelte die Alte den Kopf und Wilhelms Hoffnung schwand dahin. Er bedanke sich, drehte sich um und ging. Cecilia ist eine starke Frau, dachte er bewundernd. Sie hat ganz bestimmt ihrem Bruder beigestanden. Nicht einmal ich konnte diese Kraft aufbringen.

Er hatte versucht, sich in sie hineinzuversetzen und war sich fast sicher, dass sie nach der Hinrichtung nach Meiningen zurückgekehrt war, um gemeinsam mit Bertha zu trauern. Deshalb wollte Wilhelm ebenfalls nach Meiningen reiten und sich nach ihr erkundigen. Endlich hatte er Zeit, diesem Vorhaben nachzugehen.

Schon kurz nach dem Gespräch mit der Frau begab er sich zu seinem Gasthof, um Matthias, seinen Knappen, abzuholen. Der schien schon auf seinen Herrn gewartet zu haben. „Komm mit! Wir verlassen Frankenhausen", erklärte Wilhelm ihm knapp.

„Wohin reiten wir, Herr?", fragte der sommersprossige Knappe mit den orangeroten, kurzen Haaren. Matthias war der Sohn des Herrn von Saalfeld und gerade erst Knappe geworden. Er war ein schüchterner Junge, der seinem Herrn treu ergeben war und sich sehr gut mit Pferden auskannte, da sein Vater ein Gestüt führte.

„Nach Meiningen. Ich muss meinen Dienst wieder antreten", log Wilhelm. Matthias nickte, packte alles zusammen und folgte seinem Ritter zu den Stallungen.

Wilhelms Pferd tänzelte schon unruhig in seiner Box. Cajetan, wie er es spöttisch nach dem berühmten Kardinal benannt hatte, der das Verhör gegen Martin Luther geführt hatte, war ein wunderschöner junger Fuchshengst. Er übernahm es selbst, den ungestümen jungen Fuchs zu satteln. Dann führte Wilhelm ihn hinaus und saß auf. Er war ein mittelmäßiger Reiter. Keiner von der herausragenden Sorte, aber auch kein schlechter.

Um sein Pferd und sich selbst nicht zu sehr anzustrengen, ritt Wilhelm nicht besonders schnell. Trotzdem konnte er es nicht lassen, ab und zu einen scharfen Galopp anzuschlagen, dem Matthias auf seinem Schimmel standhielt.

Er sehnte sich nach Cecilia, da machte Wilhelm sich nichts vor. Auch wenn er, ebenso wie sie, wusste, dass ihre Liebe keine Zukunft hatte, konnte und wollte er nicht davon loslassen. Er liebte sie. Wieder wurde ihm das mit überwältigender Klarheit bewusst.

Cajetan wieherte unruhig und begann, sich aufzubäumen. Er spürte die gedankliche Abwesenheit seines Reiters und mochte das, wie viele Pferde, überhaupt nicht. Schnell konzentrierte sich Wilhelm wieder auf seinen Ritt und brachte den Hengst zur Ruhe.

Matthias war das kurze Gerangel an seiner Seite natürlich nicht entgangen. Er kannte seinen Herrn inzwischen gut genug um zu wissen, dass dieser wohl in tiefsten Gedanken versunken gewesen war. Außerdem war es auffallend still geblieben. In solchen Situationen hatte Wilhelm sonst immer ein gutes Wort oder zumindest einen nützlichen Ratschlag gegeben, aber heute blieb er still. Auch der überhastete Aufbruch kam Matthias etwas seltsam vor. Das war nicht die Art seines Ritters. Irgendetwas muss ihn, weit weg von hier, beschäftigen, grübelte der Knappe. Schließlich entschied er, das Schweigen Schweigen sein zu lassen und sich auf seine Probleme, statt auf die seines Herrn, zu konzentrieren.

* * *

Als Wilhelm und Matthias die Stadt erreichten, schien sie schon zu schlafen. Doch ein gutes Stück vor der Stadt zuckte Wilhelm entsetzt zusammen. Auch Matthias neben ihm zügelte seinen Schimmel. Das Bild, das sich ihnen bot, war grauenvoll. Die Stadt vor ihnen war zwar Meiningen, die Kirchtürme und die Burg waren gut zu erkennen, aber von den Häusern in den Außenbezirken waren nur noch dunkle, verkohlte Balken übrig.

„Lass uns herausfinden, was hier passiert ist", sagte Wilhelm zu Matthias. Sein Knappe nickte. Die beiden ritten im Galopp in die Stadt und hielten beim „Goldenen Ochsen". Weil sie nur wenige Menschen auf den Straßen sahen und Wilhelm sowieso vorhatte, während seines Aufenthaltes in der Herberge zu bleiben, sprachen sie also mit Gunther Heideck, dem Wirt. „Das hat der Bildhäuser Haufen zu verschulden", knurrte Gunther. „Die fürstlichen Heere kamen hier vorbei und haben bei Dreißigacker den Haufen geschlagen. Dann haben sie sofort die Gelegenheit genutzt und die Häuser abgebrannt."

Wilhelm verkniff sich die Bemerkung, dass das seiner Meinung nach keinesfalls die Schuld des Bildhäuser Haufens war. Er hatte beschlossen, im „Goldenen Ochsen" zu bleiben und morgen Witwe Bertha aufzusuchen. Matthias erklärte er auf dessen Frage lediglich, er wolle nicht lange in Meiningen bleiben. Da sein Knappe spürte, dass sein Herr nicht in Plauderstimmung war, schwieg er lieber.

Wilhelm wollte erst einmal an den Ort des Geschehens und machte sich daher mit Matthias auf den Weg durch die Stadt. Schon in den Gassen bis hierher war Wilhelm die Stille aufgefallen, nur von der Richtung, in der der Marktplatz lag, hörte man Geräusche. Irgendetwas war hier los, wovon sie nichts wussten. Als er diese Vermutung Matthias mitteilte, nickte der. „Ja, irgendetwas muss auf dem Marktplatz passieren."

„Gehen wir hin!", meinte Wilhelm. Nach einem kurzen Fußmarsch erreichten der Ritter und der Knappe den prächtigen Marktplatz von Meiningen. Schöne Fachwerkhäuser, die reicheren Bürgern gehörten, umschlossen den hufeisenförmigen, gepflasterten Platz. Doch Wilhelm und Matthias hatten nur Augen für die Szene, die sich ihnen im Zentrum bot: Aus Holz hatte man ein Podest erbaut, auf dem ein dicker Holzstamm stand. Gerade beugte ein Städter das Haupt darauf und der Henker, der hinter ihm stand, hob das mächtige Beil. Was Wilhelm allerdings mehr erschreckte als die blutige Tat war der Mann, der neben dem ebenfalls anwesenden Bischof Konrad von Thüngen stand: Sein Onkel Georg von Waldburg. Was machte der denn hier? Ob sein Onkel ihn entdecken würde? Wilhelm wollte nicht in das blutige Scharmützel hineingezogen werden. Matthias wirkte ebenfalls entsetzt über das Abschlachten vor seinen Augen.

„Was geht hier vor?", fragte Wilhelm einen Mann vor ihnen.

„Junker Wilhelm? Das müsstet Ihr aber wissen! Ist es nicht Euer feiner Onkel, der da mit selbstgefälliger Miene neben dem Bischof steht?"

„Doch, aber ..."

„Na also, warum steht Ihr dann nicht auch da oben und schlachtet brave Bürger ab?"

Wilhelm fühlte sich wie vor den Kopf geschlagen. Er hatte zwar die Abneigung in der Stimme des Fremden gehört, aber dass dieser so schlecht über ihn denken würde, hatte er sich trotzdem nicht vorstellen können.

„Er ist zwar mein Onkel, aber die meisten Dinge, die er tut, finde ich nicht richtig. Allerdings würde ich schon gern erfahren, was hier vorgeht."

Der Mann musterte Wilhelm, als wolle er herausbekommen, ob der Ritter log. Dann aber setzte er zu einer kurzen Erklärung an: „Der Truchsess und der Bischof kamen vor ein paar Stunden, verkündeten, sie würden nun die Frevelhaften bestrafen, die es wagen, die von Gott erwählte Obrigkeit in Frage zu stellen und begannen ihre blutige Tat. Zwölf sind ihnen bis jetzt zum Opfer gefallen. Haltet Ihr das für gerecht?"

Wilhelm brauchte erst einen Moment, um das eben gehörte zu verdauen. Die Meininger hatten immer zu den Bauern gestanden, das wusste er. So sollten sie also dafür büßen. Die Antwort blieb er dem Städter allerdings schuldig, denn der nächste Mann betrat das Podest. Wie angesagt wurde hieß er Gerald. Wilhelm erinnerte sich, ihn schon einmal gesehen zu haben.

Auch er verlor den Kopf.

Schließlich bedeutete Wilhelm Matthias, dass er gehen wollte, um nicht doch noch Gefahr zu laufen, von seinem Onkel erkannt zu werden. Sein Knappe nickte, froh, dem blutigen Schauspiel zu entkommen.

Seinen Plan setzte Wilhelm bald in die Tat um. Gegen Mittag des nächsten Tages stand er also vor der Kate und war froh, sie trotz der Brandschatzung durch die Sieger über den Bildhäuser Haufen unversehrt zu finden.

Matthias hatte er mit dem Auftrag, Cajetan neue Hufeisen zu besorgen, zu Hubert, dem Schmied, geschickt.

Bald sah er das altbekannte Gesicht der Witwe vor sich. Sie sah mager und abgekämpft aus. Hat sie die Sache mit Johannes schon erfahren?, fragte sich Wilhelm bang.

Doch die Alte lächelte und sagte: „Willkommen, Wilhelm! Wie schön, dass es dir gut geht."

Freundlich erwiderte Wilhelm die Begrüßung.

„Komm doch herein!", bot die Witwe an, ehe er nach Cecilia fragen konnte. Wilhelm trat ein und hoffte, sie schon hier zu sehen, doch diese Hoffnung wurde enttäuscht. Er plauderte noch etwas mit Bertha, weil er nicht unhöflich sein wollte, doch dann schien Cecilias Ziehmutter zu spüren, dass ihrem Gast eine Frage auf der Zunge brannte. Irgendwie schien sie dann auch noch zu wissen, was das für eine Frage war. „Du willst wissen, wo Cecilia steckt?"

Überrascht sah Wilhelm sie an. Vorsichtig nickte er. „Sie ist nicht zurückgekehrt. Vor etwa drei Wochen ist sie aufgebrochen, um Johannes zu suchen. Ich dachte, du hättest sie mitgebracht."

Die alte Frau wirkte plötzlich sehr zerbrechlich und um Jahre gealtert. Sie vermisst Cecilia auch, wurde Wilhelm klar. Deshalb tat es ihm sehr leid, ihr die Geschehnisse erzählen zu müssen.

„Ich kann dir leider keine guten Nachrichten bringen. Johannes wurde gefangen genommen und ..", er zögerte, um dann doch ohne Umschweife fortzusetzen, „... geköpft. Und Cecilia habe ich zum letzten Mal kurz nach ihrer Ankunft in Frankenhausen gesehen. Sie wollte ihren Bruder noch einmal sehen."

Die Alte verlor jegliche Farbe im Gesicht und Wilhelm fürchtete, dass sie jeden Moment zusammenbrechen würde. Er war mit zwei Sätzen bei ihr und stützte sie.

„Wie geht es Cecilia?", fragte sie mit schwacher Stimme. „Das arme Kind, sie war doch so zuversichtlich."

„Eigentlich bin ich deshalb hier", gab Wilhelm nun zu, „Ich dachte, sie wäre hier. Sie musste sich von ihrem Bruder verabschieden. Ich weiß nicht, wie es ihr geht."

„Dann vermissen wir wohl beide unsere Cecilia", stellte die Witwe besorgt fest. Beide schwiegen für einen Moment oder auch zwei.

Schließlich beschloss Wilhelm, zu gehen und Bertha allein zu lassen. Er wusste nicht, ob die alte Frau ihn lieber noch bei sich gehabt hätte oder nicht. Wilhelm entschied, sich zu verabschieden.

Vorsichtig sagte er: „Ich denke, ich werde jetzt gehen." Da sie keinen Einspruch erhob, stand er auf und ging zur Tür. „Es war sehr schön, dich wiederzusehen, auch wenn ich dir keine gute Nachricht bringen konnte."

Draußen, auf der Gasse, wurde Wilhelm sofort von seinen Gedanken überhäuft. Cecilia war nicht hier. Aber wo, in aller

Welt, sollte sie sonst sein? Wo sollte er jetzt nach ihr suchen? Je länger er für die Suche brauchte, desto größer wurde die Gefahr, dass Cecilia etwas passiert sein könnte. Aber wie sollte er sie jetzt finden, wo er jede Spur verloren hatte?

Noch immer in düstere Gedanken vertieft, stapfte Wilhelm durch Meiningen, gar nicht nach seiner sonstigen Art. Endlich erreichte er seine Herberge. Er betrat die Schankstube und ließ sich auf einen Stuhl sinken. Dann bestellte Wilhelm ein Bier und stürzte es mit großen Schlucken herunter, nachdem es ihm gebracht worden war.

„Wilhelm? Du, hier? Für einen Sieger siehst du aber ziemlich missgelaunt aus", sagte eine bekannte Stimme hinter ihm. Karl, sein Freund seit Pagenzeit, grinste ihn an. Trotz seiner schlechten Laune freute Wilhelm sich, ihn wiederzusehen. Karl setzte sich zu seinem Freund und musterte ihn. „Warum siehst du so missmutig aus?", wiederholte er seine Frage.

Knapp berichtete Wilhelm von der Schlacht und seiner Suche.

„Nach der Kleinen suchst du? Gab es da etwas zwischen dir und ihr?"

„Nun ja ..." Wilhelm überlegte. Er wollte Cecilia nicht in Unehre bringen, aber Karl war sein Freund. Also erzählte er: „Ich habe sie und ihren jüngeren Bruder damals zu ihrer Ziehmutter gebracht. Ich war ewig nicht dort, aber vor ungefähr zwei Monaten habe ich sie nach 15 Jahren wiedergesehen. Sie ist zu einer wunderschönen jungen Frau geworden und ich ..."

„... hast dich in sie verliebt."

„Ja. Und dann bin ich zwei Tage vor meinem Aufbruch zu ihr gegangen und, na ja, wir haben uns geküsst."

„Hast du ihre Zuneigung ausgenutzt?"

„Nein! Das würde ich niemals tun! Würde ich sonst nach ihr suchen?", knurrte Wilhelm. So eine Anschuldigung! Von einem Freund!

„Tut mir leid. Ich wollte nur mal fragen. Also, gab es mehr als einen Kuss?"

„Wie meinst du das?"

„Tu nicht so! Hast du sie genommen?"

Sollte er das wirklich erzählen? Eigentlich ging das nur ihn und Cecilia etwas an. „Das musst du nicht wissen."

„Also ja."

„Wie …?"

„Wilhelm, ich kenne dich seit unserer Pagenzeit. So etwas sehe ich dir an. Du bist verliebt!"

Einen Moment war Wilhelm sprachlos, ehe er sagen konnte: „Jedenfalls, den Rest kennst du ja."

„So ist das also. Wo willst du jetzt suchen?"

„Ich weiß es nicht. Ich habe ihre Spur verloren. Leider." Wilhelm stützte schwer den Kopf in die Hände.

Karl sah seinen Freund mitleidig an. „Ich hätte dir da einen Vorschlag zu machen", meinte der dunkelhaarige Ritter, „Du könntest erst einmal auf die Burg kommen und …"

„… untätig herumsitzen, während ihr sonst etwas passiert sein kann?!"

„Nein, aber du hast doch sowieso keine Spur mehr und wir könnten Hilfe gebrauchen. Der Waffenmeister ist zu alt und wir üben mit den Knappen. Außerdem siehst du Florian wieder." Er hatte Florian, den Dritten in ihrem unzertrennlichen Trio, wirklich lange nicht mehr gesehen. Trotzdem brachte ihn das Wiedersehen zum Nachdenken, denn er wusste nicht, wie es mit seiner Suche weitergehen sollte.

„Also gut, ich komme mit auf die Burg."

Karl grinste. „Gute Entscheidung. Wollen wir gleich los?"

Ohne etwas zu sagen, stand Wilhelm auf. Das sagte genug. Karl erhob sich ebenfalls und die beiden Ritter verließen den „Goldenen Ochsen".

Matthias hatte gerade seinen Auftrag erledigt und schloss sich ihnen an.

„Wie geht es deiner Schwester?", fragte Wilhelm unterwegs. Er hatte Gertrud einmal flüchtig kennen gelernt.

„Gut, soweit ich weiß. Sie wird den Herrn von Aschersleben heiraten." So erzählte Karl noch einiges von seiner Familie, bis sie die Meininger Burg erreichten.

Schon vor dem Tor hörte man Waffengeklirr, was sagte, dass die Knappen gerade im Schwertkampf unterwiesen wurden. Wilhelm musterte die Burg Meiningen, in der er seine gesamte Jugendzeit verbracht hatte. Das dunkle Bauwerk war weit ins Land hinein zu sehen. Die großen Fenster und der hohe Bergfried vervollständigten das Bild. Wilhelm und Karl erreichten den Burghof. Dort trainierten tatsächlich die Knappen.

Ein junger Ritter mit langem, strähnigem, schwarzem Haar zeigte ihnen gerade ein Manöver. Währenddessen stand in einer Ecke ein alter, weißhaariger Mann. Das war Friemar, der alte Waffenmeister.

„He, Florian!", rief Karl.

Der junge Ritter blickte auf. „Trügen mich meine Augen oder ist das wirklich Wilhelm, den du da bringst, Karl?"

„Er ist's wirklich."

„Hallo Florian!"

„Wilhelm!"

Die beiden schlossen sich in die Arme. „Wie wäre es mit einem Schaukampf zur Demonstration für die Knappen?", fragte Florian schelmisch.

„Ich bin dabei", meinte Wilhelm im gleichen Tonfall.

Karl, der das Gespräch mitangehört hatte, rief laut: „Kommt her, Knappen! Ritter Florian und Ritter Wilhelm geben einen Schaukampf." Sofort liefen die Jungen heran und stellten sich auf, jeder bemüht um den besten Platz. Die beiden „Gegner" standen einander gegenüber und warteten auf das Signal. Auf Karls Zeichen stürmten Wilhelm und Florian aufeinander zu. Bisher war immer Florian der beste Schwertkämpfer gewesen, aber Wilhelm hatte viel in der Zeit vor der Schlacht gelernt. Die hatte er nämlich bei seinem Vater verbracht, war aber noch einmal zurückgekehrt, um Cecilia seine Gefühle zu gestehen.

Geschickt wich Wilhelm aus oder wehrte Florians Hiebe mit seinem Schild ab. Es war ein langer Kampf. Am Ende waren beide schon vollkommen aus der Puste, als Wilhelm es schaffte, Florian das Schwert an den Hals zu setzen.

„Du bist besser geworden", meinte sein Freund anerkennend. Karl gesellte sich zu ihnen und so gingen sie in den Palas.

Das Trio war seit seiner Pagenzeit unzertrennlich, auch wenn sie im Wesen grundverschieden waren. Während Wilhelm seit Monaten nur noch Cecilia im Kopf hatte, war Karl mit seinen dunklen Haaren und den blauen Augen der Schwarm aller Frauen auf der Burg und nutzte das auch gern aus. Florian hingegen machte sich nicht viel aus Frauen und konzentrierte sich lieber auf seine Arbeit. Und das aus gutem Grund: Als unehelicher Sohn des Hans von Nesselroth war er darauf angewiesen, sich hier in Meiningen Ehre zu verschaffen. Trotz dieses Unterschieds waren die drei die besten Freunde.

In der Halle wurde Wilhelm auch von seinem Onkel herzlich begrüßt. Wilhelm IV. von Henneberg war ein großer, schlanker Mann um die vierzig mit hellem Haar. Wilhelms Oheim war der Bruder seiner verstorbenen Mutter und hatte einen legendären Ruf als Schwertkämpfer. Da er allerdings nicht direkt zur Familie von Wilhelms Vater gehörte, hatte er keinen Grund gesehen, ebenfalls mit seinen Rittern in den Kampf zu ziehen.

„Wilhelm, mein Junge, setz dich an meine Tafel, iss mit uns", lud der Vogt ein. Wie es die Höflichkeit gebot, willigte sein Neffe ein und setzte sich mit Karl und Florian zu ihm und seinen anderen Rittern.

Nach dem Mahl verließ Wilhelm mit seinen Freunden die Tafel. Einige Zeit saßen die drei dann noch in einer Kammer und Karl erzählte Florian von der Suche nach Cecilia. Wilhelm war froh, das nicht selbst tun zu müssen, denn er vermisste seine große Liebe mehr denn je.

Florian war derselben Meinung wie Karl. „Gib die Suche erst einmal auf. Vielleicht bietet sich später die Gelegenheit, etwas zu erfahren, das dir weiterhelfen kann. Wir können jetzt hier deine Hilfe gebrauchen."

Wilhelm nickte. „Ich bleibe hier und helfe euch." Er würde trotzdem weiterhin Augen und Ohren offenhalten.

Damit waren alle zufrieden. Wilhelm blieb lange wach und dachte nach. Er dachte an Cecilia und daran, ob sie ihn wohl noch liebte. Er hatte keine Ahnung. Er wusste nicht, wie es ihr ging und ob sie an ihn dachte. Das schmerzte ihn, weil er bei ihr sein wollte. Er wollte sie riechen und durch ihr golden schimmerndes Haar fahren. Aber jetzt saß er endgültig hier fest. Cecilia, bitte lass mich zu dir finden, flehte er in Gedanken, als könne sie ihn hören. Nach quälenden Stunden schlief Wilhelm doch noch ein.

Die Aufstände

In den nächsten drei Monaten blieb Wilhelm auf der Burg. Er unterrichtete mit Karl und Florian die Knappen, redete mit seinem Oheim und suchte im Stillen weiter nach Cecilia.

Eines Tages, gegen Ende dieser drei Monate, kam ein junger Mann von vielleicht sechzehn Jahren aus der Stadt auf den Burghof gerannt. „Ritter Wilhelm, Ritter Wilhelm!", rief er aufgeregt und sank vor Wilhelm auf die Knie.

„Was ist los?"

„Ihr müsst mit in die Stadt kommen. Witwe Bertha verlangt nach Euch. Sie liegt im Sterben." Sofort sprang Wilhelm auf und folgte dem Bauern. Bald standen sie vor der Kate. Der Junge blieb zurück, während Wilhelm eintrat. Es war dunkel, aber seine Augen gewöhnten sich bald an die Finsternis. So sah er die alte Witwe auf dem Bett liegen. „Bertha, ich bin da", flüsterte er und trat an das Bett.

Die alte Frau wandte ihm das Gesicht zu. Sie sah sehr müde und krank aus. „Wilhelm, du bist hier", sagte sie mit kaum hörbarer Stimme. Wilhelm nickte.

Berthas Stimme wurde eindringlich, sie setzte sich ein Stück auf und griff nach Wilhelms Hand. „Finde Cecilia! Bitte, finde sie!"

Wilhelm nickte. Angestrengt von ihren Worten sank die Witwe zurück in die Kissen. Sie wurde immer schwächer und kraftloser. „Es ist wichtig!", hauchte Bertha und Wilhelm musste sich zu ihr beugen, um ihre Worte verstehen zu können, „Bring sie her! Die Kiste ... ein Brief ... für sie ... unter meinem Bett!" Damit fielen ihre Hände schlaff herunter und ihre Augen schlossen sich für immer. Eine Weile verharrte Wilhelm stumm neben der Toten, dann ging er langsam nach draußen.

„Sie ist tot. Sorge für ein anständiges Begräbnis. Ich komme für alle Kosten auf." Das was alles, was er zu dem Burschen sagte, der vor der Tür gewartet hatte. Der junge Mann nickte und verneigte sich zum Abschied.

Auf dem Rückweg wurde Wilhelm sofort von seinen Gedanken eingenommen. Wovon hatte Bertha gesprochen? Was für ein Brief konnte sie meinen? Doch zwei Dinge waren ihm klar: Er musste seine Suche fortsetzten und nur Cecilia sollte den geheimnisvollen Brief lesen. Das war er Bertha schuldig. Er wusste noch nicht wie, aber er würde Cecilia finden.

„Es war schön, euch wiederzusehen." Wilhelm drückte seine Freunde zum Abschied. Er würde seine Suche fortsetzten und die Burg verlassen. Er wandte sich an seinen Onkel, der ebenfalls in der Halle stand. „Oheim, ich …"

Aufgeregt stürzte ein Bote in die Halle. „Ritter Wilhelm, Ritter Wilhelm! Ihr müsst sofort nach Plauen kommen!" Nach Plauen? Was war in der Stadt seines Vaters, zukünftig seines Bruders, los?

„Was ist in Plauen los?"

„Aufstände! Die Bauern lehnen sich gegen Euren Vater auf! Ihr sollt kommen und helfen."

Wilhelm seufzte innerlich. Das brachte seine Pläne gehörig durcheinander. Die Suche nach Cecilia würde warten müssen. In Gedanken bat er Bertha um Vergebung.

„Ich komme gleich."

„Wir kommen mit!", hörte Wilhelm plötzlich die Stimmen seiner Freunde. Überrascht drehte er sich um. Florian und Karl sahen wirklich entschlossen aus. „Wir kommen gleich. Noch einige Augenblicke Geduld", hörte Wilhelm sich sagen. Schnell verzog er sich mit den Beiden in Karls Kammer. Auf dem Weg wurde er noch einmal von Matthias aufgehalten: „Herr, soll ich mit nach Plauen kommen?"

Eigentlich hatte der Junge hier bleiben und Karl und Florian als Knappe dienen sollten, doch Wilhelm sah den bittenden

Ausdruck im Gesicht seines Schützlings und nickte zustimmend. „Ja, komm mit und lerne einiges dazu."

Schließlich ging er in Karls Kammer, wo sein Freund eifrig mit packen beschäftigt war, während Florian das offensichtlich schon getan hatte und mit gelangweilter Miene auf dem Bett hockte.

„Wollt ihr das wirklich machen?"

„Wir wissen doch, wie schlecht das für dich kommt, also stehen wir dir bei", meinte Florian leichthin.

Karl nickte zustimmend. „Sechs Ohren hören mehr als zwei."

Wilhelm lächelte. „Danke!"

Kurz darauf waren die drei Ritter und der Knappe wieder reisefertig in der Halle und der Bote ging mit ihnen nach draußen. Dann ritten sie los.

Unterwegs erzählte der junge Mann, dass auch in Gera ein Aufstand drohte. Wilhelm stöhnte, wenn er daran dachte, auch den bekämpfen zu müssen. Er war für die Bauern und fühlte sich jedes Mal schlecht, wenn er gegen sie kämpfen musste. Sind die Herren doch selbst schuld! Irgendwie müssen sich die Bauern ja wehren, bei dieser Unterdrückung, dachte er voller Grimm.

Es wurde schon dunkel und sie hatten Plauen noch nicht erreicht.

„Wir sollten hier rasten", meinte Wilhelm. Damit waren alle einverstanden. Die fünf Männer banden die Pferde an, breiteten auf einem Waldstück die Decken aus und schliefen.

Gegen Mittag des nächsten Tages erreichten sie Plauen.

Wilhelms Vater, Heinrich XXIII., lagerte östlich der Stadt. Dorthin lenkten die drei Ritter, der Knappe und der Bote ihre Pferde. Als sie das Lager erreichten, stellten sie fest, dass Wilhelms Bruder Heinrich nicht da war.

„Wo ist Heinrich?", fragte Wilhelm, nachdem er seinen Vater begrüßt hatte.

„Er bewacht die Burg", antwortete der Vogt von Weida, Gera und Plauen.

Ein junger Mann um die zwanzig, der unverkennbar Ähnlichkeit mit Wilhelm hatte, trat zu ihnen und umarmte seinen Bruder.

„Georg! Schön dich zu sehen!", freute sich Wilhelm. In ihm machte sich jedoch Ärger über seinen Vater breit. Wie konnte er seinen jüngsten Bruder, der kaum seine Schwertleite hinter sich hatte, so einer Gefahr aussetzen? Trotzdem beschloss Wilhelm, sich vor Georg nichts davon anmerken zu lassen, deshalb fragte er rasch: „Wie steht es?"

Die Gesichtszüge seines jüngeren Bruders verhärteten sich. „Na ja, es wird bald soweit sein."

Wilhelm nickte und wandte sich von seinem Bruder ab. Vor dem Kampf wollte er noch ein dringendes Gespräch mit seinem Vater führen. Er ging also in das prachtvolle Zelt und bat um eine vertrauliche Unterredung.

„Was gibt es jetzt so dringendes, Sohn?", fragte Heinrich XXIII. etwas ungehalten.

„Was macht Georg hier, Vater?"

„Na was wohl! Er unterstützt seine Familie im Kampf gegen die Aufständischen."

„Er ist 21! Er besitzt keinerlei Erfahrung!", hielt Wilhelm seinem Vater vor.

„Diese Erfahrung soll er ja jetzt machen", meinte der Vogt, ohne die geringste Einsicht zu zeigen.

„Vater, es ist vollkommen …"

Ehe Wilhelm jedoch fertig sprechen konnte und das Gespräch in einen handfesten Streit ausarten konnte, schlug Georg die Zeltwand zur Seite und sagte mit besorgtem Blick: „Die Bauern haben sich schon zusammengeschlossen und laufen in Richtung Burg. Wir müssen uns beeilen."

Sie traten zu dritt aus dem Zelt und auch Wilhelm und sein Vater konnten es sehen.

„Los, wir reiten zur Burg!", befahl Heinrich XXIII.

Sofort setzte sich die Kolonne in Bewegung. Wilhelm warf noch einen Blick zu seinen Freunden, die ihm zunickten, und einen zu Matthias, um ihm zu bedeuten, im Lager zu bleiben, dann preschte er los.

Kurz darauf erreichten alle die Burg, doch es blieb keine Zeit für eine Begrüßung zwischen den Brüdern. Die Aufständischen erreichten fast zeitgleich mit dem Trupp des Vogts die Burg.

Das Gemetzel war sofort in vollem Gange. Wilhelm hasste sich für jeden Bauern, den er niederstach. Er hielt es nicht aus, die niederzumetzeln, die seiner Ansicht nach für das Richtige kämpften. Wieder durchfuhr ihn der schmerzliche Gedanke, dass er damit seine Mutter verriet. Aber er konnte nicht gegen seinen Vater und seine Dienstpflicht handeln. Mehr und mehr geriet Wilhelm bei diesem Kampf in ein Unruhegefühl, das sich stetig steigerte.

Endlich war es vorbei. Er fühlte sich leer und unnütz. Er war ein verdammter Schwächling! Er schaffte es nicht einmal, seine einzig wahre, große Liebe zu finden und jetzt metzelte er auch noch Bauern nieder, die für etwas Richtiges kämpften. Stumm und in sich gekehrt ritt Wilhelm zurück zum Lager.

Am Abend hatte er sich an sein Zelt gesetzt und starrte in den Sternenhimmel. Plötzlich hörte er Schritte näherkommen und sah zur Seite, aus der sie kamen. Es war Georg, sein Bruder, der auf ihn zulief. „Hier bist du!", meinte der nun mit Erleichterung in der Stimme, „Wir suchen schon nach dir." Mit „wir" waren wohl auch Florian und Karl gemeint.

„Was ist denn mit dir los?", fragte Georg und Wilhelm beschloss, ehrlich gegenüber seinem Bruder zu sein.

„Ich fühle mich furchtbar schlecht nach dem Gemetzel heute."

Georg nickte. „Wegen Mutter?"

„Ja, besonders wegen ihr. Ich habe mich wie ein Verräter gefühlt."

Wieder nickte Georg. „Ich auch."

Deshalb wollte ich es ihm ersparen, dachte Wilhelm bitter. „Es tut mir leid, dass du das heute tun musstest."

Sein Bruder schüttelte entschieden den Kopf. „Du hättest es sowieso nicht verhindern können."

Schon kurz darauf erschien ein Bote im Zelt von Heinrich XXIII., in dem sich auch Wilhelm aufhielt. „Herr! Ihr müsst in Gera ebenfalls gegen die Aufständischen kämpfen. Laut einer verlässlichen Quelle wollen sie das Haus des Pfarrers angreifen."

Das hieß, dass es wahrscheinlich ein weiteres Scharmützel geben würde. Wieder stöhnte Wilhelm innerlich auf. Wie sollte er das noch einmal aushalten? Beim letzten Mal war er schon beinah irregeworden!

„Dann müssen wir sofort los!", entschied Heinrich. „Bevor dem ehrenwerten Pfarrer etwas passiert." Also machte sich der Trupp auf den Weg nach Gera.

Wilhelm fragte sich mehr und mehr, wann er endlich Zeit haben würde, nach Cecilia zu suchen. Die Monate schlichen dahin, ohne das es einen verlässlichen Anhaltspunkt gab. Nach einem langen Ritt erreichten sie Gera. Dort sammelte sich der Trupp und beobachtete das Pfarrhaus.

Sie schienen genau rechtzeitig gekommen zu sein. Wie es aussah, waren die Bauern gerade in das Haus eingedrungen. Es wurde beschlossen, einige Männer vorauszuschicken und den Rest der Bewaffneten vor dem Haus des Predigers warten zu lassen. Unter den Männern, die schon in das Haus eindringen sollten, war auch Wilhelm. Also ging er, mit ungefähr zwanzig Begleitern, in Richtung Pfarrhaus. Sie schafften es, die Tür aufzustoßen, die offensichtlich von innen verrammelt worden war, und stürmten hinein.

Drinnen hatten sich tatsächlich die Bauern versammelt und traten ihnen mit Messern und Spießen entgegen. In einer Ecke stand, ebenfalls von Bauern bedrängt, der Pfarrer und seine Haushälterin, eine alte Vettel.

Wilhelms Vater hob die Hand zum Zeichen des Friedens. „Hört erst zu, Bauern! Es ist sinnlos, Widerstand zu leisten. Draußen warten hundert Männer darauf, euch zu töten. An eurer Stelle würde ich es mir ganz genau überlegen, ob ich einen Angriff wage."

Die Zahl des seiner Gefolgsleute war natürlich etwas übertrieben, aber nur so konnten sie die Aufständischen einschüchtern.

Zu Wilhelms Erleichterung blieb ein blutiger Kampf aus, da sich die Bauern widerstandslos gefangen nehmen ließen. Sie hatten erkannt, dass es sinnlos war, einen Kampf anzufangen. Der Pfarrer kam erleichtert auf seinen Vogt zu und meinte: „Vielen Dank für Eure Hilfe, Herr Heinrich."

„Nichts zu danken, Prediger. Es war doch meine heilige Pflicht, Euch beizustehen. Darin sehe ich als gläubiger Christ meine Aufgabe."

Wilhelm und auch sein Bruder Georg verzogen spöttisch die Mundwinkel: Ihr Vater war nicht gerade so ein gläubiger Mann, wie er es Jakobus gerade weismachen wollte.

Zurück in Weida

Trotz der Niederlage seiner Sympathieträger freute Wilhelm sich darauf, Cecilia weiter zu suchen und hoffentlich zu finden. Doch wieder einmal war es sein Vater, der diese Pläne durchkreuzte.

„Mein Sohn, komm mit nach Weida und bleib ein Weilchen. Ich lade dich ein." Diese Einladung durfte Wilhelm nicht ablehnen, auch wenn er es gern getan hätte. Dadurch wären nur unnötige Fragen provoziert worden. Also fand er sich schweren Herzens damit ab, seine Suche wieder zu verschieben, und willigte ein.

Später war es dann soweit: Heinrich XXIII. machte sich auf den Weg nach Weida. Wilhelm war lange nicht mehr in seinem zukünftigen Lehen gewesen und zu dem Ärger darüber, seine Suche nicht fortsetzen zu können, mischte sich auch Vorfreude.

Sie waren lange unterwegs, bis sie Weida erreichten. Die Stadt war nicht groß, aber bedeutend für das Land von Heinrich XXIII., weil er hier seinen Stammsitz hatte erbauen lassen. Die Bewohner der Stadt traten ehrfürchtig vor die Türen und begrüßten ihren Herrn und seinen Sohn. Wilhelm nahm den Jubel wahr, aber er war ihm gleichgültig. Seine Gedanken kreisten um andere Dinge als eine jubelnde Menge, die ihren Herrn nicht einmal aus ehrlichem Herzen begrüßte.

Schließlich verließ der Trupp die Stadt und ritt zur Burg. Fast liebevoll betrachtete Wilhelm seine Heimatburg. Das große Steingebäude war monumental. Den Bergfried mit dem spitzen Dach konnte man schon von Weitem sehen. Die Wehrgänge schienen die Burg uneinnehmbar zu machen. Dort patrouillierten Wachmänner, die Wilhelm fast alle kannte. Hinter den Scharten konnte man schon die Dächer von Herrenhaus, Küche und Kapelle erkennen.

Die große Gruppe erreichte den Innenhof. Dort herrschte geschäftiges Treiben. Mägde rannten mit Aufträgen hin und her, Knechte begannen, die Pferde der Angekommenen in den Stall zu bringen und die Gänse und Hühner rannten ebenfalls völlig aufgeregt über den Hof.

Unterdessen hatten sich schon einige Burgbewohner zur Begrüßung versammelt. Unter ihnen erkannte Wilhelm auch seine jüngste Schwester Maria. Darüber freute er sich, weil er die 16-jährige lange nicht mehr gesehen hatte. Fröhlich begrüßten sich die Geschwister und Wilhelm merkte, dass seine jüngste Schwester sich große Sorgen gemacht hatte.

Auch einige Frauen aus Marias Gefolge standen zur Begrüßung auf dem Burghof. Eine von ihnen ließ Wilhelm nicht aus den Augen. Das blieb seinen Freunden, die mit nach Weida gekommen waren, nicht verborgen.

Als Wilhelm sein Pferd den Stallburschen übergeben hatte, trat eine Person in sein Blickfeld, die er jetzt am wenigsten sehen wollte: Ludwig. Er hasste Wilhelm, weil er von seinem Vater so geliebt wurde und eine Stadt wie Weida erbte. Ludwig war der Sohn des Herrn von Erffa. Da er aber nicht der Älteste war, würde er die gleichnamige Stadt und die umliegenden Ländereien nicht erben. Es war also reine Eifersucht. Deshalb mochte Wilhelm ihn nicht. Er konnte Leute nicht leiden, die ihn beneideten oder überhaupt Neid empfanden.

„Na, Lieblingssöhnchen, kriechst du Papa wieder hinterher?", höhnte der dunkelblonde Ritter mit den scharf geschnittenen Gesichtszügen.

„Ich wüsste nicht, was dich das angeht, aber ich bleibe nicht lange und habe auch nicht vor, meinem Vater hinterher zu kriechen", gab Wilhelm bissig zurück. Er hatte keine Lust auf einen Disput mit dem Verhassten, doch einen kleinen Seitenhieb konnte er sich nicht verkneifen. „Aber wenn du deinem Herrn erst hinterher kriechen musst, um dich beliebt zu machen ... ja, das habe ich nicht nötig!"

Karl und Florian, die das kurze Wortgefecht mitangehört hatten, zogen Wilhelm weiter. Sie kannten die Geschichte der Feindschaft, auch wenn sie nicht viel damit zu tun hatten.

Wilhelms Freunde konnten nicht lange in Weida bleiben, das hatten sie ihm schon auf dem Weg gesagt. Am nächsten Tag wollten sie sich auf den Weg machen und Wilhelm hatte entschieden, auch Matthias mit nach Meiningen zu schicken.

„Auf Wiedersehen, Wilhelm. Schade, dass du nicht mitkommst", meinte Karl.

„Ich wünsche dir alles Gute, mein Freund", sagte Florian.

„Ich euch auch. Wenn ich das hier hinter mich gebracht habe, werde ich meine Suche fortsetzten. Ich will Cecilia finden", waren Wilhelms Abschiedsworte.

Die drei liefen gerade zu den Ställen, als Ludwig das Gespräch unterbrach, das Wilhelm, Florian und Karl führten.

„Oh, Wilhelm, deine Freunde reisen ab! Wie kommst du nur ohne sie aus?" Man spürte urplötzlich, wie sich diese Worte wie eine dunkle Wolke über die Eintracht des Moments legte. Die Gesichter von Karl und Florian wurden abweisend, ebenso wie Wilhelms.

„Wilhelm kommt gut ohne uns aus, keine Sorge", knurrte Karl scharf.

„Lass gut sein", versuchte Wilhelm ihn zu beruhigen.

Doch auch Florian war sehr wütend. „Wenn du meinst, Wilhelm könnte sich nicht wehren, dann sollte er es dir vielleicht unter Beweis stellen."

Wilhelm, der längst ahnte, worauf das hinauslaufen würde, versuchte einzulenken, doch Ludwig schien nur darauf gewartet zu haben. „Warum nicht? Wenn euer Freund genug Mumm hat."

Wilhelm wäre allemal mit Ludwig fertig geworden, aber er wusste, dass sein Vater einen Zweikampf nicht gutheißen würde. Doch die letzte Bemerkung Ludwigs ließ ihn alle Vorsicht vergessen.

„Wann du willst!", rief er und verfluchte sich im selben Moment dafür.

Ein zufriedenes Lächeln huschte über Ludwigs Gesicht. „Gut, sobald wie möglich."

Stumm gingen die Freunde weiter, verabschiedeten sich von Wilhelm und reisten ab.

In der nächsten Zeit hatte Wilhelm nicht nur mit dem Herauszögern des Zweikampfes, sondern auch mit den Winkelzügen einer aufdringlichen Gesellschafterin seiner Schwester zu tun. Seine Freunde hatten ihn vor Dorothea gewarnt.

„Vorsicht mit diesem rothaarigem Frauenzimmer! Ich glaube, mit der könntest du noch Probleme bekommen", hatte Karl gesagt und Florian hatte zustimmend genickt. Aber Wilhelm hatte ihnen nicht glauben wollen.

„Dorothea?", hatte er belustigt gefragt, „Warum sollte ich mit der Probleme bekommen?" Sie lebte bei ihnen, um sich um die standesgemäße Erziehung von Maria zu kümmern und um ihr eine gute Gefährtin zu sein.

„Sie ist hinter dir her. Wahrscheinlich ist ihr für ihr Ziel jedes Mittel recht", hatte auch Florian ihn mit ernster Stimme gewarnt. Zwar hatte Wilhelm noch keine Probleme bekommen, aber die schmachtenden Blicke und das ständige Auflauern wurden immer drängender.

An einem Abend ging Wilhelm zu seiner Kammer und blieb mehr aus Ärger als vor Überraschung in der Tür stehen. Nur mit einem Unterkleid bedeckt hockte Dorothea auf seinem Bett und versuchte ein verführerisches Lächeln.

Wilhelm fand seine Sprache wieder. „Dame Dorothea, bedeckt Eure Blöße und verlasst diese Kammer!", sagte er bestimmt.

„Aber warum denn? Ich bin vollkommen bereit!", bettelte Dorothea.

Weil ich Cecilia nicht hintergehen werde und weil ich an dir nicht interessiert bin, dachte er ungeduldig. Angesichts ihrer stummen Weigerung wurde Wilhelm langsam wütend und schrie fast: „Verlasst jetzt auf der Stelle diesen Raum! Ich möchte schlafen und wünsche nicht Eure Anwesenheit!"

Erschreckt und enttäuscht sammelte Dorothea ihre Sachen zusammen und schlüpfte aus der Tür. Langsam beruhigte sich Wilhelm wieder. Hoffentlich hatte dieses Weib nicht vor, in zu demütigen, denn dann konnte sie die Sache so hinstellen, dass er sie vergewaltigt habe, und das konnte unangenehme Folgen für ihn haben.

* * *

Dorothea schäumte vor Wut. Schon seit einer Ewigkeit wünschte sie sich, von Wilhelm beachtet und geliebt zu werden. Sie hoffte sogar auf eine Ehe mit ihm. Doch der Dummkopf ließ sich die Gelegenheit entgehen und jagte sie davon!

So etwas war ihr noch nie passiert! Sie war aus dem Hause ihres gewalttätigen Stiefvaters geflohen und lebte seit dieser Zeit hier. Bis jetzt hatte sie vor keiner männlichen Kammer Halt gemacht, wo die Möglichkeit bestand, für sich Vorteile zu erhaschen. Sie hatte es stets verstanden, die Schwächen der Männer auszunutzen. Nur bei Wilhelm biss sie auf Granit. Für einen kurzen Moment spielte sie mit dem Gedanken, Wilhelm der Vergewaltigung zu bezichtigen, doch das würde ihr nicht viele Vorteile verschaffen, da somit die Hoffnung auf eine gute Heirat vertan wäre. Außerdem würde sich ihr Vorwurf als Verleugnung erweisen, wenn man sie auf Spuren untersuchte. Also ließ sie diesen Gedanken wieder fallen. Es musste aber eine andere Möglichkeit der Rache geben! Sie musste wohl einige Zeit warten, bis sie sich an Wilhelm rächen und ihn für die Abweisung bezahlen lassen würde.

* * *

Offensichtlich hatte Wilhelm Glück gehabt, weil nichts von der Sache bekannt wurde. Dafür bekam er wieder mehr Schwierigkeiten wegen des Zweikampfes. Ludwigs Fragen wurden immer drängender. „Wie lange willst du noch warten, Wilhelm?"
„Ich gebe dir Bescheid. Weißt du überhaupt, wo es stattfinden soll? Wir können es nicht vor den Augen meines Vaters tun", gab er stets zur Antwort. Das brachte ihm einen verächtlichen Blick ein und die stumme Frage, ob er doch zu feige wäre, was Wilhelm stets mit einem wütenden Blick beantwortete.

Wegen all diesen Dingen nahm sein Plan, weiter nach Cecilia zu suchen, immer entschlossenere Züge an.

Eines Tages wollte er seinem Vater endlich sagen, dass er wieder gehen würde. Also lief er in Richtung der Privatgemächer. Als Wilhelm schon kurz vor dem Schlafgemach stand, kam eine verängstigte, junge Magd aus diesem Zimmer und schlich so schnell sie konnte davon. Trotzdem hatte der Sohn ihres Peinigers das von Schlägen geschwollene Gesicht gesehen und Wilhelm war die Lust vergangen, mit seinem Vater zu reden. In ihm kroch die Wut hoch. Dafür würde er seinen Vater ewig verachten.

Roland, ein Ritter von Heinrich XXIII., war gerade aus Frankenhausen zurückgekehrt. Wilhelm freute sich, den Kampfgefährten wiederzusehen und beschloss, einen letzten verzweifelten Versuch zu wagen, auf Cecilias Spur zu stoßen. Wie ein Ertrinkender griff er nach dem letzten Halm, der ihm blieb, denn wenn er Cecilia nicht bald fand, würde er im Elend versinken.

Er nutzte die erstbeste Gelegenheit, allein mit Roland zu sprechen. „Roland, du warst doch am Tag der Hinrichtung von mehreren Aufständischen in Frankenhausen? Und hast du dich vielleicht auf dem Marktplatz aufgehalten?"

„Ja, ich war da ... aber warum willst du das denn wissen?" Wilhelm wand sich und überlegte, ob er Roland vertrauen konnte. Doch letztendlich kam er zu dem Entschluss, dass dies vielleicht seine einzige Chance war, etwas über Cecilia zu erfahren. „Ist dir da irgendetwas aufgefallen?"

Roland schien zu überlegen. „Wie meinst du das?"

„Du bist mein Freund und ich kann dir vertrauen", stellte Wilhelm fest. „Vor einiger Zeit habe ich mich in ein Mädchen verliebt, deren Stand uns eine offene Beziehung verbietet. Ihr Bruder war bei den Bauernaufständen dabei und wurde auch in Frankenhausen hingerichtet. Ich weiß, dass sie dort war, denn da haben wir uns das letzte Mal gesehen. Nach dem schrecklichen Ereignis verlor ich ihre Spur. Ich suchte dort bereits nach ihr und eine Marktfrau erzählte mir, dass ein Mädchen in Ohnmacht gefallen ist und von mehreren Leuten weggebracht wurde. Ich dachte, sie sei nach all dem wieder nach Meiningen zurückgekehrt. Aber auch dort konnte ich sie nicht finden." Wilhelm schwieg traurig und nachdenklich. Doch jetzt sah er Roland erwartungsvoll an. „Deshalb fragte ich dich, ob du dich an irgendetwas erinnern kannst. Jeder Hinweis kann mir helfen, meine Geliebte zu finden."

„Da ich auf dem Marktplatz war, habe ich mitbekommen, dass ein paar Anwesende eine junge Frau wegtrugen. Ich konnte sie aber nicht sehen. Dort war einfach zu viel Gedränge und Geschrei."

„Weißt du, wo man sie hingebracht haben könnte?"

„Nein", antwortete Roland voller Mitgefühl für den Freund. „Aber ich denke, dass sie sich vielleicht noch in Frankenhausen aufhält, wenn du sie in ihrer Heimatstadt nicht gefunden hast."

Wilhelm ärgerte sich über sich selbst, da er wahrscheinlich doch nicht gründlich genug nach ihr gesucht hatte. Er bedankte sich bei dem Freund und machte sich entschlossen auf den Weg zu seinem Vater.

Dieser empfing ihn sofort und saß erwartungsvoll auf seinem Thron. Es war nicht wirklich ein Thron, aber Heinrich XXIII. nannte seinen Stuhl im Rittersaal gern so.

„Vater, es tut mir leid, aber ich muss wieder weg. Oheim Wilhelm braucht mich", log er.

„Wirklich? Das ist schade, aber wenn du musst, dann geh und erfülle deine Pflicht."

Froh, so glimpflich davongekommen zu sein, packte Wilhelm seine Sachen und holte sein Pferd.

Kurz darauf war er unterwegs nach Frankenhausen.

Dritter Teil

Zwischen Liebe und Pflicht

„Nicht das Geräusch der Lippen,
sondern das glühende Gelübde des Herzens
gewinnt gleich einer hellen,
lauteren Stimme die Ohren Gottes."

*Erasmus von Rotterdam (1469 – 1536),
deutsch-niederländischer Humanist*

DER ANTRAG

Das Leben in Frankenhausen hatte in den letzten fünf Monaten seinen Lauf genommen. Cecilia hatte sich an ihre Arbeit gewöhnt. Allerdings gab es den einen Punkt, der ihr mehr als alles andere zusetzte: Wilhelm. Sie vermisste ihn so sehr, dass es ihr beinah körperliche Schmerzen bereitete. Sie hoffte mehr denn je, ihn wiederzusehen, zumal er ja auch, ohne es zu wissen, der Vater des Kindes war, das sie unter dem Herzen trug. Manchmal fragte sie sich jedoch auch, ob es noch Sinn hatte, auf ihn zu warten. Wie so oft stellte sie sich die eine Frage: Gab es Hoffnung für ihre Liebe? Was war, wenn er sie fand? Nichts! Die Situation wäre genau dieselbe, wie vor der Schlacht und ihrer Trennung. Mehr und mehr versank Cecilia in Trübsinn. Hatte es also überhaupt einen Sinn, ihn wiederzusehen?

Ja!, sagte sie sich und jedes Mal, wenn sie die Rosenkette an ihrem Hals spürte, wurde sie wieder von neuem Mut durchströmt. Um alles in der Welt wollte Cecilia Wilhelm wiedersehen, weil sie ihn liebte und sie ihn furchtbar vermisste. Sie konnte nicht ohne ihn leben. Niemals. Immer wieder legte Cecilia die Hand auf die leichte Wölbung ihres Bauches und betete dafür, dass ihr Kind seinen Vater kennenlernen würde.

Auch Kathrein hoffte das für sie. Die Magd hatte ihr am Anfang sehr geholfen, sich zurechtzufinden und war ihre beste Freundin geworden. Sie war auch die Einzige, die wusste, wer der Vater von Cecilias Kind war und die ganze Geschichte mit Wilhelm kannte.

Ihre andere neue Freundin, die Tochter der Eberleins, behelligte sie nicht damit. Nicht, dass sie Katarina nichts erzählen konnte, aber sie wollte die 15-jährige damit nicht belästigen. Vor einiger Zeit hatte Katarina auch angefangen, ihr Lesen und Schreiben beizubringen, wofür Cecilia ihr sehr dankbar war. Als Tochter einer einfachen Frau hatte sie das nie gelernt.

In diesen Monaten hatte sie auch noch andere Freunde unter den Bediensteten gefunden. Zum Beispiel verstand sie sich gut mit Veit, einem Knecht, der ebenfalls bei den Eberleins arbeitete. Manchmal saßen sie zusammen in der Küche, oft auch mit anderen, und redeten. Eines Abends waren sie allein in der Küche und Cecilia fragte schließlich: „Warum bist du eigentlich hier?"

„Na ja. Meine Familie lebte etwas außerhalb von Frankenhausen und wir waren Bauern. Ich hatte noch einen Bruder, Till. Er erfuhr in der Stadt von den Zwölf Artikeln und war von dem Gedanken besessen, auch in die Schlacht zu ziehen. Eines Abends schlich er sich davon und schloss sich einem Haufen an. Soweit wir wissen, ist er tot. Ich habe es erfahren und bin in die Stadt. Die Eberleins gaben mir Arbeit und jetzt bin ich hier ... Was ist mit dir?"

„Meine Geschichte ist ähnlich. Auch mein Bruder zog in die Schlacht. Er überlebte zwar, aber er wurde gefangengenommen und ... geköpft. Ich bin dann durch Kathrein hierhergekommen."

„Das mit deinem Bruder tut mir leid."

Einen Moment herrschte betretenes Schweigen in der Kammer, bis Veit es brach. „Cecilia kann ich dich etwas fragen? Ich habe mich lange nicht getraut."

„Ja."

Veit stand auf, kam um den Tisch und kniete vor ihr nieder. „Cecilia, wärst du bereit, meine Frau zu werden?"

Trotz des Umstandes, dass sie saß, schwankte sie, Ihr wurde schwindelig.

„Cecilia?!"

„Veit, ich bin in anderen Umständen!"

„Ich weiß."

Er wusste es? „Wie ...?"

„Na ja, man sieht es doch."

Schweigen breitete sich aus, das zu einem Dröhnen wurde.

„Veit, versteh mich nicht falsch, dein Antrag ehrt mich sehr, aber ... du würdest mit mir nicht glücklich werden, weil ... ich einen anderen liebe."

„Ist er der Vater?"

Sie seufzte. „Ja."

„Und warum ist er dann nicht hier, um die Verantwortung zu übernehmen?" Seine Stimme wurde laut.

„Er kann nicht. Außerdem weiß er nichts von dem Kind. Ich habe ihn seit fünf Monaten nicht mehr gesehen."

„Aber wenn er dich liebt, warum findet er dich dann nicht?"

„Veit, dieses Gespräch ist unnütz. Wenn er von alldem wüsste, würde er zu mir stehen und einen Weg finden, glaub mir. Es tut mir auch leid, dich so enttäuschen zu müssen, aber ich kann einfach nicht anders."

Veit nickte nur, doch sie wusste, dass sie ihn tief getroffen hatte. „Also dann, gute Nacht."

„Gute Nacht!" Damit verließ er die Küche.

Gedankenversunken blieb Cecilia sitzen. War ihre Entscheidung wirklich richtig? Hatte sie einen so festen Glauben an ihre Liebe? Doch kaum, dass sie diese Frage gedacht hatte, wurde ihr die Antwort klar: Ja, sie vertraute Wilhelm bedingungslos, ob das klug war oder nicht. Sie würde dieses Vertrauen niemals verlieren, egal, was passierte. Und tief in ihrem Inneren hatte Cecilia das sichere Gefühl, dass sie Wilhelm wiedersehen würde. Aber war das vielleicht nur sinnlose Hoffnung?

Nach diesem Abend wurde Cecilia ihre Arbeit zur Qual. Wann immer sie Veit begegnete, verschaffte sein Blick ihr sofort ein schlechtes Gewissen. Leider kam das viel zu oft vor und sie hielt es kaum noch aus.

Schließlich erzählte sie Kathrein von der ganzen Sache und die bestärkte sie in ihrer Entscheidung, verstand jedoch auch ihre Zwickmühle. Letztendlich hatte die Freundin eine Idee, die Cecilia aus dieser Lage bringen könnte. „Rede doch mit der Herrin. Solange ich hier bin, hatte sie immer ein offenes Ohr für die Bediensteten und meistens auch eine Lösung bei Problemen. Ich bin mir sicher, dass sie auch in dieser Situation einen Ausweg findet."

Nach einiger Zeit rang sich Cecilia dazu durch, den Rat ihrer Freundin zu befolgen und bat Anna Eberlein um ein vertrauliches Gespräch, was ihr gern gewährt wurde. Cecilia erzählte von Veits Antrag und dem Unwohlsein, das sie seitdem in seiner Gegenwart verspürte.

Jede andere Herrin hätte wahrscheinlich gelacht und gesagt, sie solle sich nicht so anstellen. Nicht so Anna Eberlein. Sie nickte nur nachdenklich und schien sich ernsthaft mit dem Problem auseinanderzusetzen.

Dann huschte ein Ausdruck des Wissens über ihr Gesicht und sie meinte: „Ich glaube, ich kann dir helfen. Meine Schwester Eleonora wohnt mit ihrem Mann, einem angesehenen Gewandschneider, und ihrem Sohn in einem kleinen Städtchen namens Rudolstadt. Soweit ich weiß, kann sie Hilfe immer gebrauchen. Vielleicht könnte ich ihr schreiben und fragen, ob sie dich aufnimmt. Es würde mir zwar leidtun, dich nicht mehr hier zu haben, aber wahrscheinlich wäre das die beste Lösung."

Cecilia konnte noch gar nicht recht begreifen, in welche Richtung ihr Schicksal sie gerade wehte. Es gab tatsächlich eine Möglichkeit, der Situation mit Veit zu entgehen, ohne ihre Arbeit aufzugeben und ihrer Herrin Ärger zu bereiten!

„Das ... wäre wunderbar!", brachte sie, noch immer überwältigt, heraus.

„Gut, dann werde ich mich darum kümmern", sagte Anna Eberlein und verabschiedete Cecilia.

Wenige Tage später ließ die Ratsherrengattin Cecilia erneut in ihre Kammer rufen. Als sie eingetreten war, schwenkte ihre

Herrin erfreut ein Blatt Papier. „Meine Schwester hat mir geantwortet. Sie kann eine Hilfe gut gebrauchen und meint, du sollst so bald wie möglich kommen."

Cecilias Herz machte vor Freude einen Sprung. Sie würde Veits Blicken entgehen und eine neue Stadt kennenlernen!

„Also", fuhr ihre Herrin fort, „Ich denke, wir sollten die Reise so bald wie möglich arrangieren. Am besten sehe ich mich gleich morgen nach einem Fuhrmann um, der dich mitnimmt."

„Was? Ein Fuhrmann?"

„Selbstverständlich! In deinem Zustand lasse ich dich weder auf dem Pferd, noch zu Fuß diesen Weg bewältigen. Außerdem muss der Fuhrmann sowieso hierher, um die Stoffe abzuholen, die mein Mann erworben hat. Sie werden dann von dem Mann meiner Schwester verarbeitet."

Cecilia war gerührt über die Sorge ihrer Herrin, doch sie widersprach ihr. „Ich möchte Euch nicht noch mehr Umstände bereiten. Es ist mehr, als ich verlangen konnte, dass Ihr mich trotz meiner Schwangerschaft aufgenommen und Euch um die Sache mit Rudolstadt gekümmert habt."

Anna Eberlein schüttelte unwillig den Kopf. „Cecilia", sagte sie mit einem gewissen Tadel in der Stimme, als würde sie mit ihrer Tochter sprechen, „Warum glaubst du, dass du all das nicht verdient hast? Du bist fleißig und hast immer alles getan, was getan werden musste. Du bist meiner Tochter eine gute Freundin und ich denke, dass es niedere Umstände sind, wegen denen du nicht mit dem Vater deines Kindes zusammen sein kannst."

Niedere Umstände sind die richtigen Worte, dachte Cecilia bitter. Und trotzdem sind sie unüberbrückbar. „Danke", brachte sie schließlich nur heraus.

Ihre Herrin lächelte. „Ich habe es doch gern getan."

Nachdem Cecilia das Zimmer verlassen hatte, blieb sie einen Moment stehen und atmete tief durch. Das alles erschien ihr noch immer wie ein Traum. Alles konnte gut werden. Aber würde es mit Wilhelm auch gut werden …?

Tatsächlich verließ Anna Eberlein am darauffolgenden Tag das Haus und kehrte wenig später mit einem Lächeln auf den Lippen zurück. „In neun Tagen kannst du losfahren", rief sie Cecilia zu.

„Schon in neun Tagen?", fragte Kathrein und eine gewisse Wehmut schwang in ihrer Stimme mit.

„Es tut mir leid, dich zurückzulassen, Kathrein, aber es ist wahrscheinlich die einzige Möglichkeit, das Beste aus meiner Situation zu machen."

Kathrein funkelte sie plötzlich wütend an. „Du bist ja sowieso nur auf deinen Vorteil bedacht! Du verschwindest hier und alles ist für dich wieder in Ordnung!" Damit drehte sie sich um und rannte aus dem Zimmer.

Cecilia sah ihr bestürzt nach. Kathrein hatte Recht. Bei dem ganzen Vorhaben hatte sie nur an sich gedacht und nicht an ihre Freundinnen oder sonst jemanden. Mit schlechtem Gewissen klopfte sie an die Tür der Freundin. Kathrein öffnete. In ihrem Gesicht zeichnete sich Bereuen ab. „Cecilia, es tut mir leid, dass ich dich so angefahren habe. Ich finde es nur schade, dass du so bald schon gehst."

„Nein, Kathrein. Du hattest Recht. Ich habe mich wirklich nur um mich gekümmert."

Ihre Freundin schüttelte den Kopf. „Das stimmt nicht", wiederholte sie, „Cecilia, hör zu, du denkst andauernd an andere. Sonst wärst du nicht einmal hier. Außerdem denkst du auch jetzt nicht nur an dich: Für Veit ist es doch auch einfacher, wenn er dich nicht mehr ständig sehen muss."

„So habe ich das noch nicht betrachtet", murmelte Cecilia. Dann lächelte sie. „Danke, Kathrein."

„Wofür denn?"

„Dafür, dass du für mich da bist und mich unterstützt, egal, was passiert."

Die neun Tage vergingen wie im Flug. Cecilia musste sich um alle möglichen Dinge kümmern, ob das nun ein letzter Besuch des Marktplatzes, Johannes' Todesort, oder das Packen ihrer wenigen Sachen war. Von ihrer Herrin bekam sie noch die Stoffe mit, die der Fuhrmann nach Rudolstadt zu bringen hatte.

Schließlich war es soweit. Nun würde sich ihr Leben erneut mit ungewissem Ausgang wenden. Sie verabschiedete sich höflich von Frank, Anna und den Söhnen Eberlein und umarmte Katharina, die angefangen hatte, zu weinen. Dann trat Cecilia vor Kathrein. Sie sah, dass die Freundin nur mit aller Mühe die Tränen unterdrückte. Sie umarmten sich.

„Ich werde dich vermissen", flüsterte Kathrein.

„Ich komme dich besuchen!", versprach Cecilia, die angesichts der Traurigkeit um sie herum ebenfalls den Tränen nahe war.

Kathrein nickte nur und wischte sich über die Augen. „Viel Glück!"

Als Cecilia sich umdrehte, um loszulaufen, klang ihr ein vielstimmiges „Auf Wiedersehen!" hinterher.

Auf dem Marktplatz suchte Cecilia mit Anna Eberleins Beschreibung nach einem älteren Mann mit grauem Vollbart und blauen Augen. Endlich fand sie einen Mann, auf den die Beschreibung passte.

„Guten Tag, seid Ihr Johann Salzer?"

Der Fremde wandte ihr sein Gesicht zu. „Ja, das bin ich. Dann bist du Cecilia Töpfer?"

„Richtig!"

„Gut, dann steig doch auf!" Also ließ Cecilia sich hinten auf dem Karren nieder und zog die Tücher zurecht, mit denen die

Stoffe abgedeckt waren, was ihr zugleich ein bequemes Lager ergab. Mit lautem Rumpeln und einem Ruck setzte sich das Gefährt in Bewegung.

Die Reise kam Cecilia wie eine Ewigkeit vor. Dieses Gefühl wurde noch dadurch bestärkt, das Johann Salzer nur äußerst selten mit ihr sprach. Er schien überhaupt wenig Worte zu machen und jeder Versuch, ein Gespräch in Gang zu bringen, scheiterte.

Am zweiten Abend sagte der Fuhrmann: „Wir erreichen gleich Erfurt. Ich werde mich nach einer billigen Unterkunft umsehen."

Cecilia nickte. Sie wusste, dass Erfurt eine große Stadt und ein wichtiges Handelszentrum der Gegend war. Nach einer Weile hielt der Wagen vor einem ziemlich heruntergekommenen Haus. An dessen Wand war ein wackeliges Schild mit der Aufschrift „Zum goldenen Krug" befestigt.

„Tut mir leid, dich hierher bringen zu müssen, aber es ist halt für einen erschwingliches Geld", entschuldigte sich Johann. Offensichtlich hatte er ihren ungläubigen Blick gesehen.

„Das ist schon in Ordnung", antwortete sie. Es gab ja auch keine andere Möglichkeit. Cecilia hatte nur wenig Geld und konnte nicht wählerisch sein. Also atmete sie tief durch und trat hinter dem Fuhrmann in die Gaststube.

Sofort schlug ihnen ein furchtbarer Gestank entgegen. Es war eindeutig Uringeruch und der Gedanke ließ Cecilias Magen rebellieren. Sie wusste nicht, wie sie das eine ganze Nacht aushalten sollte. Ordnung und Sauberkeit schienen hier Fremdwörter zu sein.

Ein fetter Wirt, ebenso vor Schmutz starrend wie seine Wirtschaft, trat auf sie zu. „Was kann ich für euch tun?"

„Wir brauchen zwei Zimmer für die Nacht", antwortete Johann Salzer.

„Zimmer?" Der Wirt brach in schallendes Gelächter aus, ehe er wieder ernst wurde. „Entweder ihr gebt euch mit Strohsäcken auf dem Boden zufrieden oder ihr könnt gleich wieder gehen."

„Willst du mir ernsthaft weismachen, dass du keine einzige Kammer hast? Wozu wird denn bitte der Rest des Hauses genutzt?" Johanns Stimme wurde immer lauter.

Cecilia hatte sich wieder einigermaßen gefasst und beschloss, Schlimmeres zu verhindern. „Lasst gut sein, Johann. Dann schlafen wir eben hier!"

Murrend wandte der Fuhrmann sich von dem Wirt ab. „Die Kammern sind wohl für besondere Gäste bestimmt", knurrte er.

Sie waren beide froh, noch einiges an eigenen Vorräten dabeizuhaben. Das ranzige Essen in der Herberge ekelte Cecilia sowieso, so dass sie es gar nicht herunter bekommen hätte. Am späten Abend wurden die Säcke zur Nachtruhe ausgelegt. Entgegen ihren Befürchtungen fand Cecilia ihre Schlafstätte recht bequem. An erholsamen Schlaf konnte sie aber trotzdem nicht denken. Denn obwohl alle schlafen sollten, saßen noch immer einige Trunkenbolde auf den Stühlen und unterhielten sich lautstark, so dass es überall im Raum zu hören war. Beinah die ganze Nacht wälzte Cecilia sich also hin und her.

Nur ein einziges Mal schlief sie tatsächlich ein, wurde aber wenig später wieder durch laute Geräusche geweckt. Vollkommen übermüdet stand sie am nächsten Morgen mit allen anderen auf. Mit Johann kam sie überein, sich noch vor dem Frühmahl auf den Weg zu machen. Als sie ihre Reise in Richtung Rudolstadt fortsetzten, begann der Fuhrmann, sich für die Unterkunft zu entschuldigen. „Es tut mir sehr leid, dich in dieses Loch gebracht zu haben."

„Es ist in Ordnung, Johann", beruhigte ihn das Mädchen, „Ihr könnt doch nichts für die Herberge."

Johann nickte nur, aber sein Fahrgast spürte, dass diese Sache an ihm nagte.

Zwei Tage vergingen noch, ehe der Wagen einen größeren Aufstieg zu bewältigten hatte und Johann sagte: „Wenn wir diesen Berg geschafft haben, kannst du Rudolstadt schon sehen."

Um den Anblick genießen zu können, setzte Cecilia sich zu dem Fuhrmann auf den Kutschbock und hielt neugierig Ausschau. Nach einem besonders für die beiden Pferde anstrengenden Holperweg bergan ging der Pfad eben weiter. Cecilia blickte gespannt nach vorn und nach einer Weile tauchte nach und nach die Silhouette einer kleinen Stadt im Tal auf.

Die Sonne schien mit warmem Licht auf die kleinen Hütten und größeren Häuser, die sich eng an den Burgberg schmiegten, der sich aus ihrer Mitte erhob. Um das Städtchen schloss sich eine feste Mauer und auch ein kleiner Strom plätscherte ruhig an der Siedlung vorbei.

Dieser Anblick machte einen so friedlichen und entspannten Eindruck, dass Cecilia sich sicher war, nach den Erlebnissen der letzten Monate endlich wieder Ruhe finden zu können. Der Wagen fuhr weiter und sie kamen Rudolstadt immer näher.

Am Tor musterten die Wachen Wagen und Fuhrmann nur kurz und nickten. Offenbar war Johann Salzer hier kein Unbekannter. Noch ein Weilchen ging der Weg durch kleine Gassen auf einen größeren Platz. Von hier hatte man einen wunderbaren Blick auf die Burg und die prächtige Kirche. „Wir sind jetzt auf dem Markt", teilte ihr der Fuhrmann mit.

Kurz darauf erreichte das Fuhrwerk das Haus der Familie Roth in der Badergasse, nicht weit vom Markt. Cecilia stieg ab und nahm die Stoffe wieder an sich.

Der Fuhrmann hob die Mütze. „Gott befohlen, Cecilia!"

„Du auch, Johann. Vielleicht kreuzen sich unsere Wege ja eines Tages noch einmal", antwortete Cecilia, als sie an die Tür trat. Nachdem sie geklopft hatte, öffnete eine ältere, dickliche Frau mit strengem Gesicht.

„Gott zum Gruße! Ich bin Cecilia. Ich soll hier arbeiten."

Die Fremde nickte. „Du wirst von der Herrin erwartet. Mein Name ist Margarethe. Ich bin ..." Sie stockte, als sie die kaum sichtbare Wölbung unter Cecilias Kleid bemerkte und beschied ihr knapp: „Folge mir."

Das Haus war nicht sehr groß und offensichtlich führte Eleonora Roth keine große Wirtschaft, aber alles war sehr hübsch und ordentlich eingerichtet. Kurz darauf stand sie vor Anna Eberleins Schwester, die unverkennbar eine große Ähnlichkeit mit jener besaß, und wurde einer gründlichen Musterung unterzogen.

„Du bist also Cecilia. Meine Schwester hält große Stücke auf dich und ich hoffe, wir kommen gut miteinander aus." Sie lächelte leicht und deutete auf die ältere Frau, die sich als Margarethe vorgestellt hatte. „Margarethe hast du ja schon kennengelernt. Du wirst mit ihr ein Zimmer teilen."

Die andere Magd wandte sich um und Cecilia folgte ihr in ihre neue Kammer.

Wiedersehen in Rudolstadt

Wilhelm war beinah am Ende. Fast einen Monat, der ihm wie ein Jahr vorkam, suchte er jetzt schon in Frankenhausen nach dem Ort, an den Cecilia gebracht worden war. Er hatte falsche Angaben, Unwissenheit und auch Leute erlebt, die ihm keine Antwort geben wollten. Er hatte die Nase voll. Trotzdem würde er nicht aufgeben. Je länger er suchte, desto größer wurde sein Verlangen, Cecilia endlich wieder zu haben.

Gerade lief er an einem Bettler vorbei. Ob der etwas wusste? Inzwischen war es ihm gleichgültig, wen er fragte, also vergaß er alle Standesunterschiede und ging zu dem Armen. Der Bettler staunte nicht schlecht, als er den gutgekleideten Mann auf sich zukommen sah. Nachdem Wilhelm dem Mann eine Goldmünze zugeworfen hatte, fragte er: „Hast du die Hinrichtung der Bauern vor fünf Monaten gesehen?"

Noch immer verwundert über das Goldstück, nickte der Bettler.

„Hast du mitbekommen, dass eine junge Frau in Ohnmacht gefallen ist. Blond, groß und sehr hübsch?"

Wieder ein Nicken.

„Wo hat man sie hingebracht?" Jetzt war wieder die Situation, in der er bisher immer eine Niederlage erlitt.

„Die Magd der Eberleins hat sie mit ins Haus ihrer Herrschaften genommen."

„Bist du sicher? Wo ist das?", fragte Wilhelm atemlos vor Nervosität.

„Im Kaufmannsviertel. Es ist ein gelbes Haus mit vielen Holzgiebeln. Es ist das größte in der Holzgasse."

Wilhelm bedankte sich und lief los.

* * *

Mit einem Seufzer öffnete Kathrein die Tür. Meistens kam sowieso niemand Besonderes. Doch kaum hatte sie nach draußen gesehen, schnappte sie überrascht nach Luft. Das musste er sein! Cecilia hatte ihn ihr ganz genau beschrieben und alles stimmte bei dem jungen Mann, der nun vor der Tür stand.

„Was wünscht Ihr?"

„Arbeitet hier Cecilia Töpfer?" Das wäre der letzte nötige Beweis gewesen.

„Bedaure, aber sie ist nun in Rudolstadt."

Sie konnte ihm die Bestürzung förmlich ansehen. „Und ... das weißt du ganz genau?"

Kathrein nickte. „Ja, ich kenne sie sehr gut. Es gab ... Probleme und Cecilia wurde zu den Roths nach Rudolstadt geschickt."

„Gut, dann vielen Dank für die Auskunft."

Wilhelm wandte sich um und machte sich wieder auf den Weg.

Kathrein war einen Moment versucht, ihm noch zu sagen, dass Cecilia ein Kind erwartete, entschied sich dann aber dagegen. „Ich hoffe, du findest dein Glück, Cecilia", murmelte sie.

* * *

Nach ungefähr einem Monat in Rudolstadt hatte Cecilia sich weitgehend eingelebt. Die Bürger waren sehr freundlich und im Hause Roth wurde sie von allen gut behandelt, außer von Margarethe. Doch das hielt sie aus, bis zu einem Abend ...

Margarethe hatte sich in der Kammer zum Beten niedergesetzt und murmelte leise vor sich hin. Als sie fertig war, wandte sie sich zu Cecilia um, die ihr schweigend zugesehen hatte.

„Willst du nicht auch ein Gebet zu Gott sprechen?"

„Oh, ich habe vorhin schon gebetet."

„Man soll mehrmals am Tag beten!"

„Der Meinung bin ich nicht", antwortete Cecilia ruhig. Sie würde sich von Margarethe nicht provozieren lassen.

"Glaubst du etwa an die ketzerischen Worte des Martin Luther?" Die Abscheu in Margarethes Stimme war beinah greifbar.

Cecilia dachte an Anton Heimer und seine Worte über Luther und den Reichstag zu Speyer. „Ja", sagte sie daher.

Margarethe funkelte sie böse an. „Na ja, mit dem Bastard unter deinem Herzen hast du dir den Weg ins Himmelreich ja sowieso verbaut", keifte die Alte.

Cecilia schnappte empört nach Luft. „Nenn' mein Kind nicht einen Bastard!", zischte sie wütend. Von niemandem, schon gar nicht von Margarethe, würde das Ungeborene als Bastard beschimpft werden.

„Ich wundere mich sowieso, warum deine Herrin dir das durchgehen lassen hat", fuhr die Magd ungerührt fort.

Cecilia stand auf. Länger würde sie sich das nicht mehr gefallen lassen. „Was willst du damit erreichen? Das ich von hier verschwinde? Das wird nicht klappen. Ich lasse mich nicht vertreiben! Schon gar nicht von solchen blinden Gläubigen wie dir!"

Damit legte sie sich unter ihre Decke und drehte sich um. So schnell, dass Margarethe keine Gelegenheit zu einer Erwiderung hatte.

Ansonsten war Cecilia recht zufrieden, außer den fortwährenden Gedanken an Wilhelm. Besonders wenn sie nichts zu tun hatte, wurde der Wunsch nach seiner Nähe übermächtig. In solchen Momenten kehrten auch andere Fragen zurück, wie die, was ihre Ziehmutter bei ihrem Abschied über die Augen ihres Vaters hatte sagen wollen. Aber so sehr sie sich darüber auch den Kopf zerbrach, sie konnte sich keinen Reim darauf machen.

Die Arbeit als Magd unterschied sich nicht groß von der in Frankenhausen. Sie musste das Haus sauber halten, Einkäufe erledigen und sich auch oft um die Wäsche kümmern. Dazu ging sie, meist von vielen anderen Frauen begleitet, auf eine Wiese am Fluss und dort wuschen sie die Kleidung im klaren Wasser der Saale. Danach wurde die Wäsche zum Bleichen in die Sonne gelegt. Wegen dieser Gewohnheit nannten viele diese Wiese nur Bleichwiese und jeder wusste, was gemeint war.

Manchmal wurde Cecilia auch beauftragt, Helmuth Roth, dem Mann Eleonora Roths, in der Schneiderstube zur Hand zu gehen. Jedes Mal bewunderte sie dann die kunstvollen, bunten und reichverzierten Stoffe, die aus den führenden Handelsstädten Köln, Hamburg oder Bremen stammten. In der Stube wurden sie dann zu noch wunderbareren Gewändern verarbeitet.
Helmuth Roth war ein freundlicher und äußerst redseliger Mann. Eines Tages, als Cecilia ihm wieder einmal behilflich war, stellte sie eine Frage, die ihr seit längerem auf dem Herzen lag. Ihr war bei den Spaziergängen durch Rudolstadt etwas aufgefallen. „Meister Helmuth, warum besitzt das Rathaus eigentlich keinen Turm?"
Schon einige Male war sie an dem Gebäude vorbeigegangen und hatte sich über das Fehlen des Turmes gewundert.
„Tja, Mädchen, wo soll denn das Geld herkommen?" Er ließ die Schere sinken, mit der er gearbeitet hatte und fügte, als er ihren verständnislosen Blick sah, hinzu: „Das Rathaus wurde erst vor einem Jahr gebaut und dann kam der Bauernkrieg. Dachtest du etwa, er wäre hier spurlos vorübergegangen?"
Neugierig geworden fragte Cecilia: „Was ist denn hier passiert?"
Helmuth Roth lehnte sich zurück und begann zu berichten. „Die Aufstände der Bauern begannen am Bodensee, in der Landgrafschaft Stühlingen. Von dort breiteten sie sich wie eine Seuche bis nach Thüringen aus. Auch hier ist die feudale Ausbeutung kaum noch zu ertragen. Wir Bürger sind durch Abgaben an die Stadt, das Amt, die Kirche und den adligen Grundherren belastet. Es fehlte für die Bauern, Kleinbürger und Plebejer

nur noch ein Anstoß. Der kam, als die fränkischen Bauern uns Schwarzburger ebenfalls zur Teilnahme an der Erhebung gegen die Obrigkeit aufforderten."

Er hielt einen Moment inne. „Jetzt muss ich erst ausschweifen, damit du den Rest verstehst. Also, hier im schwarzburgischen Gebiet wurde Stadtilm zum Zentrum des Aufstandes. Die Bauern hatten den Rat der Stadt entmachtet und regierten die Stadt selbst. Sie schrieben von dort an unseren Fürst Günther in Arnstadt, denn er sollte auf die Zwölf Artikel schwören, wie viele andere Herren auch."

Cecilia dachte daran, wie Vogt Wilhelm von Henneberg in Meiningen vor dem Werrahaufen diesen Schwur abgelegt hatte, und nickte.

„Diese Nachricht erreichte den Rat von Rudolstadt in der Nacht zum 24. April. Daraufhin wurden 16 Artikel verfasst, ganz ähnlich wie die 12 Artikel der Memminger, und nach Arnstadt gesandt. Es gab Aufstände hier in der Stadt und schließlich kam die Aufforderung zum Zug nach Stadtilm. Nachdem viele der Anhänger diesem Ruf gefolgt waren, wollte der Graf seine Macht natürlich wieder sichern, kam hierher und ... tötete."

Cecilia musste schlucken. Sie wusste, wovon Helmuth sprach und das erinnerte sie schmerzlich an Johannes.

„Daraufhin zogen noch mehr Leute nach Stadtilm und von dort alle zusammen nach Arnstadt, um Graf Günther endlich den Schwur abzunehmen, denn er hatte ihn noch nicht geleistet. Erst, nachdem er die Artikel bestätigt hatte, zog der Haufen zurück. Doch die Nahrungsmittel in der Stadt wurden knapp und deshalb plünderten die Aufständischen umliegende Städte und auch Klöster. Dadurch konnte der alte Rat Stadtilms die Macht wieder erlangen und bestrafte seine Feinde grausam."

Cecilia erschauderte. Sie hatte nicht gewusst, dass auch in den anderen Städten Hinrichtungen durchgeführt worden waren. Ob auch in Meiningen …? Nein, sie verbot sich diesen Gedanken. Sie wusste nicht, was in Meiningen passiert war, also sollte sie sich nicht solche Gedanken machen.

* * *

Nachdem Wilhelm sein Pferd in einem Gasthof abgestellt hatte, beschloss er, in Richtung Marktplatz zu laufen. Er war allerdings viel zu aufgewühlt, um die Schönheit Rudolstadts wahrzunehmen. Es drängte ihn, endlich etwas von Cecilia zu hören, sie vielleicht sogar endlich wiederzusehen. Allerdings wusste er nicht genau, wo sie war.

„Bei den Roths in Rudolstadt", hatte die Magd der Eberleins gesagt. Also musste er sich zu dem Haus einer Familie Roth durchfragen. Am Brunnen des Marktes schöpfte gerade ein Mann, offenbar ein Knecht, Wasser. Wilhelm beschloss, sein Glück zu versuchen. „ He, du! Kannst du mir sagen, wo ich die Familie Roth finde?"

Der Fremde sah auf. „Die wohnen in der Badergasse. Da müsst Ihr noch ein Stück weiterlaufen. Dann gleich die erste Straße links. Ein kleineres Haus mit grünen Fensterläden."

„Vielen Dank!" Mit diesen Worten lief Wilhelm los, bemüht, nicht zu rennen und beflügelt von dem Gedanken, Cecilia wiederzusehen. Schon kurz darauf stand er also vor der Tür. Doch gerade, als er klopfen wollte, bekam er Zweifel. Er hatte keine Ahnung, was ihr in den letzten Monaten widerfahren war. Vielleicht war sie sogar verheiratet? Was für ein Recht hatte er, hierherzukommen und sie einfach mit seinem Auftauchen zu überrumpeln?

Nein, Wilhelm konnte jetzt nicht umkehren. Viel zu groß war sein Wunsch, sie endlich wieder an sich zu drücken, ihr Haar zu riechen und ihren Atem zu spüren.

Mit aller seiner noch verbliebenen Zuversicht hob er die Hand und klopfte. Im nächsten Moment wollte er es am liebsten wieder rückgängig machen und hoffte, man hätte ihn gar nicht gehört. Aber da wurde die Tür geöffnet und sie stand mit einem verblüfften Gesichtsausdruck im Hauseingang. Sie schien es nicht fassen zu können. Genau in diesem Augenblick fielen alle Sorgen und Zweifel von ihm ab. Nun sah er nur noch sie und wollte sie in die Arme schließen.

* * *

Cecilia hatte die Haustür geöffnet und war wie erstarrt mitten in der Bewegung stehen geblieben. Da stand er genauso, wie in ihren Träumen. Wortlos trat Wilhelm auf sie zu und nahm sie in seine Arme. Davon hatte er so lange geträumt.

Cecilia, noch immer vollkommen fassungslos, ließ sich in diese Umarmung voller Freude, Glück und Erleichterung fallen. Dieser Moment brauchte keine Worte. Sie wussten auch so, wie sehr sie sich vermisst hatten.

Schließlich lösten sie sich voneinander und Cecilia meinte: „Lass uns lieber hoch in meine Kammer gehen. Dort sind wir allein und können ungestört reden." Zum Glück war Margarethe nicht da und würde hoffentlich noch nicht so bald zurückkommen. Wilhelm folgte ihr die Treppe hinauf. Erst, als er die Tür geschlossen hatte, schien er die leichte Wölbung unter ihrem Kleid zu bemerken. Dann brach er verlegen das Schweigen. „Bist du ... verheiratet?" Fast lächelnd schüttelte Cecilia den Kopf und wappnete sich für ihre nächsten Worte. „Es ist dein Kind."

Sie sah in sein Gesicht und beobachtete jede Regung. Erst schien Wilhelm überrascht, dann huschte ein Lächeln über das Gesicht des jungen Ritters. Er nahm sie erneut in die Arme und flüsterte überwältigt: „Ich liebe dich!"

Cecilia begann vor Erleichterung darüber, dass er sie nicht von sich stieß und wütend war, zu weinen. Unter Tränen schniefte sie: „Ich dich auch!"

Und dann ließ ein inniger Kuss sie beide alles vergessen. Den Schmerz der Trennung, die Wut, die Trauer – alles ließen sie hinter sich in diesem Augenblick des Glücks. Nachdem sie sich schwer atmend voneinander gelöst hatten, fragte Wilhelm: „Du gibst mir doch Bescheid, wenn es soweit ist?"

„Möchtest du das denn?"

„Ja."

„Gut, dann werde ich dir Nachricht bringen lassen."

Schließlich hatte Cecilia Zeit, selbst Fragen zu stellen.

„Was hast du in der letzten Zeit gemacht? Wie ist es dir in der Schlacht ergangen?"

Wilhelm winkte ab. „Das braucht Zeit."

„Die habe ich."

Nach einem ergebenen Seufzer erzählte Wilhelm: „Von der Schlacht gibt es nicht viel zu erzählen. Ich habe viele Menschen getötet. Nach dem Gemetzel habe ich auf dem Schlachtfeld nach Johannes gesucht und gehofft, ihn nicht zu finden. Leider … war er dort, aber er lebte noch. Wäre dieser Landsknecht nicht gekommen …"

Nun verstand Cecilia auch, warum ihr Bruder bei ihrem letzten Treffen gesagt hatte, dass Wilhelm ein guter Mann sei und sie mit ihm glücklich werden solle.

„Ich wollte dich suchen, habe aber in Frankenhausen keine Informationen erhalten, die mich weiter gebracht hätten. Also dachte ich, dass du nach Meiningen zurückgekehrt bist und ritt dorthin. In meiner Abwesenheit waren einige Dinge vorgefallen. Du weißt ja, dass der Werrahaufen nach Frankenhausen zog und der Bildhäuser Haufen stattdessen die Stadt bewachen sollte, allerdings machten die fürstlichen Heere wohl einen Abstecher und bei Dreißigacker siegten sie über die Bauern. Sie verwüsteten dann die Häuser am Stadtrand. Als erstes ging ich zu Bertha, weil ich hoffte, dich dort zu sehen. Sie konnte mir allerdings nur sagen, dass du noch nicht zurückgekehrt bist und sie auch keine Nachricht hatte. Ich war jedenfalls für drei Monate auf der Burg, aber dann kam ein Bote aus Weida, der mich zu meinem Vater bringen sollte. In Plauen gab es nämlich Aufstände, die niedergeschlagen werden mussten. Auch in Gera wurde gekämpft, wobei es dort wesentlich weniger blutig zuging. Dann wollte ich eigentlich weiter nach dir suchen, aber mein Vater befahl mich nach Weida, auf seine Burg. Also verbrachte ich wieder nutzlose Zeit, bis ein befreundeter Ritter, der sich zur selben Zeit wie du in Frankenhausen aufgehalten hatte, auf der Burg ankam und ich ihn nach Hinweisen ausfragte. Er konnte mir sagen, dass du wahrscheinlich noch in Frankenhausen bist und ich schöpfte wieder Hoffnung. Ich ritt also dorthin, um dann von der Magd deiner ehemaligen Herrschaft zu erfahren, dass du in Rudolstadt gelandet bist."

Er lächelte schief, aber es war eher schmerzlich.

Cecilia war erschüttert davon, was er erzählt hatte und gerührt darüber, dass Wilhelm sie gesucht hatte. Doch sie bemerkte einen bedrückten Ausdruck in seinem Gesicht. Wilhelm hatte nämlich, außer der wohlweislich verschwiegenen Hinrichtung in Meiningen, noch nicht erzählt, dass Bertha gestorben war. Er wollte das aber noch loswerden. „Setz dich hin. Ich muss dir noch etwas erzählen", sagte er mit belegter Stimme.

Wie ein Sack ließ Cecilia sich auf ihr Bett sinken. Es konnte nichts Gutes sein, was Wilhelm ihr bis jetzt verschwiegen hatte.

„Ich war ein zweites Mal bei deiner Ziehmutter. Sie lag im Sterben. Ihre letzten Gedanken galten dir und deinem Bruder. Es tut mir leid."

Cecilia sackte in sich zusammen. Tränen liefen ihr über das Gesicht. Nun würde sie die liebe Alte nie wieder sehen. Sie hatte ihr so viel zu verdanken. Auch konnte sie nie mehr erfahren, was ihr Bertha beim Abschied hatte sagen wollen. Wilhelm setzte sich zu ihr und zog Cecilia an sich. Dankbar lehnte sie ihren Kopf an seine Schulter. „Jetzt habe ich niemanden mehr."

„Doch!", erwiderte er heftiger als geplant. „Ich bin immer für dich da."

Müde lächelnd blickte Cecilia auf. „Du kannst nicht immer da sein. Du hast Verpflichtungen."

„Ja", gab er widerwillig zu, „trotzdem werde ich so oft es geht bei dir sein. Ich lasse dich nicht noch einmal fort von mir."

Gerührt verschränkte Cecilia die Hände in seinem Nacken und küsste ihn zum Dank.

Wilhelm blieb noch lange und sie redeten. Cecilia erzählte von ihren Erlebnissen und merkte irgendwann, dass Wilhelm abwesend wurde. Ehe sie ihn darauf ansprechen konnte fragte er: „Willst du mit nach Weida kommen? Ich erkenne unser Kind an und sorge für euch."

Cecilia brauchte nur einige Sekunden für ihre Entscheidung. „Versteh mich nicht falsch, bitte! So gern ich mit dir leben möchte, so sicher weiß ich auch, dass es für uns unmöglich ist. Ich habe mit der Herrschaft gesprochen und sie haben mir versichert, dass ich mit dem Kind in ihrem Haus auch weiterhin willkommen bin. Ich brauche für das Kleine Sicherheit. Auch mag ich meine Arbeit und kann so für uns beide sorgen." Cecilia hatte die letzten Worte voller Überzeugung gesagt, dass sie selbst glaubte, dass dies die beste Lösung sein musste. Denn so sehr sie sich auch nach ihm sehnte, sie wusste, dass ihnen ein Zusammenleben nicht möglich war. Zu groß war der Standesunterschied.

Wilhelm nickte traurig und dachte, dass sie wohl Recht hätte, obwohl er sich nicht vorstellen mochte, sie hier zurück zu lassen. Sein unbedachtes Angebot hätte ihr wahrscheinlich kein Glück gebracht. Sie würde sich verachtet und ausgestoßen fühlen. Das war beim besten Willen nicht sein Ziel. Bestimmt war es besser so.

Gespräche

Seit einigen Tagen war Eleonora Roth zu Besuch in Frankenhausen und hatte Cecilia mitgenommen. Da Wilhelm nach ihrem Wiedersehen nicht von ihrer Seite weichen wollte, hatte er die beiden Frauen begleitet. Die Herrin hatte nichts gegen seinen Geleitschutz gehabt, auch wenn sie natürlich nichts von der besonderen Verbindung zwischen ihrer Magd und dem Ritter wusste. Wilhelm war sehr glücklich darüber, endlich wieder in Cecilias Nähe zu sein. Er wusste aber auch, dass sie sich fragte, ob er nicht in Meiningen gebraucht würde. Auf dem Weg hatte sie ihn eher im Spott gefragt: „Hast du eigentlich nichts anderes zu tun, als in Rudolstadt herum zu sitzen?" Wilhelm hatte gelächelt und geantwortet: „Ich denke, mein Onkel kommt eine Weile auch ohne mich aus. Sollte er fragen, sage ich, dass ich einem Zug begegnet bin, der dringend Geleitschutz brauchte. Das ist ja nicht einmal gelogen."

Nun wollte er Cecilia gerade im Haus der Eberleins abholen, um mit ihr spazieren zu gehen. Noch immer hatten sie sich viel zu erzählen. Da kamen Anna Eberlein und ihre Schwester die Treppe hinunter.

„Junker Wilhelm? Können wir kurz mit Euch reden?"

„Ja", antwortete er leicht verwundert. Eleonora Roth wandte sich an Cecilia, die im Begriff gewesen war, das Haus zu verlassen und sich nun neugierig umdrehte. „Cecilia, geh doch schon vor. Es geht nur um die Rückreise."

Wilhelm runzelte die Stirn. Das konnte wohl kaum der Wahrheit entsprechen, wenn Cecilia dieser Unterredung nicht beiwohnen sollte. Sie schien etwas Ähnliches zu denken, aber ging gehorsam nach draußen. Ihre Herrin warf ihr noch einen prüfenden Blick hinterher, dann wandte sie sich Wilhelm zu.

„Die Sache ist die: Meine Schwester teilte mir mit, dass einige der Köpfe derer, die im Sommer hingerichtet worden sind, vor dem Stadttor aufgespießt sind. Deshalb wollten wir mit Euch sprechen. Cecilia scheint Euch zu vertrauen und wir denken, dass auch Euch daran gelegen ist, sie vor diesem Grauen zu bewahren. Erst recht, sollte der Kopf ihres Bruders unter ihnen sein."

Nun verstand Wilhelm, worum es ging. Die beiden Schwestern wollten Cecilia davor schützen, den abgeschlagenen Kopf ihres Bruders zu sehen. Er nickte. Natürlich war ihm daran gelegen, ihr dieses Grauen zu ersparen.

Anna Eberlein lächelte zufrieden. „Cecilia hat mir damals erzählt, dass ihr Bruder geköpft wurde. Deshalb ist es sehr wahrscheinlich, dass auch sein Kopf am Stadttor zu finden ist."

Wilhelm bemühte sich, seine eigene Bestürzung nicht zu zeigen.

„Wir dachten, dass Ihr vielleicht dafür sorgen könntet, dass Cecilia diesen Anblick nicht ertragen muss. Mit anderen Worten, dass sie nicht ans Stadttor kommt. Werdet Ihr das tun?"

Wilhelm brauchte nicht lange für seine Entscheidung. Er wusste, wie schwer es Cecilia treffen würde, sollte sie Johannes' Kopf am Tor erkennen.

Cecilia lief wie hypnotisiert durch die Straßen. Ein seltsames Gefühl lenkte sie in Richtung des Stadttores. Je näher sie ihrem Ziel kam, desto sicherer hatte sie das Gefühl, dass irgendetwas ihre Blicke auf sich zog. Vor Angst begannen ihre Beine zu zittern und als sie dieses grausame Bild vor sich sah, fiel sie auf die Knie. Dieser Anblick ließ sie fast ohnmächtig vor Wut und Trauer werden. Wütend war sie auf die, die die Toten dermaßen entehrten und Trauer verspürte sie darüber, dass die Menschen vorbeigingen und die verwesten Köpfe schon nicht mehr wahrzunehmen schienen. Schon im Sommer hatte sie gehört, dass der abgeschlagene Kopf von Thomas Müntzer zur Warnung vor dem Tor aufgespießt worden war. Schlimmer jedoch war, dass sie erfahren hatte, dass auch abgeschlagene Köpfe aufständischer Bauern Gleichgesinnte abschrecken sollten.

Aber sie hätte nicht gedacht, dass der Anblick sie so treffen würde. Nun hockte sie mit brennenden Augen im Schnee und sah vielleicht auch auf den abgeschlagenen Kopf ihres Bruders. Die Gesichter waren längst nicht mehr zu erkennen, dafür hatten die Krähen bereits gesorgt.

Welch eine Schmach für diese mutigen Männer, die ihr Leben verloren, um dem einfachen Volk ein besseres Auskommen zu ermöglichen.

Einige Vorbeigehende blickten sie schon missbilligend an, weil sie so offen ihre Trauer zeigte. Doch das war ihr egal. Sie hatte nicht vor, ihren Kummer zu verbergen. Genau in diesem Moment legte ihr jemand die Hand auf die Schulter und Cecilia hörte die so vertraute Stimme sagen: „Steh auf! Komm mit und wärme dich auf." Wilhelm zog sie hoch und nahm sie bei der Hand. Willenlos ließ Cecilia sich mitziehen. So liefen sie schweigend zum „Blauen Gockel", der Herberge, in der Wilhelm die letzte Zeit gewohnt hatte.

Immer noch ohne ein Wort erreichten sie die Wirtsstube und Wilhelm führte sie in seine Kammer. Der Raum war wie in den meisten Herbergen eingerichtet. Ein Bett, ein Stuhl und eine kaminähnliche Feuerstelle waren die einzigen Möbel in dem kleinen Raum.

Wilhelm schob den Stuhl ans Feuer und bedeutete Cecilia, sich darauf zu setzen. Die Flamme wärmte ihren kalten Körper und jetzt erst merkte sie, wie durchgefroren sie eigentlich war.

Es blieb still, bis Wilhelm schließlich sagte: „Das hättest du nicht tun sollen." Es lag kein Vorwurf in seiner Stimme, trotzdem fuhr Cecilia auf: „Ich bin kein kleines Kind! Es ist mein Recht, meinem Bruder und den Anderen die letzte Ehre zu erweisen!"

„Aber du bist kurz vor der Niederkunft! Es hätte sonst etwas passieren können!", hielt Wilhelm dagegen. Eigentlich hatte er keine Lust auf einen Streit, aber er ließ sich nicht vermeiden.

Wütend sprang Cecilia auf. „Was haben nur alle mit meinen anderen Umständen? Es geht mir gut!", rief sie.

„Was wir mit deiner bevorstehenden Mutterschaft haben? Vielleicht, dass du dich ausruhen und nicht in der Stadt herumlaufen solltest!", schrie Wilhelm lauter, als er eigentlich wollte.

Cecilia stockte einen Moment. Sie hatten noch nie gestritten. „Was hatte meine Herrin eigentlich mit dir zu besprechen?", fragte sie und etwas Lauerndes trat in ihre Stimme.

Wilhelm schwieg einen Moment. „Über den Rückweg, das weißt du doch."

Cecilia kniff die Augen zusammen. „Das glaube ich aber nicht. Warum sollte ich denn dann rausgehen?"

Wilhelm wurde rot, doch eindeutig nicht vor Wut, sondern vor Verlegenheit.

Da begann Cecilia zu verstehen. „Du hast mit meiner Herrin über mich gesprochen und darüber, wo ich nicht hingehen sollte. Ihr wolltet mir diesen Anblick ersparen?" Sie wartete nicht, bis Wilhelm antwortete. „Das ist doch so …"

„Jetzt halt aber mal die Luft an!", rief er wütend, „Worüber regst du dich eigentlich auf? Dass sich alle große Sorgen um dich machen und dich beschützen wollen? Ja, ich sollte dich von den Köpfen fernhalten, na und? Es war nur gut gemeint!"

„Aber warum? Es geht mir gut. Ich muss auch sonst selbst auf mich achten", wandte sie leise ein.

Wilhelm beruhigte sich ebenfalls und sprach leiser. „Weil wir dich lieben und dich schützen wollen. Es mag vielleicht übertrieben scheinen, aber das ist es nicht, wenn man einen geliebten Menschen vor etwas bewahren will, das ihn vielleicht zerbricht. Du glaubst nicht, wie schlecht ich mich gefühlt habe, als ich dich vorhin da hocken sah. Ich hätte mich ohrfeigen können, dass ich es nicht geschafft habe, es dir zu ersparen."

Da begriff Cecilia, dass sie von Menschen umgeben war, die sich um sie sorgten und denen sie unrecht tat, wenn sie erbost auf ihre Hilfe reagierte. Sie ließ sich wieder auf den Stuhl sinken und sagte leise: „Es tut mir leid, dass ich so ungehalten war, aber die Vorstellung, dass auch Johannes Kopf dort aufgespießt ist, war einfach ... zu viel für mich."

Wilhelm nickte, kam zu ihr und umarmte sie. „Ich wollte nicht streiten. Lassen wir die Sache, ja?"

Sie nickte. Plötzlich spürte Cecilia das Verlangen, das sie seit Monaten verspürte, wenn sie an Wilhelm dachte. Deshalb gab sie auch Wilhelm zu verstehen, wie sie sich nach ihm sehnte. Bei einem langen, zärtlichen Kuss merkte Cecilia, dass er mühsam versuchte, sein Verlangen zurückzudrängen.

„Warum willst du es nicht?"

Wilhelm sah verlegen an ihr vorbei. „Ich mache mir nur Sorgen ... wegen des Kindes."

Cecilia musste lächeln. „Wenn wir vorsichtig sind, wird es dem Kind nichts ausmachen." Noch einen Moment zögerte Wilhelm, dann küsste er sie, diesmal voller Leidenschaft, und schließlich liebten sie sich so sanft, wie es angesichts der langen Trennung möglich war.

Lange lagen sie danach eng umschlungen beieinander und genossen die Zweisamkeit. Irgendwann erhob sich Wilhelm und machte Anstalten, sich anzuziehen. „Wo willst du hin?", fragte Cecilia überrascht.

„Es wird Zeit, dass du zu deinen Herrschaften zurückkehrst." Das stimmte. Sie mochte jetzt wohl schon an die drei Stunden weg sein. „Aber warum ziehst du dich dann an?"

„Weil dich jemand begleiten muss. In deinem Zustand wäre es dumm, dich allein gehen zu lassen."

Cecilia seufzte. Genau deswegen hatten sie vor einer guten Stunde gestritten. Doch Wilhelm schien das nicht zu bemerken und half ihr aus dem Bett.

Kurz darauf betraten sie die Straße. Wilhelm reichte Cecilia galant den Arm, doch sie zögerte. „Ist das nicht ... unschicklich?" Unwillkürlich mussten beide grinsen. Genauso hatte ihr erstes persönliches Gespräch begonnen und beinah genauso wie damals antwortete Wilhelm: „Niemand wird Anstoß daran nehmen, dass ich eine schwangere Frau nach Hause geleite."

Also nahm sie an, genau wie damals. So liefen sie durch Frankenhausen und irgendwann brach es aus Wilhelm heraus: „Am liebsten würde ich mit dir als meine Frau durch die Straßen laufen."

Cecilia seufzte leise. „Das geht nicht. Du dürftest niemals eine Magd heiraten."

„Und wenn es mir egal ist?"

„Das darf es dir nicht sein. Es ist nicht möglich."

Wilhelm nickte bekümmert. Es behagte ihm nicht, Cecilia zurücklassen zu müssen und sein Kind als Bastard aufwachsen zu lassen.

Schließlich erreichten sie die Holzgasse und das Eberleinsche Haus. Hier, mitten in Frankenhausen, konnten sie sich nur mit einem Blick verabschieden, dann verschwand Cecilia im Haus.

* * *

Mit mürrischer Miene erreichte Wilhelm die Burg Weida. Er wollte gar nicht hier sein, denn Cecilias Niederkunft rückte immer näher. Außerdem hasste er es, im Schnee unterwegs zu sein und er hatte keine Lust, seinen Vater zu sehen. Normalerweise wäre er nicht aus Frankenhausen weg gegangen, aber der Bote seines Vaters legte ihm die Dringlichkeit seines Kommens dar und so hatte er sich auf den beschwerlichen Weg gemacht.

Er überließ Cajetan den Stallburschen und ließ sich bei Heinrich XXIII. melden. Er wurde sofort in den Rittersaal gebeten. Mit versteinertem Gesicht kniete Wilhelm nieder und wartete auf die wichtigen Nachrichten.

„Mein Sohn, es gibt gute Neuigkeiten."

Ob die wirklich so gut waren?

„Der Vogt von Schleiz, Junker Heribald, ist bereit, seine Tochter mit dir zu vermählen."

Wilhelm war es, als hätte man einen Eimer kaltes Wasser über ihm ausgeschüttet. Diese mögliche Ehe war schon öfters zur Sprache gekommen, aber er hatte lange nicht mehr darüber nachgedacht. Ausgerechnet jetzt? Jetzt, wo er bald Vater werden würde?

„Ja, Vater", meinte er hölzern und lief ohne ein weiteres Wort aus der Halle. Kurz darauf sahen die Bediensteten den Sohn ihres Herrn wie kopflos auf seinem Cajetan davon preschen.

Neue Sorgen

Verbissen bemühte Cecilia sich, nicht auf die Wehen zu achten. Hoch konzentriert lief sie mit dem Mittagessen ihrer Herrschaften in den Speiseraum und stellte den Teller ab. Eine neue Wehe kam und Cecilia zuckte für einen winzigen Moment zusammen. Doch diese Bewegung war Eleonora Roth nicht entgangen.
„Geht es dir nicht gut, Cecilia?"
Sehr krampfhaft schüttelte die Angesprochene den Kopf.
„Cecilia, lüg nicht! Was ist los?"
Cecilia begriff, dass es sinnlos war und gab nach. „Die Wehen."
Eleonora Roth riss die Augen auf. „Warum hast du das nicht eher gesagt? Rudolf, schnell, hol die Hebamme!" Sofort sprang ihr Sohn vom Mittagstisch auf und lief los.
„Geh schon in deine Kammer, Cecilia. Warte dort auf die Hebamme." Sie tat wie ihr geheißen.
Unruhig lief Cecilia auf und ab. Sie konnte keine Ruhe finden. Endlich trat die Hebamme ein. Es war eine junge Frau, vielleicht zwanzig. Nun konnte die Schwangere sich etwas beruhigen und legte sich auf das Bett. Mit geübten Handgriffen ertastete die Frau die Lage des Kindes. „Die Presswehen müssten bald einsetzten. Wenn das passiert, musst du bei jeder Wehe kräftig pressen", erklärte sie.
Cecilia hatte Angst. Sie wusste, dass ihre Mutter genau daran gestorben war. Würde sie es heil überstehen? Kurz darauf spürte sie einen stechenden Schmerz.

Am späten Nachmittag des 21. Februar 1526 wurde Cecilia von einem gesunden Jungen entbunden. Vom ersten Augenblick an liebte sie ihn. Als der herbeigerufene Priester die Taufe vollzog, wurde er Jonas Wilhelm genannt. Cecilia hatte es nicht übers Herz gebracht, ihren Sohn genauso zu nennen, wie ihren Bruder, aber der kleine Wurm hatte einen ähnlichen Namen bekommen, wie sein verstorbener Oheim.

Nachdem der Geistliche den Eintrag ins Taufregister vorgenommen und Cecilia mit gutem Gewissen auch Wilhelms Namen angegeben hatte, bat sie ihn, die Hebamme noch einmal zu holen, was dieser tat. Wenig später war die Frau da und nachdem sie sich noch einmal von dem Wohlergehen des Kleinen überzeugt hatte, bat Cecilia sie um einen Gefallen. Die Frau machte sich auch auf den Weg.

Schließlich kehrte sie mit einem ziemlich nervösen Wilhelm im Schlepptau zurück. Sofort lief der frischgebackene Vater zu Cecilia, nahm sie vorsichtig in den Arm und küsste sie auf sie Schläfe, als wäre sie aus Porzellan. „Geht es dir gut? Du bist sehr blass", meinte er besorgt.

Cecilia lächelte und sagte: „Ja, mir geht es gut. Ich bin nur sehr müde, aber du solltest ihn gleich sehen." Damit legte sie Jonas in die Arme seines Vaters und beobachtete, wie ein glückseliges Strahlen über Wilhelms Gesicht zog. „Du machst mir das schönste Geburtstagsgeschenk meines Lebens, wenn auch etwas früh."

Überrascht blickte sie hoch. „Du hast Geburtstag?"

„Na ja, in zwei Tagen, aber das ist jetzt nicht wichtig. Hast du ihm schon einen Namen gegeben?"

„Ich habe ihn auf den Namen Jonas Wilhelm taufen lassen. Ich hoffe, das ist für dich in Ordnung?"

Wilhelm nickte glücklich. Er ahnte, an wen der Rufname erinnerte und das war auch in seinem Sinne.

Während sie sprachen, sah Wilhelm sie unentwegt an.

„Was ist?", fragte Cecilia deshalb irgendwann.

„Nichts", antwortete er, „Ich dachte nur gerade, wie froh ich darüber bin, dass dir nichts passiert ist. Ich erinnere mich noch genau an deine Mutter, als ich euch damals fand."

Darüber musste Cecilia, trotz der düsteren Erinnerung, lächeln.

Wilhelm blieb noch lange und wäre am liebsten gar nicht wieder gegangen, aber als es dunkel wurde, scheuchte die Hebamme ihn mit dem Hinweis, dass die Wöchnerin Ruhe brauche, aus dem Zimmer.

Eine Woche später stillte Cecilia gerade in der Kammer ihren Sohn, als es klopfte. „Herein", rief sie verwundert.

Etwas verlegen trat Wilhelm ein und blieb in der Tür stehen, um das Bild in sich aufzunehmen. Doch er zögerte auch, um Mut zu sammeln, wie Cecilia erkannte, und ein ungutes Gefühl beschlich sie.

Nachdem er sie geküsst und einen liebevollen Blick auf seinen Sohn geworfen hatte, sprach sie ihn sofort darauf an. „Was ist los? Stimmt etwas nicht?"

Wilhelm seufzte und sah zu Boden. Er hatte ja gewusst, dass er ihr nichts vormachen konnte. „Nichts stimmt", brach es aus ihm heraus, „ Ich soll heiraten. Verdammt, ich hätte wissen müssen, dass mein Vater den Gedanken nicht aufgegeben hat!"

Cecilia fühlte sich wie von einem Blitz getroffen und erbleichte. Sie fasste sich aber schnell wieder. Im Grunde war das genau die Situation, die ihnen beiden immer klar gewesen war.

„Wer ist sie?"

„Ich weiß es nicht. Ich weiß nur, dass sie die Tochter des Vogts von Schleiz ist. Vater hat das arrangiert und ich durfte es jetzt erfahren."

„Du warst in Weida?"

„Ja, vor zwei Wochen."

„Vor zwei Wochen? Davon hast du mir letzte Woche nichts gesagt?" Cecilia konnte es nicht glauben.

„Nach Jonas' Geburt konnte ich die Sache wenigstens für ein paar Stunden vergessen. Außerdem wollte ich dich damit nicht belasten. Es tut mir so leid."

„Verschwinde!", meinte sie leise, aber drohend. Einen Moment war Wilhelm überrascht, doch dann nickte er und ging.

Cecilia war – sie wusste selbst nicht recht warum – wütend auf Wilhelm. Ihr Verstand sagte zwar, dass er das nicht freiwillig tat und auch keine Schuld trug, aber alles in ihr schrie danach, Wilhelm zu verabscheuen, obwohl sich ihr Herz dagegen sträubte. Sie liebte ihn, auch wenn ihr Zusammensein nun vollkommen unmöglich werden würde.

Eben noch im siebten Himmel, stürzte sie nun in tiefe Verzweiflung.

* * *

Wilhelm stieß die geballte Faust gegen seinen Kopf. Endlich wollte er einen klaren Gedanken fassen: Er war ein Dummkopf und Idiot! Wie hatte er einfach nur mit „Ja, Vater." die Nachricht des geplanten Verlöbnisses annehmen können? Warum hatte er nicht widersprochen? Doch die Antwort kannte Wilhelm selbst: Er war zum Gehorsam vor dem Vater und bedingungsloser Pflichterfüllung erzogen worden.

Aber diese Sache konnte und wollte er nicht einfach auf sich beruhen lassen. Niemals würde er die Frau, die er von ganzem Herzen liebte, und seinen Sohn aufgeben!

Bei dem Gedanken an Jonas musste Wilhelm lächeln. Als er den Kleinen zum ersten Mal gesehen hatte, war ein ihm bis dahin unbekannter Beschützerinstinkt für das kleine Wesen in ihm erwacht. Er würde seinen Sohn nicht dem ihm zugedachten Schicksal als Bastard überlassen. Seine Gedanken flogen zu Jonas' Mutter und Wilhelm spürte einen schmerzhaften Stich in seinem Herzen. Er liebte Cecilia mehr denn je und auch ihr konnte er das nicht antun, auch wenn sie im Streit auseinander gegangen waren. Immerhin war diese Situation auch seine Schuld gewesen.

Er musste etwas unternehmen.

Die Entscheidung

Die wohl möglich schwerste Entscheidung in seinem Leben hatte Wilhelm nun getroffen. Der Gedanke hatte ihn schon einige Male beschäftigt und jetzt, als er Cecilias unglückliches Antlitz gesehen hatte, würde er ihn in die Tat umsetzten. Er wollte seinem Vater die Meinung ins Gesicht schreien: Das Maß war lange voll, nicht erst nach der hinter seinem Rücken geplanten Heirat.

Schon einen Tag nach dem Gespräch mit Cecilia ritt Wilhelm also in Richtung Weida. Diesmal trieb er seinen Fuchs gegen seine Gewohnheit schnell durch Wald und Feld.

Endlich erreichte er die Osterburg und übergab sein schweißnasses Pferd dem wartenden Stallburschen. Dann lief Wilhelm zum Rittersaal und blieb unvermittelt einen Moment stehen. Bis jetzt hatte er nicht lange über sein Handeln nachgedacht, obwohl ihm klar war, dass davon nicht nur sein eigenes weiteres Leben abhing. Dies war eine Entscheidung, die das gesamte weitere Schicksal seiner kleinen Familie bestimmen würde. Er musste sich zwischen zwei Dingen entscheiden, die ihm stets alles bedeutet hatten: seiner väterlichen Familie und seiner Liebe.

Die Wache vor dem Saal schien unruhig zu werden und fragte: „Was wollt Ihr?"

Der Moment war gekommen. Wie seltsam, dass für solch wichtige Entscheidungen so verschwindend wenig Zeit blieb. In diesem Augenblick tauchte vor seinem inneren Auge Cecilias Bild auf und das brachte die endgültige Entscheidung, auch wenn sich Wilhelm später sicher war, sie tief in seinem Herzen längst getroffen zu haben. Mit einem Ruck riss er die Tür auf. Heinrich XXIII. saß mit seinen Rittern gerade beim Abendessen.

„Vater ich muss mit dir sprechen. Allein!", brachte Wilhelm mühsam beherrscht hervor. Sein Vater ließ die Ritter gehen und scheuchte die Bediensteten hinaus. „Was gibt es so dringendes, mein Sohn?", wollte der Vogt von Weida, Gera und Plauen wissen.

„Vater, ich werde nicht die Frau heiraten, die du ausgesucht hast."

Heinrich XXIII. ließ keinerlei Regung erkennen. „Hast du eine Bessere gefunden? Hat ihr Vater mehr Land und Einfluss?"

„Nein."

„Eine größere Mitgift?"

„Sie besitzt weder Land noch Mitgift."

„Was hat sie denn dann?"

„Meinen Sohn und mein Herz."

Wilhelms Vater war erstaunt. „Deinen Sohn? Du hast keinen Sohn."

„Oh doch. Du bist seit einer Woche Großvater."

Heinrich XXIII. wurde kreidebleich. „Wer ist sie?", fragte er tonlos.

„Sie ist eine Magd. Ich liebe sie und werde sie heiraten."

Der rote Ton im Gesicht des Vogtes verriet, dass er kurz vor einem Wutausbruch stand. „Du liebst eine einfache Magd und zeugst ein Kind!? Du hast eine Pflicht mir gegenüber!"

„Ja, diese Pflicht besteht nicht darin, meine wahre Liebe und mein Kind zu verleugnen und eine Frau zu heiraten, die ich nicht kenne!", rief Wilhelm nun ebenso wütend.

Einen Moment verschlug es dem Vogt die Sprache, doch bald hatte er sie wiedergefunden. „Du wagst es, gegen mich zu rebellieren? Gegen mich, deinen Vater, der dir alles ermöglicht hat und dir ein gutes Leben bieten kann?!"

„Gutes Leben? Ich habe es immer gehasst, unschuldige Menschen zu töten, nur weil es dir Spaß gemacht hat! Mittlerweile habe ich zwar gelernt, mein Handwerk zu akzeptieren, aber nur zum Schutz derer, die du zu gerne schindest."

Während dieser Worte musste sich eine unglaubliche Wut in seinem Vater angestaut haben, die nun wie ein Vulkan aus ihm herausschoss und auf Wilhelm niederprasselte.

„Du bist nicht länger Erbe von Weida und mein Sohn auch nicht!", schrie Heinrich XXIII. und stürmte aus dem Raum.

Wilhelm fühlte sich nicht traurig, sondern eher befreit von einer großen Last. Nun stand einer Ehe mit Cecilia nichts mehr im Weg. Sie war ihm den Verlust seines Erbes und der Familienzugehörigkeit wert. Er war sich sicher, diesen Schritt nie bereuen zu müssen.

Jetzt gab es nur noch zwei Sachen zu klären: Würde sein Onkel ihn trotz des Erbverlustes als Ritter behalten und was würde Cecilia zu alldem sagen? Er musste dringend mit ihr sprechen. Aber vorher wollte Wilhelm zu seinem Onkel nach Meiningen. Also verließ er auf Cajetan die Osterburg und machte sich auf den langen Weg.

Ziemlich spät am Abend erreichte Wilhelm die Stadt. Ein leichter Nieselregen weichte allmählich den Februar-Schnee auf, der sich trotzdem hell von seiner Umgebung abhob und Wilhelm seinen Weg finden ließ. Zum Glück war sein Pferd ein junges und außerordentlich gutes Tier, so dass er sicher die Burg erreichte.

Schon in der Eingangshalle kamen ihm Karl und Florian entgegengelaufen. Zwar freute Wilhelm sich, die Freunde wiederzusehen, aber ein Gespräch mit ihnen würde wohl warten müssen. Die Unterredung mit seinem Oheim hatte jetzt Vorrang.

„Wilhelm! Da bist du ja wieder. Hast du sie gefunden?", rief Karl freudig aus.

„Es tut mir leid, aber ich muss jetzt erst zu meinem Oheim. Wir sehen uns später."

„Dein Onkel ist in seiner Kammer!", rief Florian ihm noch hinterher. Im Kopf dankte Wilhelm dem Freund für seine Umsicht, als er schon wie von selbst vor der Kammer des Meininger Vogtes stand und klopfte. Sein Onkel bat ihn sofort herein.

„Wilhelm! Schön, dass du wieder da bist. Du siehst ziemlich müde und abgespannt aus. Hast du etwa einen Gewaltritt hinter dir?"

„Ja, doch das ist jetzt nicht wichtig. Oheim, ich muss Euch etwas erzählen, aber Euch vorher um Stillschweigen bitten."

Wilhelm IV. nickte.

Also begann Wilhelm zu sprechen. Er erzählte alles, von seiner ersten Begegnung mit Cecilia, über seine Suche nach ihr. bis zu dem Ereignis mit seinem Vater. Sein Onkel hörte ihm geduldig zu, runzelte nur dann und wann die Stirn.

„Und nun wollte ich Euch fragen, ob Ihr mich trotzdem als Ritter ohne Land und Namen behaltet", schloss Wilhelm schließlich.

Einen Moment herrschte Stille, in der der Henneberger offensichtlich erst einmal über alles nachdenken musste. „Ich bin sehr stolz darauf, dass du bereit bist, die Verantwortung für deine neue Familie zu übernehmen", begann er dann, „Deine Mutter wäre es auch, da bin ich mir sicher. Was deinen Erbverlust angeht, so kannst du gern hier bleiben und auch deine Familie herholen. Was den Namen betrifft: Es wäre dringend noch ein Henneberger von Nöten, der mein Erbe eines Tages fortführt."

Wilhelm sah ihn mit einer Mischung aus Erstaunen, Erschrecken und Freude an. „Heißt das, ich soll ..."

„... eines Tages diese Herrschaft übernehmen und mit Freuden meinen Namen tragen."

Wilhelm war sprachlos vor Erleichterung. Nachdem er einmal tief durchgeatmet hatte, brachte er nur heraus: „Ich weiß gar nicht, wie ich Euch danken kann, Oheim."

„Brauchst du nicht", antwortete dieser leichthin, „Es ist doch auch für mich von Vorteil."

Nachdem Wilhelm die Kammer seines Onkels verlassen hatte, lief er schnell in seine eigene und ließ sich Feder und Papier bringen, um Cecilia endlich von allem zu berichten.

Epilog

DIE KISTE
(Meiningen, Frühjahr 1526)

Mit sanftem Druck schob Wilhelm seine Verlobte in die Kate. Es hatte einige Überredung gebraucht, um Cecilia von dem Besuch zu überzeugen, aber auch sie war neugierig auf die Hinterlassenschaft. Das Häuschen war so klein und unauffällig, dass es seit Berthas Tod leer und ungenutzt stand. Mit zögernden Schritten trat Cecilia durch die Tür. Viele Erinnerungen stürzten auf sie ein, hier, wo sie 17 Jahre ihres Lebens verbracht hatte und alles an Bertha und Johannes erinnerte.

Wilhelm, der ahnte, wie es es in ihr aussah, nahm tröstend ihre Hand in seine. „Komm, wir müssen die Kiste finden", versuchte er, sie abzulenken.

„Weißt du, wo sie ist?"

„Warte …" Er überlegte angestrengt. „Sie sagte, unter ihrem Bett."

„Also unter ihrem Bett." Sie war nervös. Wilhelm lief hin, kniete nieder und suchte eine Weile, ehe er eine kleine Holzkiste fand. „Das wird sie sein."

Cecilia atmete tief durch.

„Ich weiß, wie schwer das für dich ist", begann Wilhelm, doch Cecilia hinderte ihn am Weitersprechen. „Lass es uns einfach tun."

Mit einem Ruck öffnete sie die kleine Holzkiste. Sie sahen beide neugierig hinein. Wilhelm zog etwas heraus. Cecilia riss die Augen auf. Es war eine einfache Stofftasche, die vor ihr schwebte.

Wilhelm runzelte die Stirn und Cecilia erkannte daran, dass er nachdachte.

„Kennst du diese Tasche?", hakte sie nach.

„Ich bin mir nicht sicher", murmelte er, „Aber, wenn mich meine Erinnerung nicht trügt, hatte deine Mutter sie damals bei sich."

Cecilia schluckte. Wilhelm streckte ihr die Tasche entgegen. „Ich glaube das gehört dir."

Sie griff nach einem weichen Stoffgegenstand und hielt bald darauf eine sehr einfache Puppe aus Wolle in der Hand. Plötzlich wusste sie, dass es sich um ihre eigene Puppe handeln musste. Sie hatte das Spielzeug bei sich, als sie mit ihrer Mutter hierhergekommen war. Damit war auch Wilhelms Vermutung bewiesen.

Cecilia hielt nur mit Mühe die Tränen zurück. Sie war sich sicher, dass mit dieser Kiste viele Erinnerungen auf sie einstürzen würden. Wenigstens war Wilhelm bei ihr und das gab ihr etwas Trost.

„Soll ich?", fragte er. Cecilia nickte. Wilhelm griff in den Holzkasten und legte ihr kurz danach einen kleinen kalten Gegenstand in die Hand. Ein schwaches Lächeln glitt über Cecilias Gesicht. Es war die zweite Rosenkette, Berthas Exemplar.

„Ich denke, wir sollten sie aufheben. Unsere Tochter soll sie bekommen."

Wilhelm nickte. Er holte erneut etwas aus der Kiste und ein wissender Ausdruck zog über sein Gesicht. Es war eine Decke. Als Cecilia sie sich näher ansah, entdeckte sie verblasste rote Flecken auf der Wolle.

„Ist das ...?"

„Ja. Auf dieser Decke hat deine Mutter Johannes zur Welt gebracht."

Wieder musste Cecilia tief durchatmen, um nicht zu weinen. Nun griff sie selbst wieder in die Kiste und brachte ein schon leicht vergilbtes Blatt Papier zum Vorschein. Da nichts auf der Außenseite stand, schlug sie es auf und begann zu lesen.

Meine liebste Tochter,

es gibt einige Dinge, die ich dir erzählen muss. Dinge, die nicht von schöner Natur sind, aber die ausgesprochen werden müssen.

Es war im Jahr 1508. Ich war die Tochter des Schmieds, Bertha die einer Magd. Doch das schwierigste war, dass sie unehelich war.

Schon ein Jahr zuvor hatten wir uns im Wald zum ersten Mal getroffen. Plötzlich hatte sie vor mir gesessen, offenbar beim Pilze suchen.

Ich sagte nur „Hallo, du bist Bertha, nicht wahr?"

Sie war nicht überrascht und wusste auch, wer ich bin. Wir redeten lange miteinander und trafen uns daraufhin noch oft im Wald, weil mein Vater nicht gewollt hätte, dass ich mich mit solchem „Gesindel" anfreunde.

Eine ganze Weile ging dies gut und ich ließ auch die beiden Ketten anfertigen, ohne meinem Vater zu sagen, für wen die zweite war.

Ich hoffe, Bertha hat dir meine gegeben. So haben wir es abgemacht: Sollte eine von uns sterben, bekommen unsere Kinder diese Ketten. Die Rose passt auch zu dir wunderbar, denn sie war das Zeichen der heiligen Cecilia.

Aber ich rede nur um den weiteren Verlauf der Geschichte herum, weil ich mich vor der Wahrheit drücken will. Schließlich verliebte ich mich in einen Mann namens Rasmus Mühlbach. Er war äußerst nett und machte mir Geschenke.

Eines Tages gingen wir im Wald spazieren. Er hatte den Arm um mich gelegt. Dann blieb er plötzlich stehen.

Ich wusste nicht, was er vorhatte, aber ein ungutes Gefühl beschlich mich, als er ... nein, ich scheue mich, es niederzuschreiben, doch er verletzte mich sowohl innerlich, als auch äußerlich, bevor er ging und niemand ihn je wiedersah.
Nach einer langen Zeit, die ich halb betäubt im Wald zubrachte, fand mich der Gerbersohn Hans Lang.
Ich hatte es nicht gewusst, aber er war in mich verliebt und dem entsprechend entsetzt, als er mich so fand. Doch er stellte keine Fragen und brachte mich, ohne dass ich es ihm hätte sagen müssen, zu Bertha. Auch sie stellte keine Fragen, weil sie wahrscheinlich sowieso ahnte, was passiert war, und versorgte mich.
Nachdem all dies vorbei war, wollte ich die Sache einfach vergessen. Allerdings ... stellte ich nach einigen Monaten meine Schwangerschaft fest. Nur Bertha weihte ich ein.
Doch nach nur zwei Monaten nahm mein Schicksal eine unerwartete Wendung: Hans Lang, der Gerbersohn, hielt um meine Hand an, obwohl ich ihn natürlich über meine Schwangerschaft in Kenntnis setzte. Er liebte mich. Also nahm ich diesen Antrag mit Freuden an und wurde glücklich, noch mehr, als du geboren warst.
Ich schreibe dir diesen Brief nicht, um dein Leben durcheinanderzubringen, sondern damit du deine Geschichte kennst.
Ich habe Angst, dass mir bei der Geburt deines Geschwisterchens etwas zustoßen könnte, wie es nicht selten ist. Also schrieb ich diesen Brief an dich.

Ich habe dich sehr lieb. Arrivederci, mio amore, deine dich liebende Mutter Leonora

Erschüttert ließ Cecilia den Brief sinken. Johannes war also nur ihr Halbbruder und sie selbst Ergebnis einer Vergewaltigung? Sie begann zu weinen. Sie weinte, dass die salzigen Tränen in kleinen Bächen ihre Wangen herunterliefen. Während Wilhelm sie in seine Arme zog, nahm er selbst das Papier zur Hand und überflog es. Nichts von seiner eigenen Bestürzung zeigend, strich er ihr beruhigend über das Haar. Auch wenn er selbst mehr als erschüttert über diese Worte war, versuchte er Cecilia zuliebe, seine eigenen Empfindungen zu verbergen.

„Das muss furchtbar für Mutter gewesen sein", schluchzte Cecilia, „Sie muss mich gehasst haben, schon, wenn sie in meine Augen gesehen hat. Dann muss sie doch sofort an diesen schlimmen Tag und an diesen furchtbaren Mann gedacht haben. Und warum ist sie, als sie von Vater schwanger war, mit mir weggegangen?"

„Nein", versuchte Wilhelm, sie zu beruhigen, „Deine Mutter hat dich nicht gehasst, das hat sie doch geschrieben. Und deine Augen ... sind die schönsten, die es gibt. Ich liebe sie."

Sie brachte ein gequältes Lächeln zustande, das ihm beinah das Herz brach.

„Komm, wir wollen die Vergangenheit hinter uns lassen und ein neues Leben beginnen. Alles wird gut." Und dann küsste er sie.

Nachbemerkungen

Ich habe viele Geschichten angefangen und nicht zu Ende gebracht. Diese ist die dritte, die ich beendet habe. Nummer eins und zwei waren „Die Donutbande legt los" und „Der Wald des Grauens". Anfangs hätte ich nicht gedacht, dass dieses Projekt „Rosenkette" funktioniert, aber es war hartnäckig und das Ergebnis kann sich, meiner Meinung nach, sehen (oder besser lesen) lassen.

Die Idee kam mir mitten im Geschichtsunterricht, kurz nachdem wir den Bauernkrieg behandelt hatten. Wie alle meine Geschichten war es eine Eingebung, die mir ganz unbewusst kam. Ich hatte länger geplant, dir, Mama, eine Geschichte zu schreiben. Allerdings hatte ich mehrere Ideen, genau drei, unter denen ich mich dann für diese entschied.

Die hier geschilderten historischen Ereignisse, wie die Schlacht zu Frankenhausen oder die Entstehung der 12 Artikel, sind so abgelaufen, auch wenn ich mir erlaubt habe, einige Details einzufügen. Besonders die 12 Artikel stellten mich dabei vor einige Probleme. Das erste davon war, dass nicht ganz sicher ist, wer die 12 Artikel geschrieben hat, doch die meisten Historiker nennen Sebastian Lotzer als „Autor". Also habe ich mich dieser These in meiner Erzählung angeschlossen.

Das andere Problem lag darin, dass ich nicht alle Artikel interpretieren konnte, wobei mir dann aber freundlicherweise meine Geschichtslehrerin half.

Auch die Aufstände in Gera und Plauen gab es wirklich, allerdings habe ich mir die Einzelheiten ausgedacht.

Die Handlung ist zum größten Teil erfunden, aber sie hat einen wahren Kern. Die Bauernkriege (1524/25) begannen mit kleineren Protesten, die von den Adligen niedergeschlagen wurden. Die

Bauern begannen sich zu erheben, weil sie Luthers Schrift „Von der Freiheit eines Christenmenschen" in ihrer Not so auslegten, dass sie keine Abgaben und Frondienste zu leisten hätten, was aber Luther nicht gemeint hatte.

Am 6. März 1525 schrieb Sebastian Lotzer im Beisein der Anführer von drei der größten Haufen die „Zwölf Artikel der Bauern".

Das führte zu ersten gewaltsamen Übergriffen und in der Folge zur Gründung des Schwäbischen Bundes, der Vereinigung der Adligen gegen die Bauern. Schließlich kam es zu ersten Schlachten. Die Adligen siegten schnell: Meist wurden tausende Bauern, aber nur wenige Landsknechte getötet.

Auch in Thüringen wurden die 12 Artikel befürwortet und es gab Erhebungen der Bauern. Der Pfarrer Thomas Müntzer gehörte ursprünglich zu den Anhängern Luthers. Doch bald entwickelte er eigene Vorstellungen. In seinen Predigten forderte er einen „Gottesstaat auf Erden", ein tausendjähriges Reich Christi zu errichten. Darin sollten alle Menschen gleich und durch Frömmigkeit Gott nah sein. Diese Ideologie konnte Müntzer Anfang 1525 für kurze Zeit in Mühlhausen durchsetzen.

Das wurde überall bekannt und plündernde Haufen zogen durch Thüringen. Luther, der die Forderungen der 12 Artikel ursprünglich unterstützt hatte, wendete sich nun scharf gegen das gewaltsame Vorgehen der Bauern. Trotzdem gab er den Herren die Schuld an den Erhebungen.

Schließlich, ebenfalls Anfang 1525, kam es zur Schlacht bei Frankenhausen. Die habe ich so dargestellt, wie sie wohl wirklich abgelaufen ist.

Überall in Deutschland wurden daraufhin die schlecht bewaffneten Haufen von den Söldnerheeren besiegt. Insgesamt hatte der Krieg für die Bauern nichts gebracht, außer 70.000 Tote in ihren Reihen. In den östlichen Gebieten Deutschlands wurden die Bauern daraufhin noch schlechter behandelt.

Meine persönliche Meinung zum Bauernkrieg ist sehr ähnlich wie die von Martin Luther: Gewalt ist keine Lösung und die Bauern haben die falsche Taktik gewählt, auch wenn der Kampf für Freiheit und Gerechtigkeit sehr gut und wichtig ist.
Weiterhin meine ich, wie auch Luther, dass letztendlich die Adligen diesen Krieg provoziert haben, weil sie die Bauern einfach viel zu schlecht behandelten.

Ich bin selbst überrascht, dass meine Personenübersicht so viele Leute umfasst. Die meisten davon kamen erst während des Schreibens dazu. Meine Grundcharaktere waren lediglich vier Personen: Cecilia, Johannes, Wilhelm und Bertha. Die meisten der Figuren sind erfunden, aber vielleicht hat eine Person wie Johannes wirklich gelebt. Auch bei Wilhelm könnte ich mir das durchaus vorstellen, dass er gelebt hat. Vielleicht war er der Sohn eines solchen Herrn, wurde verstoßen, weil er eine Frau geliebt hat, die sein Vater nicht akzeptierte und wird deswegen nicht in den Chroniken erwähnt.
Die drei von mir genannten Adelsgeschlechter, von Reuß, von Erffa und von Henneberg, gab es in jener Zeit wirklich und sie erfüllten die angegebenen Aufgaben. Die Familie von Reuß wurde bereits unter Kaiser Heinrich VI. (1165 – 1197, Sohn Friedrich Barbarossas) mit Weida, Gera und Plauen belehnt und zu Ehren dieses Kaisers bekamen von da an alle Erstgeborenen den Namen Heinrich.
In diesem Zusammenhang muss ich noch etwas zu den Hennebergern sagen. Meiningen gehörte 1525 eigentlich zum Hochstift Würzburg und erst 1542 kam es bei einem Tausch in hennebergischen Besitz. Ich habe dieses Datum ein Stück vorverlegt, so dass Meinigen schon Wilhelm IV. gehört.

Ich kann mir vorstellen, dass mein Buch auch Fragen aufwirft, wie die, warum ich mir Ludwig und seine Feindschaft zu Wilhelm ausgedacht habe oder was die Sache mit Dorothea zu bedeuten hat. Dazu sage ich nur, dass man die Antworten im zweiten Teil („Der silberne Armreif") finden wird. Ja, ich werde noch einen Band schreiben, aber mehr verrate ich noch nicht.

Wie es also weitergeht, mit Cecilia und Wilhelm und wie sich die Situation im Deutschen Reich entwickelt, werde ich darin erzählen.

Theres Wohlfahrt

Der silberne Armreif

Für Oma,
weil sie so lange
auf dieses Buch gewartet hat.

Prolog

DIE HOCHZEIT

„So, ich denke jetzt bist du fertig", erklärte Kathrein und betrachtete Cecilia zufrieden im Spiegel. Diese tat das ebenfalls und ihr stockte der Atem. Bin das wirklich ich?, fragte sie sich. Noch nie in ihrem Leben hatte sie ein so kostbares und schönes Kleid getragen. Es war wohl Kölner Seide und Wilhelm musste ein Vermögen dafür ausgegeben haben, als er es ihr schenkte.

„Dieses Blau steht dir ausgezeichnet", bemerkte Kathrein.

Ja, das stimmte. Es war ein angenehmes Kornblumenblau, das Cecilias goldenes Haar, welches in weichen Wellen auf ihre Schultern fiel, fabelhaft zur Geltung brachte.

„Können wir also?", fragte Kathrein. Cecilia setzte schnell das Schapel auf, damit ihr Kopf nicht unbedeckt war und musste sich dann einfach noch die Zeit nehmen, ihre Freundin zu umarmen. „Danke!"

Kathrein und sogar Katarina waren nach Meiningen gekommen, um ihre Hochzeit mit Wilhelm mitzuerleben. Von Anna Eberlein brachten sie herzliche Glückwünsche und die Nachricht mit, dass sie leider verhindert war.

„Na dann mal los", sagte Kathrein lächelnd und ging zur Tür. Cecilia folgte ihr, blieb aber noch kurz an der Tür stehen und musterte ihre Bleibe. Das würde vielleicht für den Rest ihres Lebens ihr Zuhause sein. Ein Gefühl des Glücks breitete sich in ihr aus.

Wilhelms Onkel hatte ihnen beiden dieses Fachwerkhaus zum Hochzeitsgeschenk gemacht und sie war sofort begeistert gewesen. Es war groß und geräumig. Mit vielen kleinen Fenstern versehen, waren die Zimmer schön hell. Im Inneren des Hauses führte eine Treppe in die obere Etage, wo sich die Schlafräume befanden. Die Burggasse, in der es stand, befand sich zu Wilhelms Vorteil nicht weit von der Burg entfernt. Kathrein trat mit Jonas, Cecilias und Wilhelms kleinem Sohn, auf dem Arm, ebenfalls aus dem Haus. Gemeinsam machten sie sich dann auf den Weg zu der nicht weit entfernten Stadtkirche von Meiningen.

Groß und mächtig ragten deren türkisfarbenen Türme über alle anderen Häuser. Die Hochzeitsgesellschaft hatte sich bereits vor dem Portal versammelt. Cecilia und Wilhelm waren sich von Anfang an einig gewesen, nur die nächsten Freunde einzuladen. Nachdem Wilhelms Onkel bedauernd abgesagt hatte und von Wilhelms Familie keine Reaktion erfolgt war, waren es nun fünf: Kathrein, Katharina, Karl, Florian und Matthias.

Neben dem Pfarrer wartete Wilhelm, mit strahlendem Lächeln. Er trug seinen kostbarsten Bliaut und hatte, als Zeichen seines Standes, ein leichtes Schwert umgegürtet.

Kathrein lief zu den anderen Gästen und Cecilia fand sich im nächsten Moment schon neben Wilhelm wieder. Sie fühlte sich wie in einem Traum, der hoffentlich nicht enden würde, und wusste, dass es ihrem Liebsten nicht anders ging. Bis jetzt hatte es noch so viel zu tun gegeben, dass Cecilia gar keine Zeit gehabt hatte, aufgeregt zu sein. Jetzt allerdings begannen ihre Beine zu zittern und ihre Hände wurden feucht. Wilhelm drückte ihre Hand kurz fester, um ihr Mut zu machen.

Schließlich waren sie am Altar angekommen. „Im Namen des Vaters, des Sohnes und des Heiligen Geistes. Amen", eröffnete der Pfarrer den Gottesdienst. Er würde ihn nach lutherischem Ritus abhalten, das hatte das Brautpaar entschieden.

Nachdem der Pfarrer seine Predigt beendet hatte, legte er feierlich ihre Hände ineinander, zum Zeichen ihres ewigen Bundes. Cecilia musste daran denken, wie oft ihre Hände sich so berührt hatten und lächelte. Jetzt kannten sie sich bereits ein gutes Jahr und hatten viel gemeinsam durchgemacht. Dieser Tag war die Krönung ihrer anfangs unmöglich erschienenen Liebe. Sie hatten beide lange nicht daran geglaubt, dass es diesen Tag jemals geben würde. Und nun standen sie hier ...

Wilhelm sagte nun die Worte des Bräutigams und Cecilia strahlte ihn glücklich an. „Ich, Wilhelm von Henneberg, nehme dich, Cecilia Töpfer, zu meiner rechtmäßig angetrauten Ehefrau. Ich will dir treu sein, in guten wie in schlechten Zeiten, und dich beschützen bis an der Welten Ende."

Nun war sie an der Reihe. Nachdem Cecilia noch einmal geschluckt hatte, um nicht vor Rührung in Tränen auszubrechen, sagte sie mit feierlichem Ernst: „Ich, Cecilia Töpfer, nehme dich, Wilhelm von Henneberg, zu meinem rechtmäßig angetrauten Ehemann. Ich will dir treu sein, in guten wie in schlechten Tagen und dich lieben bis an der Welten Ende."

Das wollte sie. Für immer und ewig.

Nach der Trauung saß die kleine Hochzeitsgesellschaft im Garten hinter dem Haus in der Burggasse. Sie feierten in fröhlicher Runde bei Speis und Trank gemeinsam mit dem Brautpaar. Jonas schlief im Haus. Alles war vollkommen, zumindest für diesen einen Tag.

Wenn nur Johannes diesen Tag erleben dürfte, er würde sich so für uns freuen. Er hat von Anfang an daran geglaubt, dass wir für immer zusammengehören, dachte Cecilia mit einer gewissen Wehmut. Sie fühlte sich an das letzte Gespräch mit ihrem Bruder erinnert, denn sie weigerte sich noch immer, ihn als Halbbruder zu bezeichnen.

Werde mit Wilhelm glücklich! Er ist ein guter Mann!

Schnell verscheuchte sie die finsteren und traurigen Gedanken aus ihrem Kopf. Ja, jetzt konnten sie endlich glücklich werden. Johannes saß mit ihrer Mutter und ihrem Vater im Himmel und freute sich von dort mit ihnen.

Wilhelm nahm ihre Hand und drückte sie sanft, wie vorhin in der Kirche. „Komm zurück in die Wirklichkeit, Liebste. Johannes würde nicht wollen, dass du an diesem Tag traurige Gedanken hast", flüsterte er, als hätte er in ihr Innerstes geschaut. Cecilia lächelte ihm dankbar zu. Dieser Tag war einfach zu vollkommen, um wahr zu sein. Wie lange würden sie dieses Glück genießen können?

Erster Teil

KURZE ZEIT DES GLÜCKS

„(...) Aber gegen seine [= Luthers] Mitverwandten, Anhängern, Enthaltern, Fürschiebern, Gönnern und Nachfolgern und derselben beweglich und unbeweglich Güter sollet Ihr in Kraft der heiligen Konstitution und unser und des Reichs Acht und Aberacht dieser Weise handeln: nämlich sie niederwerfen und fahen [= fangen] und ihre Güter zu Eurn Haben nehmen und die in Eurn Eigennutz wenden und behalten ohn männiglichs Verhinderung, es sei dann, daß sie durch glaublichen Schein anzeigen, daß sie diesen unrechten Weg verlassen und päpstliche Absolution erlangt haben."

*Wormser Edikt (1521),
erlassen von Kaiser Karl V.*

DER REICHSTAG ZU SPEYER
(19. April 1529)

Aufgeregtes Gemurmel über die letzte Angelegenheit, die auf diesem Reichstag geklärt worden war, erscholl in der Halle. Eben waren die Wiedertäufer, eine protestantische Gruppe, verboten worden. Seit der lutherische Glaube entstanden war, hatten sich daraus immer wieder andere Gemeinschaften gebildet, wie die Calvinisten in Frankreich oder die Wiedertäufer hier. Diese verschlossen sich jeglichem Herrschaftsanspruch, verweigerten Kriegsdienste und Eidesleistungen.

Ferdinand, der Bruder und Vertreter des Kaisers, erhob sich und augenblicklich herrschte Stille. Der König von Böhmen und Ungarn leitete anstelle des Kaisers Karl V. den Reichstag, weil dieser gegen Frankreich gezogen war.

„Meine treuen Fürsten! Mein Bruder, der von Gott gewählte Kaiser, trug mir auf, noch eine weitere, wichtige Sache mit euch zu klären."

Er machte eine bedeutungsschwere Pause. „Karl V., Kaiser von Gottes Gnaden, befiehlt, dass das ‚Wormser Edikt' wieder eingesetzt wird. Er will, dass jetzt eine Abstimmung darüber stattfindet, ob dies geschehen soll. Also, wer ist dagegen, das ‚Wormser Edikt' wieder einzusetzen?"

Einen Moment herrschte betretenes Schweigen, denn das „Wormser Edikt" war die Verfügung des Kaisers, dass Martin Luther und seine Anhänger unter Reichsacht gestellt werden, also vogelfrei sind. Dies war eine klare Anfeindung des lutherischen Glaubens. Sechs Fürsten und vierzehn Reichsstände protestierten.

Trotzdem sagte Ferdinand: „Wer ist dafür, das ‚Wormser Edikt' wieder einzusetzen?"

Zehn Fürsten und sechzehn Reichsstände hoben die Hand.

„Damit ist es wohl entschieden", meinte Ferdinand mit unverhüllter Zufriedenheit, „das ‚Wormser Edikt' wird wieder eingeführt."

Johann von Sachsen und Phillip von Hessen, zwei treue Lutheraner, verließen mit düsteren Mienen den Versammlungsraum. „Das kann nicht gut gehen!", meinte der Kurfürst von Sachsen und Thüringen. „Ja", pflichtete ihm der hessische Herrscher bei, „früher oder später wird es zur Rebellion kommen."
Damit sollte er Recht behalten. Kaum einen Tag später brach in Speyer eine Protestation aus, an der sich sechs Fürsten und vierzehn Reichsstände beteiligten. Dies sollte als „Protestation von Speyer" in die Geschichte eingehen.

Johann von Sachsen und Phillip von Hessen hatten ein ungutes Gefühl, als sie am nächsten Tag zum Bruder des Kaisers gerufen wurden. Noch bevor sie vor ihm ihr Knie beugten, hatten sie erkannt, dass Ferdinand sehr wütend war. Der sonst so verschlossene und besonnene Böhmenkönig wirkte aufgebracht. Dieses fast dämonisch wirkende Bild wurde von dem dunklen Haar und dem leichten Bartwuchs untermauert.
Ohne weitere Umschweife kam der Habsburger zur Sache. „Wie kommt ihr dazu, Untergebene des Kaisers, solch ein Spektakel anzustiften?", schrie er. Kurfürst Johann stand langsam auf und achtete auf jedes Wort, das er sprach. „Eure Durchlaucht, es ist mir sehr verständlich, dass Ihr erzürnt über die letzten Vorkommnisse seid. Lasst Euch aber gesagt sein, dass wir nichts mit dem Protest zu tun haben."
Keineswegs beruhigt fuhr Ferdinand ihn an: „Und das soll ich glauben? Meine Späher haben Euch eindeutig bei der Protestation gesehen! Außerdem seid ihr die mächtigsten Protestanten im Reich!" Erschrocken fuhren Johann und Phillip zusammen. Sie

hatten zwar schon von der neuen Bezeichnung ihres Glaubens gehört, der seit den Protesten in Speyer kursierte, aber damit wollten sie sich nicht abfinden. Sie waren nach wie vor Lutheraner. Wenn nun sogar der Bruder des Kaisers, und somit wahrscheinlich auch dieser selbst, diesen Ausdruck benutzte, konnte das nichts Gutes für die Neugläubigen im Reich bedeuten.

Alltag in Meiningen

„Mutter!", rief Jonas fröhlich und rannte Cecilia entgegen, die gerade das Haus betrat. Lächelnd nahm sie ihren vierjährigen Sohn in die Arme und strich über sein braunes Haar, das sie an Wilhelms Haarfarbe erinnerte. Die braunen Augen jedoch hatte er von seiner Mutter. Hinter Jonas stolperte die fast zweijährige Bertha zu ihrer Mutter. Zur großen Freude ihres Vaters versprach sie, ganz nach Cecilia zu kommen. Sie hob ihre Tochter hoch und gab ihr einen Kuss auf die Wange. Die Kleine quiekte vergnügt. Das einzige, was dieses Glück störte, war, dass Wilhelm jetzt nicht bei ihnen sein konnte. Cecilias Mann musste seinen Onkel mütterlicherseits auf den Reichstag nach Speyer begleiten. Der Vogt von Henneberg hielt sehr viel von seinem Neffen und nahm ihn deshalb gern zu wichtigen Treffen mit.

Cecilia und natürlich auch ihre Kinder vermissten den Geliebten und Vater.

„Habt ihr Hunger?", fragte Cecilia ihre Kinder. Die bejahten einstimmig. Die Familie konnte sich keine Köchin leisten, deshalb machte sie alle Küchenarbeit selbst. Das machte ihr aber auch nichts aus, da sie als Bäuerliche darauf vorbereitet worden war.

Gerade war sie auf dem Markt gewesen, hatte etwas von ihren Möhren und dem Kohl verkauft und neue Vorräte angeschafft. Also machte sie sich an die Arbeit. Kurze Zeit später saßen ihre Kinder mit zufriedenen Gesichtern in der Küche und kauten.

Am Abend, als es still im Haus geworden war, saß Cecilia allein im Dunkeln, dachte über die vergangenen Jahre nach.

Die letzten vier waren natürlich nicht ereignislos, aber ziemlich ruhig verlaufen. Wilhelm und sie waren so glücklich geworden, wie sie es sich vorher niemals hätten vorstellen können. Wieder einmal dankte sie Wilhelms Onkel für dieses Haus und dafür, ihren Mann als Ritter behalten zu haben. Damit konnte Wilhelm seine Familie ernähren.

Cecilia baute selbst viel Obst und Gemüse in ihrem kleinen Garten an. Davon konnte sie auch einiges auf dem Markt verkaufen, oder tauschte es gegen andere Lebensmittel ein. Ihre Tage waren ausgefüllt, aber das machte ihr nichts aus.

Einige Zeit später kehrte Wilhelm vom Reichstag zurück. Glücklich lief Cecilia ihm entgegen, nachdem sie ihn vom Fenster aus gesehen hatte. Auf dem Hof lächelte sie ihren Mann an und gab ihm zu verstehen, dass sie ihn sehr vermisst hatte. Mit einem Blick in Wilhelms Gesicht wusste sie, dass es ihm nicht anders ging. Erleichtert rannte sie in seine ausgebreiteten Arme und ließ sich in einen stürmischen Kuss fallen. „Du hast mir gefehlt", flüsterte Wilhelm.

„Du mir auch. Und den Kindern", gab Cecilia zurück. Dann wandte sie sich an den jungen Mann, der lächelnd im Hintergrund geblieben war. „Hallo Matthias!"

„Guten Tag, Herrin!"

Cecilia lächelte ebenfalls. Matthias war Wilhelms Knappe und hatte sich in den letzten Jahren sehr verändert: Aus dem schüchternen, sommersprossigen Burschen war ein aufgeschlossener junger Mann geworden. Nur die orangeroten Haare waren noch immer dieselben.

Wilhelm schlang seinen Arm um ihre schlanke Taille und so gingen sie ins Haus. Kaum hatten sie dieses betreten, kamen Jonas und Bertha ihrem Vater entgegen gestürmt. Der nahm die beiden hoch und gab jedem einen Kuss.

Inzwischen war Cecilia in die Küche gegangen, um die Suppe, die sie extra für Wilhelm und Matthias gekocht hatte, in eine Holzschüssel zu füllen. Bald hatten die beiden Heimgekehrten und die Kinder sich auf die Stühle gesetzt und nahmen die Mahlzeit dankbar an.

Cecilia war sehr froh, dass Wilhelm gesund zurückgekehrt war. Er war die Liebe ihres Lebens. Jeder Tag, an dem er nicht an ihrer Seite sein konnte, war eine Pein für sie. Und all das war kein Wunder, angesichts des schwierigen Anfangs ihrer Liebe.

Sie betrachtete ihren Mann. Er sah müde aus, so dass er älter wirkte als 28 Jahre. Mit seinen braunen Locken und den freundlichen grünen Augen machte er das jedoch wieder wett.

Sie legten sich zusammen ins Bett und betrachteten einander lange, ehe sie sich küssten. Zärtlich liebten sie sich und jeder der beiden verspürte ein unendliches Glücksgefühl. Aneinander geschmiegt lagen sie noch lange wach.

Schlechte Nachrichten

Wilhelm betrachtete verliebt seine Frau. Sie sah immer noch genauso schön aus, wie bei ihrem ersten Treffen im Haus ihrer Ziehmutter, auch wenn das jetzt schon fünf Jahre zurücklag. Er liebte sie wie am ersten Tag und er konnte sich beim besten Willen nicht mehr vorstellen, ohne sie zu leben. Aber beinahe wäre das passiert, denn auf Geheiß seines Vaters hätte er eine Ministerialentochter heiraten sollen.

Zum Glück habe ich das im letzten Moment verhindert, dachte er erleichtert. Er wollte sich gar nicht vorstellen, wie sein Leben sonst verlaufen wäre.

Cecilia, die bis eben den Anschein erweckt hatte zu schlafen, schlug die Augen auf und sah ihn an. „Was ist eigentlich auf dem Reichstag passiert? Ich wollte darüber nicht so vor den Kindern reden."

Wilhelm legte sich auf den Rücken und starrte in die Dunkelheit. Dabei ließ er einige Sekunden lang den Reichstag Revue passieren.

„Zuerst dachte ich, es wird ein ziemlich langweiliges Zusammentreffen, aber dann wurde es interessant: Die Wiedertäufer wurden verboten."

„Wiedertäufer?"

„Ja, das ist eine Gruppe unserer Glaubensbrüder, die eine etwas eigene Denkweise haben. Sie verweigern Kriegsdienst und Eidesleistungen. Außerdem entziehen sie sich jedem Herrschaftsanspruch."

„Das hört sich doch nicht gerade bedrohlich an. Warum wurden sie verboten?"

„Warum wohl?", schnaubte Wilhelm verächtlich. „Sie sind lutherisch. Das reicht."

Wilhelm und Cecilia hatten schon vor langer Zeit den protestantischen Glauben angenommen, da Johann der Beständige, der Kurfürst von Sachsen und Landgraf von Thüringen, diesem Glauben angehörte. Auf dem Reichstag zu Speyer 1526 war nämlich entschieden worden, dass der Landesherr über den Glauben seiner Landsleute bestimmte.

Jetzt, nur drei Jahre später, wollte der streng katholische Karl V. die Anwendung des Ediktes in allen Teilen des Reiches durchsetzen und die Lehre Luthers endgültig verbieten.

„Das ist aber noch lange nicht das Schlimmste", fuhr Wilhelm mit etwas Bitterkeit in der Stimme fort. „Das ‚Wormser Edikt' wurde wieder eingesetzt."

Cecilia erstarrte. Das war wirklich eine schlechte Nachricht. Wilhelm hatte ihr schon einmal erklärt, was das „Wormser Edikt" war. Und sie hatte erkannt, was das für Leute wie ihre Familie bedeutete.

„Wie soll es jetzt weitergehen?", fragte Cecilia sorgenvoll. Wilhelm zuckte hilflos die Schultern. „Wir können nichts unternehmen, nur vorsichtig und wachsam sein."

Cecilia vergrub das Gesicht in den Händen. Sie waren zur Untätigkeit verdammt. „Ich habe Angst, Wilhelm. Wir müssen die Kinder schützen, aber wie?", fragte sie gequält.

Wilhelm seufzte und nahm seine verzweifelte Frau in die Arme. „Vielleicht können wir die Kinder irgendwo in Sicherheit bringen?"

„Aber wo?"

„Eigentlich wäre der einzige sichere Ort bei ... meinem Vater."

Cecilia sah ihn entgeistert an. „Das geht nicht! Er hat dich verstoßen. Du bist nicht mehr sein Sohn."

„Es geht ja auch nicht um mich. Er wird ja wohl noch so viel Menschlichkeit besitzen, zwei kleine Kinder aufzunehmen, die dazu noch seine Enkel sind."

„Und wenn nicht?"

„Dann ist er kein Mensch!"

„Wilhelm!"
„Dann behalten wir sie hier."
„Meinst du, das wird gehen?"
„Es muss gehen."
„Ja, du hast Recht. Also, wenn es gefährlich werden sollte, versuchen wir es bei deinem Vater."

Wilhelm nickte versonnen. Plötzlich sprang er auf und wühlte in seinem Gepäck.

„Was ist?"

„Ich habe noch eine Überraschung für dich. Schließ die Augen!"

Gespannt gehorchte Cecilia. Eine Weile blieb es still, bis sie seine Schritte hörte, die sich auf sie zu bewegten. Dann spürte sie etwas an ihrem Handgelenk. Neugierig öffnete Cecilia die Augen. Ein wunderschöner, silberner Armreif funkelte an ihrem rechten Arm. Er war schmal und hatte einen welligen Schliff.

„Gefällt er dir?", fragte Wilhelm.

„Ja, er ist wunderschön, aber ... können wir uns das überhaupt leisten?"

„Wilhelm lächelte. „Ich habe ihn in Speyer an einem Stand gesehen und ich musste an dich denken. Der Händler machte mir einen guten Preis und da konnte ich nicht widerstehen."

Cecilia küsste ihn. „Danke! Ich werde ihn immer tragen."

Schließlich schlüpfte Wilhelm wieder unter die Decke und sie schmiegte sich an ihn. Es wurde still, bis Wilhelm schließlich Cecilias gleichmäßigen Atem hörte und ebenfalls einschlief.

Am nächsten Tag machte Wilhelm sich wieder auf den Weg zur Burg. Während er noch mit Karl und Florian sprach, kam ein Page zu ihnen und forderte Wilhelm auf, zum Vogt zu kommen. Verwundert beugte Wilhelm vor seinem Onkel das Knie und sagte: „Ihr habt mich rufen lassen, Oheim."

„In der Tat. Mir ist eine traurige Nachricht überbracht worden. Dein Vater ist gestern ganz plötzlich verstorben."

Wilhelms Herz krampfte sich zusammen und er verspürte eine tiefe Traurigkeit, obwohl er die letzten vier Jahre mit seinem Vater zerstritten gewesen war, nachdem er verstoßen und enterbt wurde. Er hatte ihm nicht verzeihen können, dass dieser gegen die Verbindung mit Cecilia war. Trotzdem wünschte er jetzt, es hätte ein klärendes Gespräch zwischen seinem Vater und ihm gegeben. So blieb das Gefühl, dass zwischen ihnen immer etwas unausgesprochen bleiben würde.

Meistens konnte Wilhelm zum Abendmahl schon zu Hause sein, aber heute hatte sein Onkel angedeutet, dass er zum Abendmahl auf der Burg bleiben solle. Also blieb er. Als alle am Tisch saßen, erhob Wilhelm IV. von Meiningen sich und gebot allen zu schweigen.

„Meine verehrten Ritter, bedauerlicherweise starb vorgestern mein Schwager Heinrich und überließ seinem ältesten Sohn Gera und Plauen. Doch der hat nicht alle Ritter in seinen Dienst übernommen. Einige von ihnen müssen jetzt einen neuen Dienstherrn suchen. Ritter Ludwig ist einer von ihnen." Damit wies er auf einen jungen Mann mit dunkelblonden Haaren, der neben ihm saß.

Wilhelm hatte bereits schlimmes geahnt, als er Ludwig am Tisch hatte sitzen sehen. Der Vogt stellte auch dessen Gemahlin Dorothea vor.

Wilhelm zuckte schon bei Ludwigs Namen zusammen. Als er dann noch Dorotheas Namen hörte, blieb sein Herz für eine Sekunde stehen. Es war nicht aus Angst, sondern aus Sorge um seine Familie. Ludwig würde nichts unversucht lassen, um ihm, Wilhelm, Schwierigkeiten zu machen. Dorothea, dieses durchtriebene Ding, würde ihn bestimmt nicht davon abhalten. Die beiden hatten sich kurz erhoben und verneigt. Sie hatten sich nicht verändert.

Als Wilhelm dann noch Ludwigs zufriedenes Lächeln sah, war ihm klar, warum sein größter Feind ausgerechnet hierhergekommen war. So konnte er Wilhelm jeden Tag mit seinen gehässigen Bemerkungen das Leben schwer machen.

Finstere Pläne

Dorothea betrat die Kammer ihres Mannes. Ludwig saß noch in den Kleidern auf dem Bett und schien nachzudenken.

„Worüber grübelst du, mein Lieber?", säuselte sie. Ludwig fuhr herum. „Was geht dich das an, Weib?"

„Nichts, aber ich dachte, dass du vielleicht eine Zuhörerin brauchst." Dabei war sie zu ihm getreten und strich anzüglich über seine Schenkel. „Aber wahrscheinlich willst du etwas anderes ..." Dorothea spürte Ludwigs Erregung und frohlockte innerlich. Jetzt hatte sie ihn wieder einmal in der Hand. Es gab nur diese eine Möglichkeit, noch Informationen aus ihm herauszubekommen.

„Zieh dich aus!", meinte Ludwig schroff. Aufreizend langsam kam Dorothea dem Befehl nach. Kurz darauf warf er sich auf sie, doch für Dorothea war das zu ertragen, wenn sie daran dachte, wie sie ihn dann von ihrem Plan überzeugen konnte.

Schließlich wälzte Ludwig sich von ihr und legte sich neben sie. Das war ihre Chance. „Hast du eigentlich noch vor, dich deines Bruders zu entledigen?"

Sein älterer Bruder, Franz von Erffa, hatte die Besitztümer ihres Vaters geerbt. Nach dessen Tod würde alles an Ludwig übergehen.

Ihr Mann zögerte einen Moment, ehe er antwortete. „Ja, habe ich ... es wird nicht mehr lange dauern, bis Erffa endlich mir gehört." Er grinste böse.

„Willst du ihn von einem Meuchelmörder erdolchen lassen oder bestichst du einen Bediensteten, ihm Gift zu geben?"

„Ich habe einen sehr zuverlässigen Mann bezahlt, der Franz bereits in einem Monat ..." Er machte eine eindeutige Geste zu seinen Worten.

Dorothea war damit sehr zufrieden. Nun gab es nur noch eine Sache, die sie erreichen wollte.

„Hast du auch schon Pläne, wie du Wilhelm vernichten willst?"
„Ich komme nicht weiter. Wilhelm ist der Lieblingsneffe des Vogtes."
„Nun, genau das wird ihm zum Verhängnis werden."
Ludwig sah seine Frau überrascht an. „Und wie, bitte?", fragte er etwas wütend, weil Dorothea mehr zu wissen schien als er. Sie lächelte triumphierend. „Nun ..."
So erklärte sie ihren perfiden Plan, mit dem sie sich schon seit langem beschäftigte.
„Mm, das könnte klappen", überlegte Ludwig und strich sich übers Kinn. „Und wie lange soll ich dann warten?"
Dorothea konnte sich ein triumphierendes Lächeln nicht verkneifen. Das war ihre Chance, sich an Wilhelm zu rächen, weil der sie einst abgewiesen hatte. Doch das durfte Ludwig nicht erfahren. Er hätte es bestimmt nicht gern gehört, dass seine Frau seinen Rivalen angebettelt hatte, mit ihr zu schlafen.
„Du musst dich eben etwas gedulden. Irgendwann wird die Gelegenheit kommen."

Zweiter Teil

ZEIT DER LÜGEN UND INTRIGEN

„Wie man sich nicht wehren kann,
dass einem die Vögel über den Kopf herfliegen,
aber wohl, dass sie auf dem Kopfe nisten,
so kann man auch böse Gedanken nicht wehren,
aber wohl, dass sie in uns einwurzeln."

Martin Luther(1483 – 1546)

Der Reichstag zu Augsburg
(15. Juni 1530)

Es war noch früh am Morgen, als Johann von Wettin mit großen Schritten vor dem Audienzsaal der fürstbischöflichen Residenz zu Augsburg ankam. Während des Reichstages hatte sie der Bischof dem Kaiser zur Verfügung gestellt und so war das Gebäude gleichzeitig der Versammlungsort für die Fürsten, aber auch Wohnort für den obersten Mann des Heiligen Römischen Reiches.

„Ich bin zum Kaiser gerufen", sagte Johann mit etwas Gereiztheit in der Stimme zu den Wachen vor der Tür. Karl V. hatte ihn rufen lassen und das konnte wohl kaum ein gutes Zeichen sein.

Ohne ein weiteres Wort öffneten die Wachsoldaten die Tür und der Kurfürst trat ein.

Der Kaiser schien bereits auf ihn gewartet zu haben.

„*Salve, Johannes!*", sprach er den Wettiner auf Lateinisch an. Karl konnte nur sehr begrenzt Deutsch und bediente sich daher lieber der lateinischen Sprache.

„*Salve, imperator mio!*", antwortete Johann ebenfalls auf Latein und verneigte sich. „*Quare abire?*"

„*Im iratus ad te, Johannes.*"

„*De me?*" Johann verstand nicht, wovon der Kaiser sprach.

„*Etiam. Vos non potestis, durante hoc consilio, ex tua servito de!*"[1]

Nun verstand der Kurfürst, was den Kaiser erzürnte. Er wollte nicht, dass Johann während des Reichstages seine evangelischen Gottesdienste abhalten ließ. Doch der Wettiner hatte nicht vor, sich verbieten zu lassen, seinen Glauben zu leben. Nicht einmal vom Kaiser selbst!

---

1 „Warum habt Ihr mich kommen lassen?"
„Ich bin über dich verärgert."
„Über mich?"
„Ja. Du lässt selbst während dieser Versammlung nicht von deinem Gottesdienst ab!"

„*Vestra me fidem meam vivere*?", fragte Johann und man konnte die Wut in seiner Stimme hören.

Auch Karl V. blieb sie nicht verborgen und er zog die Augenbrauen bedrohlich zusammen. „Wenn nicht ... *titulo perdas.*"

Johann zuckte zusammen. Drohte der Kaiser ihm gerade? Leider war ihm nur zu deutlich bewusst, dass er das konnte. Die Kurfürstenwürde hatte er nämlich nur als Indult erhalten, als zeitlich begrenzten Titel.

„*Si non fiunt, cognata tua Georgius Elector est.*"

„*Ego illegibam, dominus et imperator mei*"[2], erklärte Johann, verneigte sich und ging zur Tür. In Wahrheit dachte er nicht daran, dieser Drohung Folge zu leisten. Er würde die Gottesdienste nicht einstellen, aber wohl vorsichtiger sein müssen.

Vor der Tür erwartete ihn bereits sein Hofprediger Wolfgang Stein.

„Der Kaiser droht mir damit, die Kurfürstenwürde an meinen Vetter Georg zu geben, wenn ich die Gottesdienste nicht einstelle", antwortete der Kurfürst auf die stumme Frage seines Vertrauten.

Der Zwickauer warf seinem Herrn einen besorgten Blick zu. „Ihr begebt Euch in große Gefahr."

„Ich weiß. Aber keiner kann mir verbieten, meinen Glauben zu leben. Nicht einmal der Kaiser!

„Deshalb muss ich mit Euch sprechen. Es wäre unter diesen Umständen nicht klug, Euch mit dem „Augsburger Bekenntnis" so offen zum lutherischen Glauben zu bekennen."

Johann verzog den Mund. „Wolfgang, merke dir eines: Ich werde unseren Glauben mit den anderen Protestanten bekennen, egal ob ich damit Probleme bekomme."

---

2 „Ihr verbietet mir, meinen Glauben zu leben?"
   „... verlierst du deinen Titel."
   „Solltest du dich nicht fügen, wird dein Vetter Georg Kurfürst."
   „Ich habe verstanden, mein Herr und Gebieter."

Nach dieser Offenbarung blieb der Hofprediger still.
Diese mutigen Worte brachten Johann von Wettin für den Rest seines Lebens den Beinamen „der Beständige" ein.

„Meine treuen Fürsten!", begann Karl V., Kaiser des Römischen Reiches, König von Spanien, Statthalter der Niederlande und Herzog von Burgund, den fünften Tag des Reichstages. „Auf meinen Befehl wurde von Philipp Melanchthon die *Confessio Augustana*, das Augsburger Bekenntnis, verfasst. Sie soll den protestantischen Glauben erklären und uns helfen, die Protestanten in den Schoß der allerchristlichen Kirche zurückzuführen."
Der Kaiser war nämlich aus Frankreich zurückgekehrt, um die religiöse Spaltung abzuwenden. Dafür hatte er den Reichstag in Augsburg einberufen.
„Christian Beyer, der Kanzler des Kurfürsten Johann von Sachsen, wird nun diese Schrift verlesen."
Mit diesen Worten winkte der Kaiser einem Mann um die fünfzig mit schwarzem, lockigem Haar, in dem sich schon weiße Strähnen zeigten, zu. Der erhob sich sofort, entrollte das Schriftstück in seiner Hand und begann zu lesen:

> „Artikel 1: Von Gott
> Erstlich wird einträchtiglich gelehrt und gehalten, laut des Beschlusses *concilii nicaeni*, dass ein einig göttlich Wesen sei, welches genannt wird und wahrhaftiglich ist Gott, und sind doch drei Personen in demselben einigen göttlichen Wesen, gleich gewaltig, gleich ewig, Gott Vater, Gott Sohn, Gott Heiliger Geist, alle drei ein göttlich Wesen, ewig, ohne Stück, ohne Ende, unermesslicher Macht, Weisheit und Güte, ein Schöpfer und Erhalter aller sichtbaren und unsichtbaren Dinge ..."

Daraufhin wurden in Artikel 2 bis 21 der Glaube und die Lehre im Einklang mit Schrift und Tradition und in Artikel 22 bis 28 die Missstände in der katholischen Kirche und deren Änderung behandelt.

Doch diese Erklärung wurde nicht angenommen. Der Kaiser gab sofort eine Wiederlegung des Bekenntnisses in Auftrag. Sie wurde daraufhin ebenfalls auf dem Reichstag verlesen. Schließlich verfasste Philipp Melanchthon eine „Apologie des Augsburger Bekenntnisses", die von Karl V. aber nicht angehört wurde. Er blieb bei seinem Beschluss: Alle Protestanten hatten zum katholischen Glauben zurückzukehren.

Der Auftrag

„Ludwig plant irgendetwas", meinte Wilhelm überzeugt. Er hatte sich mit Karl und Florian im „Goldenen Ochsen" getroffen, um ungestört reden zu können. Das taten sie öfters am Mittwochabend. Heute platzte Wilhelm sofort mit dieser Vermutung heraus. Es war inzwischen fast ein Jahr her, dass Ludwig mit seiner Frau Dorothea auf die Burg Meiningen gekommen war. Bis jetzt war nichts Nennenswertes vorgefallen, aber in letzter Zeit, kurz vor seiner Abreise nach Erffa, hatte Ludwig auffällig oft den Kopf mit Hartmut und Siegfried, seinen Kumpanen, zusammengesteckt.

„Wie kommst du darauf?", wollte Karl wissen.

„Er schlich ständig in meiner Nähe herum und wollte unbedingt immer mit anwesend sein, wenn mein Oheim mich zu sich rufen ließ", antwortete Wilhelm.

„Aber was sollte er planen?", fragte Florian.

Wilhelm zuckte nur mit den Schultern. „Ich weiß es nicht, aber ich bin mir ganz sicher. Außerdem, findet ihr es nicht auch komisch, dass Franz von Erffa letzten Monat einem Giftanschlag zum Opfer gefallen ist und der Täter bis heute nicht gefasst wurde? Ludwig wollte das Erbe schon immer und jetzt ist es seine Chance."

„Du könntest Recht haben."

Die drei überlegten daraufhin noch lange, was Ludwig planen könnte, doch sie konnten sich nichts vorstellen. Erst einmal waren sie froh, dass er und Dorothea Meiningen verlassen hatten.

Am nächsten Tag wurden Wilhelm und einige andere Ritter zum Vogt von Meiningen gerufen.

Im Rittersaal befand sich auch noch ein Bote, der ziemlich unruhig wirkte.

„Meine treuen Ritter", begann Wilhelms Onkel, „in Ellingshausen, einem Dorf nicht weit von hier, ist ein schreckliches Massaker geschehen. Die Bewohner sind überwiegend katholisch und haben deshalb die drei protestantischen Familien des Ortes ausgelöscht."

Diese Neuigkeit sorgte für entsetztes Schweigen. Auch Wilhelm fühlte sich schwer getroffen. So eine gewaltsame Ausführung des „Wormser Ediktes" hier, so nah bei Meiningen, konnte nichts Gutes bedeuten.

„Wir werden morgen in das Dorf reiten und uns ein Bild von der Lage machen", befahl Wilhelm IV. und meinte damit alle Ritter, die er gerufen hatte, also auch Wilhelm.

Am Abend erzählte er Cecilia von dem Geschehen und sie zeigte sich kaum weniger besorgt als er.

Die Gruppe machte sich schon früh auf den Weg und war gegen Mittag angekommen. Die Folgen des schrecklichen Massakers waren noch deutlich zu sehen. Die wütenden Dorfbewohner hatten die drei Häuser angezündet. Auch die Familienmitglieder waren zum größten Teil bei lebendigem Leibe verbrannt. Mit wachsender Abscheu ging Wilhelm an den Häusern vorbei. In einem Trümmerhaufen entdeckte er drei Tote: es waren wahrscheinlich eine Frau und ihre beiden Kinder.

Die Gesichter der toten Familie wurden vor Wilhelms innerem Auge augenblicklich zu den Gesichtern seiner eigenen. Sorge. Trauer, Wut und Entsetzen mischten sich in ihm.

Schnell wandte Wilhelm sich ab, um Hilfe beim Transport der Leichen zu holen. Kurz darauf trat sein Onkel zu ihm.

„Wilhelm, ich möchte, dass du etwas für mich erledigst."

„Was denn, Oheim?"

„Reite nach Weimar zu Kurfürst Johann und unterrichte ihn von den Geschehnissen in Ellingshausen!"

„Ja, Oheim." Wilhelm war danach so in Gedanken über den Auftrag und die Sorge um seine Familie, dass er nicht sah, wie jemand triumphierend grinste, als er das gehört hatte.

Cecilia ging ihrem Mann schon freudig entgegen. „Schaffst du es heute mal wieder zum Abendessen?"
Statt einer Antwort küsste Wilhelm sie und hielt sie fest in seinen Armen. „Was ist denn mit dir los?"
„Ich habe die Leichen in Ellingshausen gesehen."
Cecilia ahnte, was in ihm vorging und lehnte ihren Kopf an seine Brust.
„Du musst dir keine Sorgen machen. In Meiningen wird es ganz sicher nicht zu so etwas kommen. Hier sind so gut wie alle lutherisch."
„Es ist ja nicht nur das. Ich muss ein Weilchen fort."
„Wohin?"
„Nach Weimar. Ich soll dem Fürsten Bericht erstatten."
Cecilia fühlte sich von einer seltsamen Traurigkeit ergriffen. Es war nicht selten, dass Wilhelm fort musste, und auch nicht, dass Cecilia dann traurig war, aber dieses Mal war es anders.

Nachdem Wilhelm sich von seiner Frau und den Kindern verabschiedet hatte, ritt er los. Das Angebot seines Onkels, ihm zwei bewaffnete Knechte mitzugeben, hatte Wilhelm ausgeschlagen, weil er fürchtete, nicht so schnell voran zu kommen. Matthias hatte er auf der Burg gelassen, weil er einen Angriff fürchtete und seinen Knappen nicht mit in die Sache hineinziehen wollte.
Es war ein langer Weg, der vor ihm lag. Schon bald hatte er Meiningen verlassen und war unterwegs nach Weimar. Er ritt durch Wälder, über Wiesen und vorbei an fruchtbaren Feldern. Doch für die Schönheit der Natur hatte er kein Auge. All das zog an ihm vorbei wie ein Schatten. Wilhelms Gedanken drehten sich

einzig und allein um seinen Auftrag. Er musste sehr diplomatisch vorgehen, um den Zorn Johanns zu bändigen.

    Cajetan und er erreichten ein Waldstück. Es war sehr dunkel und überall am Rand des Weges standen Büsche und Bäume. Plötzlich wurde Wilhelm von seinem Instinkt alarmiert und er nahm eine Bewegung in einem der Büsche wahr. Doch noch ehe Wilhelm einen klaren Gedanken fassen konnte, sah er sich von mehreren Reitern umringt.

Die Drohung

Cecilia machte sich schon seit zwei Tagen große Sorgen um Wilhelms Verbleib. Ihr Mann war vor einer Woche aufgebrochen und noch immer nicht zurückgekehrt. Trotzdem wunderte sie sich, als es an der Haustür klopfte und ein Page von der Burg davorstand. „Seid Ihr Cecilia, die Frau von Ritter Wilhelm?" Verwundert nickte sie.

„Ihr sollt auf die Burg kommen. Der Vogt verlangt nach Euch."

Wie betäubt folgte Cecilia ihm zur Burg. In ihr herrschte nur dumpfe Angst. Angst vor dem, was sie erfahren würde. Sie war sich sicher, dass es nichts Gutes sein konnte. Hatte es mit Wilhelm zu tun?

Die Burg war erreicht und der Page brachte Cecilia in den Rittersaal. Ihre Ahnung bestätigte sich just in dem Moment, als sie das Gesicht des Onkels ihres Mannes sah. Doch sie schluckte nur kurz und ließ sich ihre Verzweiflung nicht anmerken. Höflich knickste Cecilia vor Wilhelm IV. und sagte: „Ihr wollet mich sehen, Herr?"

„Ja", antwortete der Henneberger mit einem mitfühlenden Blick, „ich habe durchaus traurige Nachrichten. Wilhelm, dein Mann und mein Neffe, ist auf dem Weg nach Weimar, wovon du sicher wusstest, von Räubern überfallen und getötet worden. Sein Körper wurde von den Männern mitgenommen. Wir alle trauern mit dir." Der Vogt erhob sich und nahm sie tröstend in den Arm.

Cecilia fühlte den Boden unter ihren Füßen wanken. Einen Moment schien ihr Herz von einer eisigen Faust umschlossen zu sein. Während in ihr die Verzweiflung tobte, musterte sie die Gesichter der anwesenden Ritter. Es waren nicht viele, sechs Männer, die mit ernsten Mienen neben Wilhelm von Meiningen standen. Karl und Florian gelang das nicht ganz. In ihren Gesichtern mischten sich Trauer, Wut, vielleicht auch heimliche

Hoffnung. Aber der Gesichtsausdruck von zwei anwesenden Rittern verwirrte Cecilia. Es waren Hartmut und Siegfried, aus deren Gesichtern man unverhüllte Genugtuung ablesen konnte. Wilhelm hatte ihr die beiden schon oft beschrieben und so erkannte Cecilia die Kumpane von Ludwig – Wilhelms Feind.

Trotz dieser erschütternden Nachricht spürte sie tief in ihrem Herzen ein winziges Fünkchen Hoffnung, dass nun zu einer lodernden Flamme wurde. Es konnte einfach nicht sein, dass sie ihn nie wieder sehen würde.

„Wilhelm lebt!"

Erst danach wurde ihr bewusst, dass sie ihr Gefühl ausgesprochen hatte. Sieben Augenpaare starrten sie entgeistert an. Wilhelm IV. hob leicht verärgert die Augenbraue.

„Ich rechne diese Äußerung der Trauer zu. Halte deine Zunge lieber im Zaum. Der Tod deines Gatten gilt als sicher."

Am liebsten hätte Cecilia Wilhelms Onkel entgegen geschrien, dass es keine Beweise gab, aber ein letztes bisschen Vernunft sagte ihr, dass das nicht klug wäre. Also begnügte sie sich damit, höflich zu knicksen und den Raum zu verlassen. In ihrer Eile merkte Cecilia nicht, wie jemand erst erbleicht war und dann verschlagen grinste.

Auf dem Weg aus der Burg wurden Cecilia immer wieder verächtliche oder missbilligende Blicke zugeworfen. Für die Gesellschaft bei Hof war sie immer noch ein einfaches Bauernmädchen, denn sie war nie in einen anderen Stand erhoben worden. Wilhelm hatte das immer fast wahnsinnig gemacht, aber er hatte nichts dagegen tun können. Aber nun war Cecilia jeder Anfeindung vollkommen ausgesetzt, schlimmer als je zuvor.

Wie eine leere Hülle lief Cecilia durch die Stadt und fühlte sich von ihren Gefühlen hin und hergerissen. Ihr war klar, dass ihre

Ahnung nur noch dem letzten bisschen Hoffnung entsprang, das ihr noch geblieben war. Doch so lange es von ihrem Geliebten keine Leiche gab, blieb ihr dieser Hoffnungsschimmer.

Aber nun stellte sich ihr die Frage, wie sie ihren Kindern den Tod ihres Vaters beibringen sollte, auch wenn sie nicht daran glaubte. Es würde sich schwierig erweisen, das einem Vier- und einer Zweijährigen zu erklären. Doch natürlich konnte sie ihre Kinder nicht im Ungewissen lassen, wo sie schon jeden Tag nach Wilhelm fragten.

Mit einem flauen Gefühl im Magen betrat Cecilia ihr Haus. Sofort kam Jonas ihr entgegen gerannt und fragte: „Hast du jetzt etwas von Vater erfahren?"

Cecilia musste schlucken, um nicht in Tränen auszubrechen. Sie musste es ihm sagen!

„Jonas, ich habe erfahren, dass ... dein Vater überfallen und getötet worden ist."

Der ungläubige und zugleich entsetze Ausdruck im Gesicht ihres Sohnes brach Cecilia fast das Herz, aber sie konnte ihm ihre verzweifelte Hoffnung nicht erklären.

Bertha, die Cecilias Worte wohl ebenfalls gehört hatte, begann zu weinen. Schnell rannte Cecilia zu ihrer kleinen Tochter und nahm sie in den Arm.

Angesichts ihrer unglücklichen Kinder wusste Cecilia nicht, wie lange ihre eigene Zuversicht noch anhalten würde. Lebte Wilhelm wirklich noch?

Einige Tage später kam Cecilia gerade vom Markt, als sich in einer leeren Gasse zwei Hände auf ihren Mund und ihre Augen legten. Sie wurde in eine dunkle Toreinfahrt gezerrt. Angst überfiel Cecilia. Was wollte derjenige oder diejenigen von ihr, die sie festhielten? Die Hände wurden ihr von Mund und Augen genommen, aber ehe Cecilia eine Bewegung machen konnte, hielt der Mann vor ihr den Dolch an ihre Kehle. Es war Ludwig und hinter ihm stand Hartmut, einer von seinen Kumpanen, wie Wilhelm ihr erzählt hatte. „Mund halten, oder ich schneide dir die Kehle durch!", drohte Wilhelms ärgster und mächtigster Feind. Cecilia nickte nur. Ludwig nahm den Dolch von ihrer Kehle und lächelte zufrieden. Nun erkannte sie auch den Ritter, der sie in die Gasse gezerrt hatte: Siegfried. Sie sah sich den drei Männern gegenüber, die sie jetzt am wenigsten gebrauchen konnte. Ludwig übernahm nun das Wort: „Woher willst du wissen, dass Wilhelm noch lebt? Hast du mir hinterher geschnüffelt?" Cecilia sah ihn verblüfft an. Die Hoffnung keimte wieder in ihr auf. Sollte es wirklich sein ... Wilhelm lebt? Der Kerl hatte sich verraten. In ihr kroch wieder die Angst hoch. Wie würden die Kerle reagieren, wenn sie bemerkten, dass sie nun eine unerwünschte Mitwisserin hatten?

Sie atmete tief durch und sagte, was sie sagen musste: „Es war nur ein Gefühl, das ich laut ausgesprochen habe."

Sie betete stumm, dass den Männern entging, dass sie selbst Cecilia eben die Gewissheit verschafft hatten, dass Wilhelm noch lebte. Doch ihr Gebet wurde nicht erhört. Hartmut war der Erste, der die Bedeutung ihrer Worte begriff. „Das Weib weiß jetzt über alles Bescheid!"

Einen Moment wirkte Ludwig irritiert, doch dann schien er zu verstehen und seine Miene wurde hasserfüllt. Er griff wieder nach dem Dolch und hielt ihn ihr an den Hals. „Wehe, du wagst es, auch nur den Versuch zu unternehmen, Wilhelm zu retten oder jemanden damit zu beauftragen! Dann töte ich dich und deine Brut dazu! Also überlege dir gut, ob du das Leben deiner Bälger so leichtfertig aufs Spiel setzen willst! Ich würde zweimal überlegen, ob ich das tun würde, wenn ich du wäre." Cecilia nickte nur beklommen. Sie wollte wirklich nicht ihre Kinder in Gefahr bringen. Da war es klüger, vorerst zu kapitulieren, vorerst.

Freunde und Feinde

Noch immer aufgewühlt betrat Cecilia ihr Haus. Mutlos ließ sie sich auf einen Stuhl in der Küche sinken und dachte nach. Sie musste mit Karl und Florian Kontakt aufnehmen! Nur die beiden konnten ihr jetzt helfen, etwas für Wilhelm zu tun. Es war schließlich klar, dass sie nicht tatenlos hier herum sitzen konnte, während ihr Mann höchstwahrscheinlich in Lebensgefahr schwebte. Doch wie sollte sie mit den beiden Rittern reden, ohne dass Ludwig etwas bemerkte? Ihr eigenes Leben hätte sie dafür aufs Spiel gesetzt, um Wilhelms Rettung in die Wege zu leiten, aber nun ging es auch um ihre Kinder. Jonas und Bertha sollten nicht in Gefahr geraten, schon gar nicht wegen ihr.

Schließlich hatte Cecilia einen Plan, wie sie mit Karl und Florian reden konnte, ohne dass Ludwig es entdeckte: Sie wusste, dass sich ihr Mann jeden dritten Mittwoch mit seinen Freunden im „Goldenen Ochsen" getroffen hatte. Wenn sie Glück hatte, behielten Karl und Florian diese Angewohnheit bei, denn morgen war wieder so ein Mittwoch. Cecilia wollte den Wirt überreden, den beiden einen Zettel auszuhändigen, in dem stehen sollte, wo und wann sie sich treffen würden, um Wilhelms Rettung zu planen.

Diesen Plan setzte Cecilia auch sogleich in die Tat um und nachdem fünf Silbermünzen ihren Besitzer gewechselt hatten, war der Wirt bereit, das Schriftstück abzuliefern. Dann ging Cecilia nach Hause und betete stumm, dass ihr Plan aufgehen würde.

* * *

Tatsächlich gingen Karl und Florian am Mittwochabend in den „Goldenen Ochsen", aber vor allem, um ihre Trauer um ihren Freund etwas zu mindern. Doch als der Wirt das Papier aushändigte, kam Bewegung in das trübsinnige Paar. Karl überflog es schnell und reichte es aufgeregt an Florian weiter. In dem Brief stand:

Lieber Karl, lieber Florian,

Wilhelm lebt, das weiß ich genau, und deshalb bitte ich euch, zur Weide am Fluss zu kommen, sobald ihr dies gelesen habt. Wir müssen etwas unternehmen, um ihn zu retten.

In der Hoffnung, dass ihr meiner Aufforderung folgt,
Cecilia

Nachdem auch Florian gelesen hatte, nickte er. Die beiden Ritter erhoben sich und verließen in aller Eile die Wirtsstube. Auf dem Weg rannten sie beinahe einen anderen Mann um, dessen Gesicht sie nicht sahen. Hätten sie lieber hingeschaut ...

* * *

Cecilia wartete voller Ungeduld, dass Karl und Florian sich endlich blicken ließen. Die Sorge um Wilhelm und die Erinnerungen, die mit ihm und diesem Ort verbunden waren, trieben ihr die Tränen in die Augen. Wie damals, als sie Wilhelms Brief gelesen und dadurch erfahren hatte, dass er für sie seiner Familie die kalte Schulter zeigte. Davon war sie zu Tränen gerührt gewesen. Cecilia hatte daraufhin sofort mit ihm sprechen wollen, aber Wilhelm musste einen dringenden Auftrag in Meiningen erfüllen. Also war sie mit Jonas, damals kaum einen Monat alt, ebenfalls zurückgekehrt und genau hier war es passiert. Als wäre es gestern gewesen, sah Cecilia Wilhelm vor sich und mit einer gewissen Anspannung in der Stimme die schönsten Sätze sagen, die sie sich vorstellen konnte. Sie waren damals so glücklich gewesen.

Doch plötzlich schien all das in weite Ferne gerückt. Jetzt war alles anders. Wilhelm saß wahrscheinlich in Ludwigs Kerker und sie und die Kinder schwebten in großer Gefahr. Alles hatte sich geändert.

Wieder lief sie unruhig zwischen den Ästen der Trauerweide hin und her. Sie hatte die Hoffnung schon aufgegeben, als es endlich in den Blättern raschelte und Wilhelms beste Freunde mit staunendem Blick den verborgenen Hohlraum unter den Blättern der Weide betraten. „Da seid ihr ja endlich!", begrüßte Cecilia die beiden.

„Tut uns leid. Wir haben uns wirklich beeilt", entschuldigte sich Karl.

„Woher weißt du, dass Wilhelm lebt?", drängte Florian aufgeregt.

Cecilia musste lächeln, aber dann meinte sie mit ernster Stimme: „Ludwig hat sich verraten. Er hat mich gestern bedroht, weil er dachte, ich wüsste etwas. Dabei hat er auch eindeutig gesagt, dass Wilhelm lebt."

Karl und Florian brauchten erst einen Moment, um diese Nachricht zu verdauen. Dann zeigte sich auf ihren Gesichtern Entschlossenheit und Mut.

„Wir müssen ihn retten", meinte Karl voller Überzeugung.

„Ja", sagte auch Florian, „aber schnell, bevor es zu spät ist." Für einen Moment verdüsterten sich die Gesichter der drei. Cecilia kämpfte mit den Tränen, wenn sie nur daran dachte, dass es zu spät sein könnte.

„Auf jeden Fall solltest du dich in Sicherheit bringen, Cecilia", meinte Karl. „Das wäre das erste, was Wilhelm wünschen würde."

Cecilia schüttelte entschieden den Kopf. Sie hatte lange über dieses Thema nachgedacht und ihre Entscheidung getroffen.

„Nein, ich möchte dabei sein und helfen." Sanft strich sie über ihren Bauch. „Mein Kind soll seinen Vater kennenlernen."

Erst allmählich drang die Nachricht zu Karl und Florians Verstand durch. „Du bist guter Hoffnung?", fragte Karl fassungslos. „Und da denkst du ernsthaft nach, uns zu begleiten?"

„Ja, weil ich nicht untätig herum sitzen kann, während Wilhelm in Lebensgefahr schwebt."

„Ihm ist aber auch nicht geholfen, wenn du dich und das Ungeborene einer großen Gefahr aussetzt."

„Wilhelm hat alles für mich gewagt, also kann ich ja wohl auch mein Leben für ihn aufs Spiel setzen, oder?"

Diesem Argument konnte Karl sich nicht verschließen. Er kannte seinen Freund gut genug um zu wissen, dass Cecilia Recht hatte. Die beiden Ritter merkten, dass sie Cecilia nicht überzeugen konnten. Daher wechselten sie das Thema. „Was ist mit deinen Kindern? Sie können unmöglich mitkommen!"

„Nein, darüber habe ich schon nachgedacht. Ich werde Jonas und Bertha nach Frankenhausen bringen. Wenn es geht, müssen wir auch Wilhelm dorthin bringen, denn nach Meiningen kann er vorerst nicht zurück."

Karl und Florian nickten nachdenklich. „Ja, aber wie sollen wir möglichst unbemerkt in das richtige Haus in Frankenhausen gelangen?", wandte Florian ein.

„Naja, direkt hinter der Holzgasse, wo ich wahrscheinlich bei der Familie Eberlein unterkomme, liegt die Stadtmauer. Wenn ihr euch eng an der Mauer haltet, werdet ihr kaum gesehen und kommt durch den Hintereingang ins Haus."

„Und wir müssen also nur an der Mauer entlang gehen und können den Eingang finden?", fragte Florian ungläubig, weil es so einfach sein sollte.

„Ja", bestätigte Cecilia knapp.

„Dann könnte es gelingen", stellte Karl hoffnungsvoll fest.

„Also", begann Florian zusammenzufassen. „Cecilia bringt Bertha und Jonas nach Frankenhausen in Sicherheit und wir holen sie dann ab. Wenn wir Wilhelm gerettet haben, bringen wir ihn über die Mauergasse dort hin." Die beiden anderen nickten.

Da nun alles besprochen war, gingen sie auseinander. Weil alle so in Gedanken waren, bemerkte niemand, wie sich eine Gestalt leise davonstahl.

In den nächsten Tagen bereitete Cecilia alles für ihre Flucht vor. Sie kam sich feige vor, einfach so zu verschwinden, aber es war das Beste für die Kinder und ihre Schwangerschaft.

Eines Abends, zwei Tage nach ihrem heimlichen Gespräch mit Karl und Florian, klopfte es heftig an der Tür, als Cecilia gerade nach unten kam.

„Aufmachen! Sofort!", donnerte eine Stimme, die sie unter tausenden anderen erkannt hätte. Reglos blieb sie stehen, bis Ludwig gegen die Tür rannte und diese aufsprang. Die Wut stand ihm ins Gesicht geschrieben. Cecilia verschränkte die Arme vor der Brust.

„Was wollt Ihr hier?", fauchte sie den ungebetenen Besucher an.

Ludwig schlug die Tür hinter sich zu. „Dich warnen, du kleines Miststück!" Er war zu ihr getreten und zerrte ihren Kopf an den Haaren nach hinten. „Hast wohl geglaubt, du wärst schlau, was? Tja, der Wirt hat einige interessante Dinge erzählt. Mal sehen, ob du nachher nicht endlich gelernt hast, wer der klügere ist!"

Der Wirt! Er hatte sie verraten. Für läppische Silbermünzen, wie Judas. Einen Moment stieg die Wut in Cecilia auf, doch die wurde sofort wieder von der Angst überlagert. Was hatte Ludwig vor? Würde er seine Drohung wahrmachen?

„Ihr habt hier nichts zu suchen!", stieß sie hervor.

„Oh doch. Du hast die Warnung missachtet. Deshalb hör gut zu: Solltest du noch einmal so eine Verschwörung planen, dann mache ich die Drohung wahr. Sag deinen Freunden Karl und Florian gleich, dass es vorbei ist."

„Nein, es ist nicht vorbei! Ihr seid derjenige, der Unrecht tut!", schrie Cecilia verzweifelt.

„Wen interessiert das? Also, blase alles ab, was ihr geplant habt! Am besten sofort, sofern du noch laufen kannst, wenn ich mit dir fertig bin."

Cecilia zuckte zusammen. Immer deutlicher zeichnete sich ab, was Ludwig mit ihr vorhatte. Er wollte ihre Ehre beschmutzen und damit endgültig über Wilhelm triumphieren.

„Damit werdet Ihr nicht durchkommen!", schrie sie ihm hasserfüllt ins Gesicht.

„Meinst du? Dann führe dir dies vor Augen: Niemand wird dir gegen mich Recht geben. Ich bin ein Ritter, du nichts weiter als ein Bauernmädchen."

Cecilia wusste, dass Ludwig Recht hatte, aber an Aufgeben dachte sie nicht. Diesen Triumph wollte sie ihm nicht gönnen. Doch bevor sie noch irgendetwas sagen oder tun konnte, hatte Ludwig ein Seil aus seinem Obergewand geholt, Cecilias Hände gepackt und sie gefesselt.

„Was ...?"

„Damit du mir nicht entwischen kannst."

Kalte Angst kroch in Cecilia hoch. Er würde sie schänden, ihr Ehre und Selbstachtung nehmen und sie dann töten. Was sollte aus ihren Kindern werden? Sie würde sie im Stich lassen. In diesen Augenblicken wurde auch ihre letzte Hoffnung zunichte gemacht. Wilhelm würde sterben. Wozu sollte sie dann noch leben? Die einzigen Waffen die sie hatte, Mut und Selbstbewusstsein, würde Ludwig ihr nehmen. Es war sinnlos zu kämpfen.

Willenlos ließ sie geschehen, dass er ihr Haar nach hinten zerrte und mit einem gezielten Dolchzug ihr Kleid teilte, so dass man alles, von den Brüsten bis zu ihren Schenkeln, sehen konnte. Doch genau das brachte Cecilia wieder zu sich. Sie schrie auf, versuchte von den Fesseln loszukommen und trat nach Ludwig. Ihr war wieder klargeworden, dass sie, solange es noch möglich war, ihre Waffen einsetzen musste.

„Ihr brecht jegliches Recht!"

Ludwig lachte nur. „Wilhelm wird für tot gehalten. Also fällst du endgültig in deinen Stand als Bauernmädchen zurück. Es ist also sozusagen meine Pflicht, dir Gehorsam beizubringen."

„Nein! Ich hasse Euch!", schrie sie ihm entgegen.

„Halt dein Maul, du dreckiges Biest!", zischte Ludwig voller Hass. „Ich werde dir schon zeigen, wer hier der Herr ist!"

Völlig unerwartet, ohne dass Cecilia reagieren konnte, schlug ihr Peiniger ihre Kleiderfetzen nach oben und stieß seinen Finger in ihren Leib. Sie schrie vor Schmerz und Entsetzen laut auf. Reichte es nicht, dass Ludwig Stellen sah, die nur Wilhelm sehen durfte? Musste er ihr dann noch diese Schmach bereiten?

Ludwig würde sie schänden. Diese Gewissheit durchzuckte Cecilia wie ein Blitzschlag. Sie wollte nur noch sterben.

Ludwig begann, sich seine Beinkleider abzustreifen, doch er war noch nicht fertig, als es laut an der Tür klopfte. Ludwig zuckte zusammen.

„Herrin, Ihr sollt zu Ritter Karl und Ritter Florian kommen."

Als Cecilia die Stimme hörte, atmete sie erleichtert auf. Es war Matthias, Wilhelms Knappe, der ihr diese Nachricht überbrachte. Das hieß, dass Karl und Florian, wie auch immer sie hiervon erfahren hatten, sie retten wollten. Doch schnell verschloss sie ihre Gesichtszüge wieder und tat so, als hätte sie noch immer große Angst.

„Verschwinde!", forderte Ludwig unwillig.

„Ritter Ludwig? Der Vogt sucht schon nach Euch. Ihr solltet ihn lieber beruhigen", kam es von der Tür.

Wütend begann Ludwig, seine Kleider zu ordnen. Es war klar, dass er sein Vorhaben lieber fortgesetzt hätte, aber es wäre unklug, den Zorn Wilhelms IV. auf sich zu ziehen. Also verließ er mit säuerlicher Miene das Haus. Matthias musste nun zu Ende mitspielen und ging mit Ludwig zur Burg.

Cecilia blieb allein zurück, doch nur für wenige Sekunden. Kaum war Ludwig um die Ecke, da kamen Karl und Florian schon herein. Sie hatten Ludwig im Auge behalten und als er nun am Abend die Burg verlassen hatte, waren sie ihm gefolgt.

Einen Moment schienen sie erschrocken über Cecilias Aussehen, doch dann fassten sie sich. Sie schien keine Verletzung bekommen zu haben.

„Geht es dir gut?", fragte Karl trotzdem besorgt.

Cecilia nickte nur. Der Schreck des eben Erlebten steckte ihr noch immer in den Gliedern. Während Karl ihre Fesseln zerschnitt, war Florian ins Schlafzimmer gerannt, hatte ein Kleid geholt und war in die Küche zurückgekehrt. Dankbar nahm Cecilia das Kleid entgegen und zog es an, während Wilhelms Freunde sich umgedreht hatten.

Kaum hatte sie den beiden ein Zeichen gegeben, dass sie sich wieder umdrehen konnten, begann Karl mit ernster Miene ein Gespräch.

„Dir ist hoffentlich klar, dass du hier weg musst?"

„Und zwar möglichst bald", ergänzte Florian.

Cecilia nickte. Sie wusste, dass sie keinen Moment länger in Meinigen bleiben konnte. Ludwig würde bald merken, dass er einer Lüge aufgesessen war, und würde zurückkehren, um seine Schandtat fortzusetzen.

„Ich mache mich sofort bereit", meinte sie fest und machte sich daran, ein paar Sachen zu packen und die Kinder zu wecken.

* * *

Jonas staunte nicht schlecht, als seine aufgewühlte Mutter ihn und Bertha aufweckte, anzog und sie hinunter in die Küche gingen. Noch mehr wunderte sich der Vierjährige, als er Karl und Florian, die besten Freunde seines Vaters, sowie ein paar vollständig gepackte kleine Bündel sah.

„Wir müssen hier weg", erklärte Cecilia ihren Kindern knapp. Die genauen Gründe hätten die beiden nicht verstanden.

„Warum?", fragte Jonas.

„Wir gehen in eine kleine Stadt, nur zwei Tagesreisen von hier entfernt. Ich habe einmal einige Zeit dort gewohnt."

Jonas begriff, dass seine Mutter die Fragen nicht beantworten würde, die er gern gestellt hätte. Also schwieg er lieber.

Bertha verstand das alles nicht und begann zu weinen. Cecilia nahm trotz ihrer Eile die zweijährige Tochter in den Arm um sie zu trösten. Dann nahm sie beide Kinder entschieden an die Hand. „Wir sind bereit."

„Mit dem Plan klappt alles?", hakte Florian noch einmal nach. Cecilia nickte.

„Wir begleiten euch noch bis zum Stadttor", erklärte Karl. Cecilia nickte ihm dankbar zu. Sie hätte sich nicht wohl dabei gefühlt, spät am Abend mit den Kindern durch Meiningen zu laufen. Doch als sie wieder nach der Rosenkette um ihren Hals griff und den silbernen Armreif an ihrem Arm fühlte, kehrte ihre Entschlossenheit zurück.

Dann holte sie ihre Stute aus dem Stall und befestigte die Bündel am Sattel.

Schließlich war alles bereit und die kleine Gruppe bewegte sich in Richtung Stadttor. Dort angekommen, ließen die Wächter sie ohne weiteres passieren, als sie die beiden Ritter erkannten.

Die Verabschiedung fiel knapp aus.

„Viel Glück und hoffen wir, dass unser Plan aufgeht", sagte Karl und Florian nickte.

„Gott schütze euch und er wache darauf, dass alles gutgeht."
Erneut schnürte ihr die Angst um Wilhelm die Kehle zu. Schnell wandte sie sich um und verließ Meiningen für unbestimmte Zeit.

Unerwartete Hilfe

Einige Zeit später waren Karl und Florian in die Burg zurückgekehrt, auch wenn ihre Gedanken sowohl bei Cecilia, als auch bei ihrem Plan waren. Sehr genau hatten sie ihr Vorgehen noch nicht geplant, aber sie dachten schon angestrengt darüber nach.

Sie brüteten wohl schon eine gute Stunde, als Matthias eintrat, um sie zum Frühmahl zu holen. Als er die besten Freunde seines Herrn und zeitweiligen Lehrmeisters sah, blieb er in der Tür stehen, ohne einen Laut von sich zu geben. Diese Stimmung kannte er. Sie bedeutete, dass die beiden Ritter irgendetwas ausbrüteten.

Inzwischen war er bemerkt worden. „Was gibt es, Matthias?", fragte Karl.

„Ähm …" Matthias hatte vor lauter Überlegen seine Nachricht vergessen. Er beschloss, ehrlich zu sein und die Wahrheit herauszubekommen. „Was ist los? Was plant ihr?"

Karl und Florian sahen sich erstaunt an. Sie schienen zu überlegen, ob sie ihn schelten, für seine Frechheit bestrafen oder die Geschichte erzählen sollten. Schließlich gelangten sie zu dem Schluss, dass Wilhelm sich immer auf Matthias verlassen konnte und sein volles Vertrauen besaß. Deshalb weihten sie ihn in ihren Plan ein.

„Dein Herr, Ritter Wilhelm, ist nicht tot", begann Karl.

„Wir gehen davon aus, dass er sich in Ludwigs Gefangenschaft befindet. Er ist ihm wahrscheinlich schon ziemlich übel ergangen", fuhr Florian an seiner Stelle fort.

Matthias brauchte erst einen Moment, um diese Nachricht zu verdauen. Sein Herr sollte noch leben? Doch ehe er in einen Jubelschrei ausbrechen konnte, legte Karl beschwörend den Finger auf den Mund. Matthias schluckte seine Freude herunter. „Und ihr plant irgendetwas?"

„Ja", antwortete Florian knapp.

„Ich möchte helfen, meinen Herrn zu retten. Ich kann bestimmt etwas tun."

„Ich weiß nicht", meinte Karl zweifelnd. Konnten sie es verantworten, Matthias mit in die Sache hineinzuziehen? Wilhelm würde ihnen den Hals umdrehen, wenn dem Jungen etwas passierte. Doch wenn Karl in das leuchtende, entschlossene Gesicht des Knappen blickte, erinnerte ihn das an seinen Tatendrang in der eigenen Jugend. Er wechselte einen bedeutungsschweren Blick mit Florian und der nickte kaum merklich und wandte sich dann an Matthias.

„In Ordnung, du kannst mitkommen. Aber nur, wenn du unseren Anweisungen folgst. Und keine unüberlegten Heldentaten!"

Die Mahnungen konnten Matthias' Freude nicht dämpfen.

„Alles das will ich gern tun."

Florian und Karl nickten.

„Also ...", meinte Karl verschwörerisch, „nun zu unserem Plan."

Lange Stunden tüftelten sie einen Plan aus, der gute Chancen hatte, Erfolg zu haben. Schließlich musste Matthias wieder zu den Waffenübungen zurückkehren.

„Meinst du, es war zu leichtsinnig, Matthias mit in die Sache reinzuziehen?", fragte Karl sorgenvoll. Auch Florian schien sich nicht wohl dabei zu fühlen, sagte aber: „Du hast doch gesehen, wie sehr er es sich gewünscht hat und unser Plan ist nun auch auf drei Personen abgestimmt. Matthias ist klug genug, um sich nicht zu einer Dummheit hinreißen zu lassen."

„Ich hoffe, du behältst Recht", meinte Karl, noch nicht ganz überzeugt.

Mitten in ihre düsteren Gedanken hinein klopfte es an der Tür. Karl und Florian zuckten zusammen, bedeuteten der Person vor der Tür jedoch, dass sie eintreten könne. Es war ein junger Mann, Anfang zwanzig, mit braunen Haaren und grünen Augen.

An der Ähnlichkeit mit Wilhelm erkannten seine Freunde ihn schließlich.

„Hallo. Ritter Florian und Ritter Karl? Ich bin Georg, Wilhelms jüngerer Bruder. Ich ..." Er druckste ein wenig herum. „... ich habe ... als ich ankam, bin ich ans Werraufer gegangen und habe euch gesehen. Ich konnte ein paar Fetzen von dem verstehen, was ihr unter der Weide gesprochen habt. In Gera erfuhr ich, dass Wilhelm tot sei und ich wollte mehr wissen. Als ich euch zum Flussufer laufen sah, bin ich euch heimlich gefolgt. Ich hoffte, dass ihr mir mehr über Wilhelm erzählen könnt."

Einen Moment lang mussten die beiden Ritter sich erst einmal sammeln. Sie konnten noch immer nicht glauben, dass sie belauscht worden waren.

Karl fasste sich als erster und begann zu erzählen. „Wilhelm ist nicht von Räubern getötet worden, sondern er soll noch leben. Wahrscheinlich."

Georg wirkte überrumpelt. „A... aber wo ist er dann?"

„Er wurde gefangen genommen", erklärte Florian, „von Ludwig von Erffa. Er hält ihn jetzt seit einem guten Monat fest."

„Ludwig!" Georg schlug sich an die Stirn. „Das ich darauf nicht selbst gekommen bin! Die beiden hassen sich seit Ewigkeiten! Woher wisst ihr das eigentlich so genau?"

„Cecilia, Wilhelms Frau, wurde von ihm bedroht, weil er dachte, sie wüsste etwas. Dabei hat er sich verraten."

„Cecilia! Ich wollte sie gern einmal kennenlernen, aber Vater hat es nicht erlaubt. Ist sie hier?"

„Nein. Sie musste fliehen, weil Ludwig eine große Gefahr für sie und ihre Kinder ist."

Georg machte ein enttäuschtes Gesicht, doch das wandelte sich bald in Unternehmungslust. „Habt ihr schon einen Plan für seine Rettung? Habt ihr unseren Onkel davon unterrichtet? Er würde uns doch sicher helfen!"

„Wir haben keine Beweise und wenn es zu einer Anhörung kommen würde, stände unser Wort gegen das von Ludwig von Erffa. Deshalb müssen wir heimlich agieren und können Ludwig erst anklagen, wenn wir unseren Freund befreit haben."

Karl und Florian erklärten nun auch Georg ihren Plan. Wilhelms Bruder strich sich nachdenklich über das Kinn und meinte dann: „Der Plan ist gut, aber eine Kleinigkeit habt ihr missachtet: Wie wollt ihr in die Burg kommen, ohne das Ludwig euch bemerkt und alle seine Bewaffneten auf euch hetzt?"

Karl und Florian sahen sich entmutigt an. Natürlich! Dieses Problem hatten sie lange vor sich hergeschoben.

„Was schlägst du vor?", fragte Karl. Georg grinste und sagte: „Jetzt ist es ganz einfach: Ich helfe euch. Dass ich Ludwig auf meine Burg einlade, ist ohnehin überfällig." Nun nahm seine Stimme einen traurigen Ton an. „Wilhelm war mir immer ein Vorbild. Ich fand es ungerecht von Vater, ihn zu verstoßen, nur weil er dem Herzen folgte. So kann ich wenigstens etwas gutmachen."

Erleichtert nickten Karl und Florian. Georgs unerwartete Hilfe ersparte ihnen viele quälende Sorgen. Schließlich redeten sie noch lange und nach und nach wurde auch Georg Teil der Verschwörung. Nun waren sie schon fünf.

* * *

Cecilia ritt mit den Kindern weiter und weiter von Meiningen weg. Bertha hatte sie vor sich und Jonas saß hinter ihr und hielt sich an ihr fest. So konnten sie am schnellsten vorankommen.

Besonders Bertha quengelte immer wieder bei den langen Strecken, während Jonas sich tapfer hielt und keinen Ton der Beschwerde hören ließ.

Manchmal führte ihr Weg stundenlang durch menschenleere Felder und Wälder und in dieser Zeit wurde Cecilias Zuversicht auf eine harte Probe gestellt. Am Ende gewann immer mehr die eine Frage die Oberhand: Lebte Wilhelm wirklich noch?

* * *

Benommen blinzelte Wilhelm in die Finsternis. Er hatte zwar jegliches Zeitgefühl verloren, aber er musste wohl schon mehrere Wochen hier sein. Trotzdem wusste er noch immer nicht, wo er war. Wilhelm versuchte aufzustehen, um vielleicht irgendeinen Anhaltspunkt zu finden, doch der Schmerz ließ ihn zurück sinken. Er erinnerte sich an die letzte Folter, bei der man ihm die glühenden Eisen auf den Bauch gepresst hatte. Doch nicht nur dieser Schmerz hinderte ihn am Aufstehen. Als die Bewaffneten ihn damals auf dem Weg nach Weimar angriffen, hatte er sich nach Leibeskräften gewehrt. Erst mit dem Pfeil im Bein hatten sie ihn überwältigen können.

Sein Auftrag! Die Selbstvorwürfe plagten ihn wieder. Er hätte den Geleitschutz annehmen sollen, den sein Onkel angeboten hatte! Stattdessen saß er nun hier und ließ Cecilia und die Kinder im Stich. Wie es ihnen wohl ging? Ob sie schon etwas über seinen Verbleib wussten und etwas planten? Vielleicht mit Karl und Florian? Ob Ludwig ihnen …

An dieser Stelle hörte Wilhelm Schritte, die näherkamen. Schon wieder die Folterknechte, um ihn zu martern? Doch diesmal hatten die Stiefel nicht den gewohnten Klang. Wegen der Dunkelheit war sein Gehör feiner geworden und er erkannte, dass sich nicht seine Peiniger näherten. Er lauschte sehr angespannt in die Dunkelheit. Würde er endlich seinen Feind kennenlernen, der ihn hier festhielt?

Das Gitter öffnete sich. Bereits vor dem Entzünden des Lichtes erkannte Wilhelm seinen Peiniger Ludwig. Nun wurde ihm alles klar. Seine Vermutung stellte sich als richtig heraus, denn er hatte seit längerem geahnt, dass Ludwig dahintersteckte!

Mit höhnischem Grinsen stellte Ludwig das faulige Wasser ab und meinte: „Freust du dich schon, Wilhelm? Jetzt kann ich mich endlich persönlich um dich kümmern."

Nachdem Wilhelm einige Schlucke getrunken hatte – seine Kehle war wie ausgedörrt – antwortete er im selben Tonfall: „Na ja, bis jetzt hast du dir ja nicht die Hände schmutzig gemacht, sondern das dein niederes Gesindel tun lassen."

Das überhebliche Grinsen verschwand nicht. „Tja, ich hatte noch einiges zu erledigen. Mit deinem Liebchen ..."

Im ersten Moment fühlte Wilhelm die Wut in sich aufsteigen, doch dann verbarg er seine Gefühle und meinte nur: „Ja und?"

„Sie hat geschrien und gewimmert, als ginge es um ihr Leben."

Am liebsten hätte Wilhelm Ludwig den Hals umgedreht, doch mit aller Willenskraft ließ er seine Miene betont kühl wirken. Er glaubte, in Ludwigs Gesicht lesen zu können, dass er log. Mit gespielter Gleichgültigkeit fragte er: „Bist du nur deshalb gekommen?"

Seine Ruhe und Gelassenheit schien seinen Widersacher wütend zu machen.

„Ich werde dir die frechen Antworten schon austreiben!", presste Ludwig zwischen den Zähnen hervor und hatte plötzlich eine Rute in der Hand. Wilhelm wusste, was nun geschehen würde und ließ widerstandslos geschehen, dass die Knechte seine Hände über dem Kopf in einen Ring schlossen, so dass seine Füße gerade noch den Boden berührten. Dann begann Ludwig, auf sein Opfer einzuschlagen, bis ein Schlag auf den Hinterkopf seines Gefangenen, diesen in erlösende Bewusstlosigkeit sinken ließ.

GROSSE HÜRDEN

Cecilia war sehr erleichtert, als sie endlich Frankenhausen erreicht hatten. Sie begab sich sofort zum Eberleinschen Haus in der Holzgasse und wurde dort herzlich begrüßt. Besonders Kathrein und Katarina freuten sich, ihre Freundin zum ersten Mal nach der Hochzeit wiederzusehen.

Kathrein war noch immer unverheiratet, weil sie trotz Cecilias Zureden der festen Überzeugung war, sich damit in eine zu starke Abhängigkeit zu begeben.

Katarina schien unglücklich über ihre baldige Verlobung, die ihre Eltern abgesprochen hatten. Als einzige Tochter einer reichen Kaufmannsfamilie war ihre standesgemäße Vermählung sehr wichtig, um mit anderen Handelshäusern zusammenarbeiten zu können.

Lange konnten die Freundinnen ihre Zeit nicht genießen, denn Karl und Florian würden bald kommen und Cecilia abholen. Jonas und Bertha würden in Frankenhausen bleiben und von Kathrein betreut werden.

Als Wilhelms Freunde kamen, sah Cecilia schon an ihren Mienen, dass neues Unheil drohte. Voller Sorge verdrängte sie den Gedanken und wunderte sich, dass Matthias sie begleitete. Mit einem unguten Gefühl im Bauch fragte sie: „Was ist passiert?"

„Wir müssen die Suche und den Plan um einige Zeit aufschieben."

„Warum?"

„Unser Herr hat uns beauftragt, Wilhelms Aufgabe zu Ende zu führen. Wir müssen Johann von Sachsen über die Vorkommnisse in Ellingshausen Bericht erstatten."

Cecilia erstarrte. „Jetzt? Warum hat er nicht schon längst jemanden losgeschickt?"

Karl machte eine hilflose Geste. „Ich weiß es nicht. Jedenfalls müssen wir nach Weimar. Du kannst dich jetzt entscheiden, ob du hierbleiben oder mit zum Kurfürsten kommen willst."

Ihre Entscheidung war wider alle Vernunft, wie schon die, sich überhaupt an der Suche zu beteiligen. Ihre Schwangerschaft und die Kinder wären genug Gründe gewesen, hier, in Frankenhausen zu bleiben.

„Ich komme mit."

„Bist du sicher?", fragte Karl zweifelnd.

„Ja. Wenn ihr nach eurem Auftrag noch einmal hier her zurückkehrt, verlieren wir Zeit, die für Wilhelm kostbar sein könnte. Beeilen wir uns also."

Die Ritter nickten. Cecilia hatte nun Zeit, sich um Matthias zu kümmern. Nach einer knappen Begrüßung fragte sie Karl: „Was macht Matthias hier?"

Matthias, der sich übergangen fühlte, antwortete an Karls Stelle. „Ich werde helfen, meinen Herrn zu retten. Ich bat die beiden, mich mitzunehmen."

Einen Augenblick sah Cecilia Karl und Florian tadelnd an, dann meinte sie: „Nun gut, Wilhelm würde das wohl nicht gutheißen, aber Matthias kann uns sicher von großem Nutzen sein, da er gut ausgebildet ist."

Matthias lächelte erleichtert und stieß die angehaltene Luft aus.

Cecilia machte ihre Stute bereit und dann ritten sie los.

Dritter Teil

IN DER FREMDE

„Eine Veränderung bewirkt stets
eine weitere Veränderung."

*Niccoló Machiavelli (1469 – 1527),
italienischer Staatsmann und Schriftsteller*

Der Kurfürst

Ungeduldig warteten Karl, Florian, Cecilia und Matthias vor dem Audienzsaal der Burg Hornstein in Weimar. Sie waren bereits vor einer Stunde in der Nebenresidenz Johanns des Beständigen angekommen. Cecilia war besonders die dunkle Bastille, ein ehemaliger Wohnturm, ins Auge gefallen, als sie die Burg an der Ilm betrachtet hatte. Durch das große Haupttor war die Gruppe in einen weitläufigen Hof gekommen, der von einem Kreuzgang umgeben war.

Eine halbe Ewigkeit lang warteten sie nun schon darauf, dass Johann der Beständige, Kurfürst von Sachsen und Landgraf von Thüringen, sie in die Halle bat. Endlich kam ein Diener aus der Tür, reichlich verlegen, und bat sie herein. Cecilia war froh, als Frau nicht am Eintreten gehindert zu werden.

* * *

Johann von Sachsen sah den drei Männern, von denen wohl kaum schon einer seine Schwertleite hinter sich hatte, und der jungen Frau eher gleichgültig entgegen. Jeden Tag kamen dutzende Untertanen. Kaum einer überbrachte wichtige Nachrichten. Die meisten waren Bittsteller.

Seine Laune war ausgesprochen schlecht. Im Moment beschäftigten ihn wichtigere Dinge, als die Sorgen irgendwelcher Meininger, von denen zwei vor Gericht sowieso keine Stimme hatten. Seit dem Reichstag und dem Streit mit dem Kaiser musste Johann jeden Tag um sein Kurfürstentum zittern. Zusätzlich lag das „Wormser Edikt" noch immer wie eine dunkle Wolke über seinen protestantischen Besitzungen.

Er blickte wieder auf die Gruppe vor ihm. Da es ihnen nicht gestattet war, mit dem Sprechen zu beginnen, meinte Johann mit lauter Stimme: „Ihr habt Nachricht für mich?"

Der junge Mann mit dunklem Haar und blauen Augen, der vor ihm das Knie beugte, erhob die Stimme. „Eure Durchlaucht, ich bin Karl von Trotha, nachgeborener Sohn des Willibrand von Trotha, dies ist Florian ... von Nesselroth."

Der Kurfürst lächelte amüsiert. Offenbar war der schwarzhaarige Mann einer der vielen Bastarde des Nesselroth-Vogtes, da der Mann, der sich Karl nannte, gezögert hatte.

„Und wer sind das Weib und der Junge?"

Nach einer Verbeugung antwortete Cecilia selbst: „Ich bin Cecilia von Henneberg, die Witwe des Wilhelm von Henneberg, der ursprünglich diesen Auftrag ausführen sollte, aber auf dem Weg hierher heimtückisch ermordet wurde. Karl und Florian waren seine Freunde. Und der junge Mann ist Matthias, sein Knappe."

Sie alle glaubten zwar nicht an Wilhelms Tod, aber die ganze Geschichte war zu schwierig, um sie in der drängenden Zeit zu erzählen.

„Und was habt Ihr mir zu berichten?" Karl erhob sich, verneigte sich vor Johann von Sachsen und sagte: „Vor etwa zwei Wochen gab es in der Nähe von Meiningen, in Ellingshausen, eine Gräueltat. In diesem Dorf leben überwiegend Katholiken und diese haben die lutherischen Familien getötet. Wir selbst konnten uns davon überzeugen und die Folgen des Massakers mit eigenen Augen sehen." Wütend fuhr der Kurfürst hoch. „Dieses verdammte Pack! Was fällt ihnen ein, eine solche Bluttat anzurichten?" Ein hagerer Mann, der Hofprediger Wolfgang Stein räusperte sich und meinte sarkastisch: „Der Kaiser hat es im ‚Wormser Edikt' erlaubt!"

„Zum Teufel mit dem ‚Wormser Edikt'!", schrie der Kurfürst. „Ein Kaiser sollte seine Untertanen schützen, anstatt sie morden zu lassen!"

Keiner sagte ein Wort. Der plötzliche Ausbruch Johanns verschlug allen die Sprache. Dieser fasste sich wieder und meinte zu Karl gewandt: „Danke für Euren Bericht, Junker Karl. Mein Beileid für den Verlust eures Freundes und Ehemannes. Ihr scheint eine lange Reise hinter Euch zu haben. Ich lade euch ein, einige Tage hier in Weimar zu weilen und euch als meine Gäste zu erholen."

Natürlich war dies keine Einladung, sondern ein Befehl. Also blieb den Vieren nichts anderes übrig, als sich formvollendet zu verbeugen und sich von einer Magd zu ihren Kammern führen lassen.

Cecilia bekam allein eine kleinere, aber schmucke Kammer mit einem großen Schrank und einem ebenso großen und breiten Bett. Das Problem war nur, dass weder sie noch ihre Gefährten hoffähige Kleidung mitgenommen hatten, da sie mit einem kurzen Ausflug rechneten. Doch dieses Problem wurde just in dem Moment gelöst, als sie den Schrank öffnete. Darin hingen drei schöne Kleider, die sie sich kaum anzuziehen traute. Trotzdem war es besser, als in der schmutzigen Reisekleidung vor den Fürsten zu treten.

Nachdem Cecilia die neuen Eindrücke auf sich hatte wirken lassen, setzte sie sich auf ihr Bett und versank in Gedanken. Sie vermisste Wilhelm hier in diesem großen Gemäuer mehr denn je und holte sich sein Bild vor Augen. Was ihm wohl gerade widerfuhr? Was hätte sie darum gegeben, dies zu wissen. Doch sie war hier und Wilhelm weit weg. Ihre Gedanken flogen zum Kurfürsten. Der ältere Mann mit den dunkelroten Haaren, den hellbraunen Augen und den vielen Falten war ihr irgendwie sympathisch. Der kurze Ausbruch hatte ihn äußert menschlich wirken lassen. Außerdem teilte sie die Meinung des Kurfürsten. Das einzige, was sie ärgerte, war, dass er ihr und ihren Begleitern diese Untätigkeit auferlegt hatte.

Wie auf ein geheimes Zeichen klopfte es an der Tür und Karl, Florian und Matthias treten ein. Frustriert ließen sie sich neben

Cecilia auf die Bank sinken und Karl meinte unvermittelt: „Jetzt kann ich nachvollziehen, wie sich Wilhelm damals gefühlt haben muss. Und wir haben noch dafür gesorgt, dass er in Meiningen blieb."

„Wir waren echt Idioten!", warf Florian ebenso schonungslos ein.

Cecilia machte sich derweilen ihre eigenen Gedanken. Wilhelm hatte ihr damals alles erzählt, aber sie fand, dass das, was während ihrer Trennung vorgefallen war, nicht mehr zählte.

„Ich habe mich nie darum gekümmert. Hebt euch eure Reue für den Moment auf, wenn Wilhelm wieder bei uns ist", meinte sie deshalb. Sie wussten nicht, in welchem Zustand sie ihn vorfinden würden. Ob es ihm dann zum Reden zumute sein würde?, dachte sie sorgenvoll. Sie verbot sich aber diese negativen Gedanken und wollte nach vorn schauen.

Sie sagte sarkastisch: „Na ja, jetzt könnten wir uns ja erst einmal ausruhen."

„Ausruhen?", rief Florian mit bitterer Ironie. „Ich wüsste nicht, was es auszuruhen gäbe!"

„Es ist zum verrückt werden!", brach es aus Karl heraus und er hieb auf dem hölzernen Bettrand ein.

Matthias, der die ganze Zeit stumm zugehört hatte, fragte nun: „Herrin, wie soll es eigentlich weitergehen, wenn wir hier wegkommen?"

Cecilia traf diese Frage unerwartet, aber sie antwortete nach kurzer Überlegung: „Nun ja, dann werden wir uns daran machen, Ludwig von Erffa zu enttarnen und Wilhelm zu retten."

Matthias nickte. Karl und Florian hatten ihm unterwegs alles erzählt.

In diesem, teils unruhigen, teils trägen Zustand mussten die vier die nächsten zwei Wochen verbringen. Ihnen allen wurde diese Zeit immer mehr zur Qual. Karl, Florian und Matthias konnten sich wenigstens an der Jagd oder Gesprächen mit anderen Rittern beteiligen.

Für Cecilia gab es wenig zu tun. Sie litt besonders unter der Ungewissheit und noch mehr unter der Trennung von ihren Kindern. Was sollten die Eberleins und Kathrein bloß denken? Sie wusste ihre beiden Kleinen zwar gut aufgehoben, aber auch die Kinder würden ihre Mutter vermissen.

So entschloss sie sich, einen Boten nach Frankenhausen zu schicken, um ihr Fernbleiben zu erklären.

Die anderen Damen, die fast vollständig zum Gefolge Sybilles von Jülich-Kleve-Berg – der Schwiegertochter des Kurfürsten – gehörten, beschäftigen sich ausschließlich mit Sticken, Klöppeln und Geschwätz über ihre Ehemänner und den Hofstaat. Doch an all diesen Dingen konnte Cecilia nichts finden, zumal sie nicht aus hohem Hause stammte und so etwas nicht gerade als sinnvolle Beschäftigung anerkennen konnte. So verbrachte sie die Tage damit, ab und zu eine Stickerei anzufangen, die sie bald wieder aus der Hand legte, auf der Burg herumzuwandern und beten zu gehen.

Natürlich merkten auch ihre Begleiter, wie langweilig ihr die Wochen in Weimar waren. Deshalb hatte Karl begonnen, ihr Schachspielen beizubringen, und er sagte, dass sie sich für eine Frau sehr gut schlage, was ihm stets einen halb belustigten Knuff einbrachte. So spielten sie fast jeden Abend eine Partie und Cecilia erlangte immer mehr Sicherheit. Die Zeit zog sich dennoch schleppend dahin.

Eines Tages beschloss sie beten zu gehen und machte sich auf den Weg zur Schlosskapelle. Sie kniete nieder und begann inbrünstig zu beten. Für Wilhelm und sein Leben, für ihre Kinder in Frankenhausen und für ihr Vorhaben.

„Es sind schlimme Zeiten, da lohnt es sich zu beten", hörte sie die Stimme des Hofpredigers hinter sich. Cecilia neigte den Kopf, während Wolfgang Stein sich neben sie kniete.

„Für wen betet Ihr so verzweifelt?", fragte er.

„Für meinen Mann", entgegnete Cecilia.

Mit mitleidiger Stimme sagt der Prediger: „Gott sei seiner Seele gnädig."

„Nein, ich hoffe noch nicht!"

Überrascht sah der Geistliche sie an.

„Könnt Ihr schweigen, Pater?"

„Als Prediger gilt mir die Schweigepflicht."

„Mein Mann ist, wie ich hoffe, nicht tot. Er wurde von seinem Feind entführt und wird wahrscheinlich auf dessen Burg gefangen gehalten. Man glaubt in Meiningen allerdings an seinen Tod."

„Und warum sagtet Ihr vor dem erlauchten Kurfürsten nichts davon?"

„Die Angelegenheit ist sehr schwierig. Außerdem würde sich Johann der Beständige bestimmt nicht dafür interessieren."

„Oh, das seht Ihr falsch. Der Herr ist sehr zugänglich für Unrecht in seinem Land, wie Ihr vielleicht bemerkt habt."

Cecilia nickte. „Ja, das schon, aber wir können ihn doch nicht mit unseren Problemen behelligen." Sie erhob sich schnell. „Vielen Dank für das Gespräch, Herr Pfarrer. Ich werde nun gehen."

Von diesem Tag an wurde das Warten etwas erträglicher, zumal eine Begegnung Cecilia mächtig ins Wanken brachte.

Sie stand im Kreuzgang und blickte, in Gedanken vertieft, auf den Hof des Schlosses. Da hörte sie Geräusche, die das Näherkommen mehrerer Personen ankündigten. Als sie sich umdrehte, hielt sie vor Erstaunen die Luft an. Der Mann mit der kräftigen Statur, der schwarzen Kutte und den braunen Locken, der von zwei Wachen flankiert wurde, war niemand anderes als ... Martin Luther. Der berühmte Reformator, nach dessen Lehren Cecilia lebte, kam auf sie zu. Cecilia sank auf die Knie und blickte zu ihm auf. Luther reichte ihr die Hand zum Aufstehen. Und fragte: „Wer seid Ihr?"

„Cecilia von Henneberg. Ehefrau des verschollenen Wilhelm von Henneberg." Es war das zweite Mal, dass sie den Titel benutzte, obwohl sie offiziell nicht in den Adelsstand erhoben worden war.

„Verschollen?"

„Ja, mein Mann wurde entführt und es gibt kein sicheres Zeichen für seinen Tod. Wenn wir Weimar endlich verlassen können, werden seine Freunde und ich uns auf die Suche nach ihm machen."

Der Reformator sah ihr ernst in die Augen. „Ich werde für den glücklichen Ausgang eures Vorhabens beten."

Er nickte ihr noch einmal freundlich zu und ging schließlich weiter. Cecilia blieb wie gebannt stehen. Sie hatte zwar gewusst, dass Martin Luther ein oft gesehener Gast bei Kurfürst Johann war, aber sie hatte nie damit gerechnet, ihm jemals selbst zu begegnen.

Nach einigen Momenten gespannter Stille wandte Cecilia ihr Gesicht wieder der Stadt zu. Einen Moment schloss sie die Augen, um wieder in den Besitz ihrer Sinne zu kommen. Der große Reformator würde für sie beten. Das gab ihr neuen Mut und sie war entschlossener denn je, endlich aufzubrechen, um ihr Vorhaben in die Tat umzusetzen.

Ränkespiel

„Ah, Murad!" Sichtlich erfreut ging Ludwig dem Mann mit den tiefschwarzen Haaren und der dunklen Haut entgegen.

„Was gibt es, Ludwig?", fragte der Besucher mit einem seltsam fremdländischen Akzent.

Mit einer Handbewegung scheuchte Wilhelms Entführer die anwesende Magd hinaus, bot dem Fremden einen Platz an und setzte sich ihm gegenüber. „Es ist sehr wichtig. Ich habe einen Gefangenen im Kerker, den ich dringend loswerden muss. Seine Freunde und seine Frau sind mir auf den Fersen."

„Ist er etwa deinesgleichen? Ein ... Adliger?"

„Ja."

Murad stöhnte auf. „Ludwig, du weißt doch, dass du mich in große Schwierigkeiten bringst, wenn man bei mir einen gläubigen Christ findet!"

„Ja, ich weiß. Aber könntest du nicht eine Ausnahme machen? Außerdem ist er in gewisser Weise ein Ketzer."

„Ist er Lutheraner?"

„Ja."

„Aber du doch auch!"

„Ja, schon. Aber ich bin nur in der Not übergetreten. Doch er und sein verderbtes Weib sind sofort freudig lutherisch geworden."

Einen Moment herrschte Stille, dann fragte der Mann namens Murad: „Kannst du ihn mir zeigen? Ich muss ja schließlich wissen, ob sich das Risiko lohnt."

Ludwig nickte und ging voran. Er scheuchte die Wachsoldaten weg und führte seinen Gast zum hintersten Verlies.

Verächtlich musterte Murad die ausgehungerte, von Narben, Brandmalen und Blutergüssen entstellte Gestalt, die an Ketten in der Ecke zusammengesunken hockte.

„Für den bekomme ich ja nicht einmal drei Akçe!", meinte er abweisend. „Das ist doch nicht dein Ernst, Ludwig!"
Doch Ludwig wollte um keinen Preis aufgeben. Die Aussicht, Cecilia, Karl, Florian und Matthias auf eine falsche Fährte zu führen und seinen Erzfeind hunderte, nein, tausend Meilen entfernt zu wissen, war zu verlockend. „Wann würdest du ihn abholen?"
„In zwei Wochen, aber ..."
„Gut! Und wenn ich ihn bis dahin behandeln lasse und ihn gut versorge? Dann wird er es schaffen! Er ist ein Ritter, kräftig, groß und perfekt als Sklave. Was sagst du?"
Der Sklavenhändler warf erneut einen verächtlichen Blick auf das zerfurchte Etwas, das einmal ein Edelmann gewesen sein sollte. „Wenn er das schaffen soll, musst du ihn aber auf Händen tragen."
Selbst das war Ludwig für sein Ziel recht.
„Gut, also in zwei Wochen?"
„Abgemacht."
Der Handel wurde mit einem Handschlag besiegelt. Ein Handschlag, der über Wilhelms weiteres Schicksal bestimmte, obwohl er nicht einmal selbst darüber entscheiden konnte.

* * *

Wochen später folgte Ludwig der Einladung von Georg nach Weida. Aber am zweiten oder dritten Tag, beim Frühmahl, eröffnete Ludwig seinem Gastgeber: „Ich habe beschlossen, Euch nicht länger zur Last zu fallen und werde noch heute abreisen."
Georg hielt in der Bewegung inne. Mit Schrecken berechnete er, dass Karl und Florian ihr Vorhaben wohl kaum schon durchgeführt haben konnten.
„Aber ... Ihr könnt wirklich gern noch bleiben ..."
Jedes Wort, mit dem er versuchte, Ludwig zum Bleiben zu überreden, war eine Lüge. In Wahrheit hätte Georg nichts lie-

ber getan, als seinen Gast loszuwerden. Wenn es nicht um die Rettung seines Bruders gegangen wäre, hätte er Ludwig nach einer Stunde rausgeworfen. Doch unter diesen Umständen hatte Wilhelms Bruder es stillschweigend zwei Tage lang ertragen.

„Nein, nein. Ich werde in Erffa gebraucht", wiegelte Ludwig ab.

Georg überlegte fieberhaft, womit er Ludwig vielleicht noch vom Hierbleiben überzeugen konnte. „Wir könnten meinen Bruder Heinrich in Gera besuchen, wenn Ihr das wünscht."

Zwei Intriganten auf einem Haufen, dachte Georg zynisch.

Seitdem Wilhelm verstoßen wurde, hatte er keinen großen Kontakt mehr zu Heinrich gehabt, aber selbst das hätte Georg nun getan, nur um Karl und Florian Zeit zu verschaffen.

„Ich denke, ich sollte wirklich nach Erffa zurückkehren. Ich werde bestimmt gebraucht. Außerdem will ich Euch nicht länger auf der Tasche liegen", wehrte Ludwig auch diesen Versuch ab.

Nun ja, du liegst mir eher auf dem Gemüt, war Georgs bissiger Gedanke.

Doch der Anflug von Spott verging ihm sofort wieder. Wilhelms Bruder wurde klar, dass er es nicht schaffen würde, Ludwig aufzuhalten.

„Wenn Ihr wollt ... müsst Ihr gehen", murmelte Georg niedergeschlagen.

Ein triumphierendes Lächeln umspielte Ludwigs Lippen.

„Gut, dann werde ich meine Sachen zusammenpacken." Er erhob sich und war wenig später bereit.

Georg verabschiedete sich im Hof von ihm. In seinem Inneren war er erleichtert, den Gast loszuwerden, doch die Sorge um die Freunde seines Bruders drängte die Erleichterung in den Hintergrund.

Ludwig ging unter dem Vorwand, sein Pferd zu holen, in den Stall. Dort machte gerade ein Knecht sein Pferd bereit. Wilhelms Entführer drückte ihm zwei Gulden in die Hand.

„Hör zu, du musst etwas für mich tun. Wenn ein Bote die Burg verlässt, tötest du ihn. Die Leiche beseitigst du und die Nachricht ... wird vernichtet."

Einen Moment sah der Mann Ludwig entgeistert an.

„Tu es oder es geht dir schlecht!", fauchte der Vogt drohend.

Nach einem kurzen Zögern und einem Blick auf das Geld nickte der Knecht.

Zufrieden verließ Ludwig schließlich die Stadt Gera. Sein Plan würde aufgehen.

Kaum hatte Ludwig die Burg verlassen, rannte Georg wie von Hunden gehetzt in sein Schlafgemach und zog Papier und Feder hervor. In aller Eile schrieb er nur wenige Worte.

Ludwig ist unterwegs. Unternehmt nichts!
Georg

Danach ließ Wilhelms Bruder einen Boten kommen und gab ihm den Brief.

„Bring diesen Brief zu Karl von Trotha. Nach Erffa, in das ‚Gefleckte Haus'. So schnell du kannst!"

Der Bote machte sich sofort auf den Weg. Doch er hatte kaum das Tor passiert, da war er schon tot.

Der Brief erreichte Cecilia, Karl, Florian und Matthias nicht.

Konstantinopel

Wilhelm hatte jedes Gefühl für Zeit verloren. Seit einer halben Ewigkeit (so kam es ihm jedenfalls vor) stolperte er nun schon hinter dem stämmigen Pferd und seinem Reiter her. Er hatte immer wieder gegrübelt, wo er sein könnte, aber er hatte keine Ahnung. Mal kamen sie durch unwegsame Waldpässe, mal durch wüstenähnliches Brachland. Ab und zu versuchte er auch, den Fremden auf dem Pferd zu fragen, doch der gab ihm keine Antwort.

Die anderen Männer, die genau wie er an einem Seil mitgezogen wurden, waren ebenfalls keine Hilfe. Sie sprachen kaum und wenn, dann in einer eigentümlichen Sprache, die Wilhelm nicht verstand.

Manchmal kamen sie auch durch Städte, aber Wilhelm konnte mit niemandem sprechen, denn sie befanden sich in einem fremden Land und niemand konnte ihn verstehen.

Ab und zu, am Wechsel von Sonne und Mond wusste Wilhelm, dass er nur alle zwei Tage etwas zu Essen bekam. Es war zwar meistens nur trockenes Brot und oft schon abgestandenes Wasser, aber er war froh, überhaupt etwas zwischen die Zähne zu bekommen, um überleben zu können.

Nach und nach wurden die Landschaften, durch die er lief, immer karger und die Sonne immer heißer. Wilhelm begann nun, sich zu fragen, was man wohl mit ihm vorhatte. Doch je mehr er sich darüber den Kopf zerbrach, desto undurchschaubarer wurden ihm Ludwigs Pläne. Denn, dass der hinter all dem steckte, daran bestand kein Zweifel. Immer öfter flogen seine Gedanken auch zu Cecilia und jedes Mal spürte Wilhelm dann einen schmerzhaften Stich in seinem Inneren. Er vermisste sie und die Kinder immer mehr und auch die Sorge um die drei wuchs. Jetzt, wo er weg war, hatte Ludwig vollkommene Macht.

Er hoffte, dass Karl und Florian seiner Familie helfen würden und das war sein einziger Trost.

In diesem Zustand des Hoffens, Bangens und der quälenden Fragen verbrachte Wilhelm die nächste Zeit. Wie lange er schon von seiner geliebten Familie getrennt war, vermochte er nicht mehr zu sagen.

Es war ein heißer Tag und die Sonne brannte unbarmherzig auf Wilhelm hinab. So musste er erst blinzeln und glaubte, die riesige Stadt, die vor ihm lag, wäre eine Halluzination. Eine feste, unüberwindbar wirkende Mauer umschloss lange Häuserreihen, die kein Ende zu nehmen schienen. Aber solche seltsamen, viereckigen Häuser hatte Wilhelm noch nie gesehen, ebenso wenig, wie die dünnen, doch umso höheren Türme mit spitzen Dächern, die mitten aus den Reihen ragten. Am Rand der Stadt thronte eine prächtige Anlage. Vielleicht eine Burg?, mutmaßte Wilhelm. Je näher sie dem Tor kamen und als auch noch von einem der seltsamen Türme jemand in einer fremden Sprache hinunter rief, war er sich sicher, weit weg vom Heiligen Römischen Reich Deutscher Nation zu sein. Seine Befürchtung wurde von dem Mann auf dem Pferd bestätigt.

„Wir sind in Konstantinopel", meinte er knapp.

Konstantinopel! Wilhelm hatte natürlich schon von der mächtigen Handelsstadt und Hauptstadt des Osmanischen Reiches gehört, aber nie hatte er sich vorstellen können, hierher zu kommen. Schon gar nicht unter den gegebenen Umständen.

Er war also im Herrschaftsgebiet Süleymans des Prächtigen, wie er ihn der Heimat genannt wurde, gelandet. Würde er hier endlich erfahren, was man mit ihm vorhatte?

„Was ... hast du mit mir vor?", fragte Wilhelm seinen Begleiter, aber es war nur ein Krächzen, nicht einmal menschlich.

Wieder schenkte der Fremde ihm keine Beachtung.

Inzwischen hatten sie das Stadttor passiert. Befremdet musterte Wilhelm die Wachen, die nur leichte Kettenpanzer und seltsame Krummschwerter an der Seite trugen.

In der Stadt herrschte geschäftiges Treiben. Überall liefen Menschen hin und her. Zu Wilhelms Verwunderung trugen auch die Männer lange Gewänder und die Frauen Kopftücher, die sie über das Gesicht geschlagen hatten, so dass man nur die Augen sehen konnte. Spätestens jetzt wäre ihm klargeworden, dass er sich weit weg von zu Hause befand.

Immer weiter wurde Wilhelm ins Innere Konstantinopels gezogen und immer mehr wuchs seine Angst. Wilhelm hatte keine Ahnung, was man mit ihm vorhatte und das war für ihn das schlimmste. Die wochenlange Ungewissheit zermürbte ihn. Seltsamerweise bekam Wilhelm mehr und mehr das Gefühl, dass sein Schicksal sich hier, in Konstantinopel erfüllen würde, und er hatte keine Ahnung, in welche Richtung.

Ein ordentlicher Ruck an dem Seil, mit dem seine Hände zusammengebunden waren, riss Wilhelm aus seinen Gedanken. Das Tempo des kleinen Zuges erhöhte sich, bis er den Marktplatz erreicht hatte. Vor Staunen blieb Wilhelm dort der Mund offen stehen. Es wimmelte vor Menschen, die sehr in Eile zu sein schienen. Die Sonne warf einen goldenen Glanz auf den Platz und Wilhelm wurde geblendet, weil ihr Licht von den sandfarbigen Häusern, die viel prächtiger als am Stadtrand waren, auf die Leute geworfen wurde.

Nun erst konzentrierte er sich wieder darauf, wo er selbst hin lief und bemerkte ein großes Podest in der Mitte des Platzes. Mehrere ausgemergelte Männer standen darauf. Sie hatten Fesseln an den Handgelenken, wie er selbst. Allmählich dämmerte Wilhelm auch, was mit ihm passieren sollte. Aber er war nicht bereit, diesen Gedanken anzunehmen. Schließlich stoppte der Reiter vor dem Podest. Wilhelm und seine Mitgefangenen wurden auf das hölzerne Podium gezogen und standen so neben den anderen. Mit lauter Stimme priesen mehrere Männer offenbar ihre Gefangenen an.

Ein gut gekleideter Fremder trat zu dem Mann, der vorhin auf dem Pferd gesessen hatte und redete mit ihm. Dann trat er auf Wilhelm zu, riss vollkommen ungeniert dessen Mund auf und begutachtete seine Zähne. Nachdem er ihn noch einmal gemustert hatte, ging er zum nächsten.

Wilhelm fühlte sich wie eine Kuh auf dem Markt und nun ließ sich der Gedanke, der mehr und mehr zur Gewissheit wurde, nicht mehr zurückdrängen. Das hier war ein Sklavenmarkt und er, Wilhelm, sollte als Sklave verkauft werden.

Als hätte eine Bestätigung für sein Wissen gefehlt, drückte der reiche Fremde seinem Händler mehrere Münzen in die Hand und führte Wilhelm und einige andere hinter sich her in eine ungewisse Zukunft.

Nach einer Weile bemerkte Wilhelm, dass der Weg zu der großen Anlage ging, die er vorhin für eine Burg gehalten hatte. Doch er konnte sich nicht wirklich darauf konzentrieren, denn noch immer hämmerte es in seinem Kopf: Ich bin Sklave. Unfrei. Wertlos. Lebendes Werkzeug. Nichts kann mich retten.

Als das große Gebäude schon fast erreicht war, drehte der Führer sich um und begann zu sprechen. Wilhelm verstand wieder einmal kein Wort. Der Mann sprach ja osmanisch, wie er nun wusste. Um trotzdem wenigstens die Bedeutung der Worte erfassen zu können, richtete Wilhelm seine Sinne auf die Reaktion seiner Leidensgenossen. Doch zu seinem Ärger wurde er daraus nicht wirklich schlau. Mal erkannte er Ehrfurcht, dann wieder Entsetzen.

Schließlich wandte sich der Sprecher wieder zum Eingang und ging hinein. Alle folgten ihm.

Kaum war Wilhelm durch das große Eingangsportal getreten, sah er sich staunend um. Überall zweigten lange, helle Korridore mit großen Fenstern ab. Alles war sehr prunkvoll und herrschaftlich. Es erinnerte ihn an Geschichten von Kreuzrittern, die er als Kind so gern gelesen hatte.

Aber die Gruppe ging nicht durch die Gänge, sondern viele Treppen nach unten, immer weiter in die Dunkelheit. Das brachte Wilhelm in die Wirklichkeit zurück. Sie würden den Glanz nicht erleben. Ihr Tag spielte sich hier unten ab.

Schließlich blieben alle stehen. Wilhelm brauchte erst einen Moment, um sich an das spärliche Fackellicht zu gewöhnen. Auf dem Steinboden lagen viele Männer, die ebenso aussahen wie er und seine Gefährten. Offenbar war dies der Schlafraum der Sklaven.

Weil alle es taten, suchte auch Wilhelm sich einen Schlafplatz auf dem kalten Boden und legte sich hin. Und trotz seiner übergroßen Müdigkeit musste er noch kurz seinen Nachbarn mustern. Er sah aus, wie die meisten hier: Dunkle Haare und dunkle Augen. Allerdings besaß er sehr buschige Augenbrauen und wache Augen. Der Fremde sah Wilhelm nun seinerseits an und sprach ihn an. Wilhelm versuchte, ihm durch Handzeichen zu verstehen zu geben, dass er ihn nicht verstand und der Mann nickte. „Wie ... heißt du?", fragte er stockend und mit hartem Akzent.

„Wilhelm von Henneberg", antwortete Wilhelm überrascht. „Warum sprichst du meine Sprache?"

„Früher ich war in ... Würzburg. Meine Herrschaften mich verkauften", gab der Sklave, der sich ihm als Karim vorstellte, Auskunft.

Wilhelm sah seine Chance, endlich Zugang zur osmanischen Sprache zu finden.

„Was hat der Mann vorhin zu uns gesagt?"

„Das wir sind Sklaven im Palast des Sultans und wir sind auserwählt für eine besondere Aufgabe: Bau einer Moschee unter dem großen Baumeister Sinan."

Resigniert ließ Wilhelm seinen Kopf zurück auf den Boden sinken. Er sollte also als Christ am Bau eines muslimischen Gotteshauses mitwirken?

Trotz seiner Bestürzung ließ Wilhelm sich an diesem Abend von Karim erste osmanische Wörter beibringen. Als er schließlich vollkommen erledigt einschlief, beherrschte er bereits ‚Guten Tag', ‚Wie komme ich zum Bauplatz?' und ‚Auf Wiedersehen'.

FALSCHE SPUR

Die Blätter fielen bereits und langsam wurde es kälter. Auch die Häuser von Erffa, die Cecilia, Karl, Florian und Matthias nun erreichten, waren mit dem roten, braunen und gelben Laub bedeckt.

Erffa war eine kleine Stadt und Cecilia fühlte sich an Rudolstadt erinnert, ein kleiner Ort, in dem sie einige Zeit gewohnt hatte und wo Wilhelm sie vor fünf Jahren wiedergefunden hatte. Wilhelm. Die Sorge und Sehnsucht fraßen erneut an ihrer Seele. In der letzten Zeit hatte sie mehr denn je das Gefühl gehabt, dass sie sich beeilen mussten, wollten sie ihn lebend wiedersehen.

Die vier kehrten schließlich in das „Gefleckte Haus" ein, die wohl beste Herberge des Ortes. Das machte Cecilia zwar Sorgen wegen des Geldes, aber am Ende waren die Preise doch recht erschwinglich. Sie verlangten eine Kammer für Cecilia und eine für die drei Männer, was den Wirt zwar wunderte, aber er verlor kein Wort darüber.

„Zu den Mahlzeiten wird man Euch rufen", beschied er nur knapp, bevor seine neuen Gäste die Schankstube verließen.

Kurz darauf klopfte es an Cecilias Zimmertür. Es wurde Zeit, das weitere Vorgehen zu beraten.

Karl, Florian und Matthias kamen herein. Alle Drei machten ziemlich ernste Gesichter.

„Wir haben einen Plan, wie wir herausfinden, ob Wilhelm hier ist", platzte Karl heraus, kaum dass die Tür geschlossen war.

„Und wie soll der aussehen?", fragte Cecilia skeptisch.

„Nun, im Grunde ist es ganz einfach", erklärte Karl, „Florian und ich verkleiden uns als Priester und dessen Knecht und geben vor, den Gefangenen geistlichen Beistand geben zu wollen. Dann sehen wir uns im Verlies um und wissen, ob Wilhelm hier ist."

Cecilias Gedanken rasten. Sie konnte nicht zulassen, dass die Freunde sich in solche Gefahr brachten. Andererseits sah auch sie ihre einzige Chance in einer solchen Aktion …

Cecilia beschloss, mit direkten Fragen Karl und Florian von ihrem wahnwitzigen Vorhaben abzubringen.

„Was, wenn Ludwig oder Dorothea da sind und euch erkennen?"

Ein leichtes, etwas angespanntes Lächeln zog über Karls Züge. „Nun, Ludwig wird nicht da sein. Georg, Wilhelms Bruder, hat ihn zu sich eingeladen, um uns zu helfen. So ist er nicht anwesend. Und was Dorothea anbelangt: Die weilt noch in Meiningen."

Cecilia nickte zaghaft. „Und wie wollt ihr an den Wachen vorbeikommen?"

Florian ergriff das Wort: „Am Tor erzählen wir die Geschichte mit dem geistlichen Beistand und die Kerkerwachen werden unschädlich gemacht."

„Ihr wollt sie töten?", fragte Cecilia erstickt.

„Nein", beeilte sich Karl zu versichern, „sie werden lediglich kurz schlafen."

Cecilia wurde klar, dass sie die beiden wohl nicht davon abbringen konnte. Also stellte sie noch eine letzte Frage, die sie interessierte. „Warum wollt ihr es zu zweit machen?"

„Nun ja, im Falle … einer Entdeckung … können wir uns zusammen besser raushauen", antwortete Karl vorsichtig.

Cecilia schluckte schwer. Die beiden schienen nicht wirklich mit dem Gelingen ihres Planes zu rechnen. Sie fühlte sich hin- und hergerissen. Im Grunde wusste sie zwar, dass sie Karl und Florian nicht von ihrem Vorhaben abbringen konnte. Trotzdem hing alles von ihrer Zusage ab. Doch so sehr sie sich auch das Gehirn zermarterte, konnte sie noch keine Entscheidung fällen. Ihr war, besonders nach der letzten Frage klar, dass sie die Männer womöglich in den Tod schickte. Waren sie wirklich bereit, ihr Leben zu opfern?

Wilhelm würde ihr das nie verzeihen, sollte sie ihn je wiedersehen. Doch genau das war der springende Punkt.

Sollten Karl und Florian in den Kerker vordringen, würden sie vielleicht endlich Gewissheit über sein Schicksal bekommen. Konnte sie diese Gelegenheit ungenutzt verstreichen lassen? Es drängte sie, endlich zu wissen, was man mit Wilhelm getan hatte. Schließlich gaben diese letzten Gedanken den Ausschlag.

„Gut, ich bin einverstanden. Aber seid vorsichtig."

Das versicherten ihr die beiden bereitwillig.

Um einen glaubwürdigen Eindruck zu machen, bestachen Karl und Florian die Haushälterin des Pfarrers, ihnen einen seiner Talare zu überlassen. Um der Frau Ärger zu ersparen, versprachen sie, das Gewand so bald als möglich zurückzugeben. Und so standen sie bereits zwei Tage später vor der Wasserburg.

„Was wollt ihr?", rief ein Wachsoldat hinüber. „Ich bin Kasimir Thiele, Pfarrer, der den unglücklichen Gefangenen Beistand leisten soll", gab Karl, im Gewand des Priesters, zurück.

„Wer ist Euer Begleiter?"

„Mein Knecht."

„Warum kommt nicht unser Pfarrer?"

Mit dieser Frage hatte Karl gerechnet und war also vorbereitet. „Der Ehrenwerte wurde zu einer Entbindung gerufen. Ich bin zu Gast bei ihm und so betraute er mich mit dieser Aufgabe."

„Nun gut, kommt herein."

Die Zugbrücke wurde herunter gelassen und Karl und Florian atmeten innerlich auf. Die wahrscheinlich größte Hürde war überwunden. Gerade so, dass sie nicht überhastet wirkten, liefen sie über den Burghof. Ein junger Wachmann kam zu ihnen.

„Pfarrer Thiele, ich soll Euch in den Kerker begleiten."

„Vielen Dank, mein Sohn", erwiderte Karl, weiter seine Rolle spielend. So folgten sie dem Mann bis in das fahle Licht des Kellers. Dort saßen, im schwachen Schein mehrerer Kerzen vier Wachmänner und würfelten. Heute schien nichts Besonderes passiert zu sein.

„Der Pfarrer soll sich um die Gefangenen kümmern", gab der junge Mann seinen Kameraden Auskunft. Die schienen sich nicht weiter darum zu kümmern und spielten weiter. Sie würden kein großes Problem darstellen. Trotzdem hatte Karl das ungute Gefühl, dass das alles zu einfach war ...

Ihr Begleiter verzog sich wieder und die beiden Ritter bewegten sich zum Schein in Richtung der Gefängnisse. In Karl machte sich die Anspannung breit. Nun kam die zweite Prüfung auf sie zu. Wenn sie die Wachen nicht überrumpeln konnten, war alles verloren, einschließlich ihrer beider Leben. Alles stand auf des Messers Schneide. Mit allem Mut, den er aufbringen konnte, gab Karl Florian das Zeichen zum Angriff. Beide zogen kaum hörbar die Schwerter aus den Gewändern und wollten gerade die ersten mit dem Knauf unschädlich machen, als sie eine Stimme vernahmen, die ihnen das Blut in den Adern gefrieren ließ.

„Das würde ich euch nicht raten!", sagte mit bösem Lächeln Ludwig. Er stand in der Tür. Im Nu waren Wilhelms Freunde umzingelt und Ludwig grinste höhnisch.

„Dachtet ihr wirklich, ich wäre so dumm, einen fremden Pfarrer mit Knecht einfach so einzulassen? Nein, bestimmt nicht. Und falls ihr Wilhelm sucht", seine Mundwinkel zuckten spöttisch, „ihr seid zu spät."

Trotz der eigenen Notlage fragte sich Karl bang, was Ludwig damit meinte. Doch nicht etwa ...? Nein! Karl verbot sich den Gedanken.

„Also dann", sagte Ludwig, und nach einem gelangweilt wirkenden Wink setzte er hinzu: „Bringt sie in den Kerker!"

FLUCHTPLÄNE

Am nächsten Morgen wurde Wilhelm durch laute Stimmen geweckt. Als er wieder wusste, wo er sich befand und was geschehen war, bekam er mit, dass die Stimmen Soldaten gehörten, die gekommen waren, um die Sklaven zur Arbeit zu bringen. Wilhelm fühlte sich noch sehr müde, so dass er annahm, nicht lange geschlafen zu haben. Das schien tatsächlich der Fall zu sein, denn als er und die anderen aus dem Palast ins Freie traten, ging die Sonne gerade erst über den Häusern von Konstantinopel auf. Nach einem langen Marsch durch die Stadt erreichten sie den Bauplatz, auf dem die neue Moschee entstehen sollte.

Ein hochgewachsener, ziemlich hagerer Mann mit vornehmen Gewändern und ein bulliger Mann, der so aussah, als sei mit ihm nicht gut Kirschen essen, erschienen. Der Feinere begann zu sprechen und Karim übersetzte leise für Wilhelm. „Er seien Sinan, der Baumeister und der andere seien der Sklavenaufseher Shengil al Assad ... Wir im Auftrag des Sultans arbeiten. Wir aus Steinbruch Baumaterial holen sollen. Jeder einen Karren bekommt, für Steine." Wilhelm schloss für einen Moment die Augen. Das sollte also seine neue Aufgabe sein? Natürlich, als Ritter war er zwar an harte, körperliche Arbeit gewöhnt und er war auch kein Schwächling, aber trotzdem war es etwas ganz anderes Steine zu schleppen und sich dabei noch von dem mürrisch drein blickenden Mann befehligen zu lassen. Doch Wilhelm wusste, dass er sowieso keine Wahl hatte. Es gab keine Möglichkeit dem Bau und der Erniedrigung zu entgehen. Oder doch? Nach und nach formte sich ein Gedanke in Wilhelms Kopf: Flucht. Aber um eine solche durchzuführen, musste er sich erst einen Plan ausdenken. Das konnte noch ein Weilchen dauern. Also würde er nicht umhinkommen, zumindest eine Zeit lang das Sklavendasein zu fristen.

Von da an lief jeder Tag gleich ab. Früh am Morgen verließ Wilhelm mit den anderen Unfreien den Palast-Keller und ging zum Bauplatz, wo die Süleymaniye-Moschee immer mehr Gestalt annahm. Nur die erfahrenen Sklaven, die schon länger im Palast lebten, genossen das Privileg, direkt am Bauwerk arbeiten zu dürfen. Wilhelm, Karim und die anderen Neuen verbrachten die Tage damit, Steine von den Brüchen zum Bauplatz zu bringen. Es war eine anstrengende Arbeit. Wilhelm sank jeden Abend vollkommen erschöpft und mit schlimmem Muskelkater auf sein Lager. Trotzdem nutzten er und Karim die Nächte, um die Sprache des anderen zu lernen.

Nach und nach konnte Wilhelm die wichtigsten Wörter der osmanischen Sprache. Dafür half er Karim, sein Deutsch aufzubessern und neue Wörter zu lernen.

Mit der Zeit stellte sich eine gewisse Routine bei den Sklaven ein. Es gab kaum Abwechslung und genau dies war das Problem: Die Männer kamen auf dumme Ideen und immer öfter prügelten sie sich aus reiner Langeweile. Viel zu oft mussten Wilhelm und einige andere Besonnene dazwischen gehen, um schlimme Ausschreitungen und gefährliche Wunden zu verhindern, denn dann würden sie die Arbeit des Ausgefallenen zusätzlich übernehmen müssen.

Wilhelm und Karim hielten weiterhin zusammen. Je länger sie sich kannten, umso besser konnten sie sich auf Osmanisch oder Deutsch unterhalten.

Eines Tages hielt Karim mit zwei weiteren Männern auf ihn zu. Der eine war wohl kaum zwanzig, der zweite so im Alter von Wilhelm und Karim. „Wilhelm, das sind Elim und Jussuf, Brüder", stellte sein Freund vor."

„Salaam Aleikum", erwiderte er in der Muttersprache der Männer.

„Maleikum assalaam!", antwortete Elim.

„Sie wollten dich gern kennenlernen", erklärte Karim. „Wir würden gern erfahren, wie du hierhergekommen bist", meinte der Ältere, Elim, auf Osmanisch.

Nachdem Wilhelm sich diesen Satz zusammengereimt hatte, nickte er.

„Nun gut. Karim würdest du meine Worte übersetzen? Ich glaube nicht, dass meine Kenntnisse ausreichend sind, um in ihrer Sprache zu erzählen."

Karim nickte. Auch er war gespannt auf die Geschichte seines deutschen Freundes. Bis jetzt hatte Wilhelm es immer abgelehnt, von seiner Vergangenheit zu sprechen. Er fürchtete, dass die Erinnerungen ihn zu sehr aufwühlen könnten.

„Also, ich komme aus dem Römischen Reich. In einem kleinen Ort in Thüringen – falls ihr davon jemals gehört habt – lebte ich mit meiner Frau Cecilia, die ich sehr liebe, und zwei wundervollen Kindern. Ich bin Ritter auf einer Burg und so bekam ich eines Tages einen Auftrag, der mich in eine andere Stadt führen sollte. Unterwegs wurde ich allerdings von meinem Erzfeind überfallen und verbrachte eine lange Zeit im Kerker. Irgendwann erschien dort ein seltsamer Kerl und der brachte mich dann hierher, nach Konstantinopel."

Wilhelm merkte, wie gut es ihm tat, über all das zu reden. Entgegen seinen Befürchtungen war er sehr froh, wieder von Cecilia und den Kindern gesprochen zu haben. Unwillkürlich flogen seine Gedanken zu ihnen und er hatte – wie so oft – ihr Bild vor Augen. Und da war sie wieder, diese Idee: Flucht.

Er wollte sie endlich wiedersehen, Cecilia, Jonas, Bertha, Karl, Florian ..., ihnen helfen, sollten sie Hilfe brauchen und sie in die Arme schließen. Und dazu musste er hier endlich weg.

Karim schien seine gedankliche Abwesenheit zu bemerken – er kannte ihn ja lange genug – und fragte: „Woran denkst du, Wilhelm?"

Der Angesprochene fühlte sich ertappt, beschloss aber, ehrlich zu sein. Für eine Flucht wäre ohnehin Hilfe nötig. „An Flucht", antwortet er also.

„Flucht?", wiederholte Karim überrascht. Die beiden anderen fragten etwas auf Osmanisch, worauf Karim nur antwortete: „Ferar" – Flucht. Elim und Jussuf rissen die Augen auf.

„Meinst du das ernst?", fragte Karim.

Wilhelm nickte. „Ja. Ich kann meine Familie nicht im Stich lassen. Vielleicht brauchen sie mich. In dieser Ungewissheit halte ich es nicht aus."

Karim nickte. „Ich verstehe dich, Freund ... aber wie willst du verschwinden von hier?"

„Das weiß ich noch nicht", erwiderte Wilhelm wahrheitsgemäß.

Jussuf tippte Karim an und sagte etwas, was wie eine Frage klang.

„Er fragt ob du allein fliehen willst", gab dieser dann die Nachricht an Wilhelm weiter.

Wilhelm dachte nach. Die drei teilten sein Schicksal und hatten ebenso den Wunsch nach Freiheit, das war ihm bei der Frage klargeworden.

„Wenn ihr wollt, könnt ihr mitkommen."

Karim lächelte und sagte es auch den Anderen. Nach einem kurzen Wortwechsel erklärte er Wilhelm: „Die beiden sind einverstanden und haben auch schon Ideen."

Schon einen Abend später war es soweit. Alles war geplant und würde nun in die Tat umgesetzt werden. Spät in der Nacht erhoben Wilhelm und Karim sich von ihrem Lager. Die beiden Wachmänner hatten ihnen gerade den Rücken zugekehrt, als sie am Gittertor waren. Das machte die Sache einfacher. Die Stille schien zu vibrieren, während Wilhelm sich an den einen, Karim an den anderen Wächter heranschlich. Schließlich gab Wilhelm das Signal und beide zogen ihnen blitzschnell die Säbel aus den Scheiden. Ehe die Männer recht wussten, was geschehen war, hieben der deutsche Ritter und sein osmanischer Freund ihnen die Säbelknäufe auf den Hinterkopf. Die Wachen sackten zusammen und Wilhelm und Karim zerrten sie in eine Ecke, ehe sie so leise wie möglich in die Kluft der Wachmänner stiegen. Elim und Jussuf, die still gewartet hatten, traten nun zu ihnen und gemeinsam verließen sie den Keller. Die nächste Hürde würde der Eingang des Palastes sein, das wusste Wilhelm. Wenn die Männer in ihm einen Ausländer erkannten, wäre alles verloren. Als sie hinaus in die sternenklare Nacht traten, musterten die Wachen sie bereits misstrauisch.

„Die beiden hier", er deutete auf Elim und Jussuf, „müssen zum Abtritt." Das war eine plausible Erklärung, denn es wäre zu leichtsinnig, einen Sklaven ohne Aufsicht gehen zu lassen. Wilhelm hoffte nur, dass sein Osmanisch echt klang. Karim hatte ihm den Satz extra eingeschärft.

„Habt ihr Ablösung besorgt?", fragte der eine Wachmann. Wilhelm biss sich auf die Lippe. Wenn die beiden jetzt auf die Idee kamen, nachzusehen, dann …

„Ja", versuchte Karim, sie von solcherlei Gedanken abzuhalten, „Murad und Farid übernehmen."

„Na dann lasst die beiden mal ihr Geschäft verrichten, sonst pissen sie sich noch in die Hosen", meinte der eine Mann und darauf brachen beide in lautes Gelächter aus. Das ließen sich die vier Flüchtlinge nicht zweimal sagen und gingen weiter, bemüht nicht zu rennen.

„Woher weißt du, dass zwei der Wachen Murad und Farid heißen?", fragte Wilhelm Karim flüsternd.

„Ich neulich zufällig Gespräch von ihnen belauscht. Da fielen ihre Namen."

Wilhelm klopfte dem Gefährten anerkennend auf die Schulter. „Das war unser Glück. Sonst hätte es für uns ziemlich schlecht ausgesehen."

Noch eine ganze Weile liefen die vier leise, aber schnell durch Konstantinopel, bis sie am Stadttor angekommen waren. Die Wachposten schlugen sie ebenfalls nieder. Dann war der Moment der Trennung gekommen. Elim, Karim und Jussuf wollten ins Innere Kleinasiens oder noch weiter. Wilhelm wollte die entgegengesetzte Richtung einschlagen – er wollte zurück nach Deutschland.

„Es war sehr schön, dich zu kennen", sagte Karim und umarmte Wilhelm. Elim und Jussuf taten es ihm gleich.

Wilhelm war sehr traurig, die Gefährten nun zum letzten Mal zu sehen. Es war unwahrscheinlich – ausgeschlossen –, dass sie sich wiedersehen würden. Er sah ihren Schatten lange nach, bis sie irgendwann verschwanden. Dann drehte er sich um und lief seinen Weg.

Erneut durchquerte Wilhelm die wechselnde Landschaft. Er versuchte, sich an Anhaltspunkten der Hinreise zu orientieren, aber er hatte es längst vergessen. Schließlich folgte er längere Zeit einer steinigen Straße, an die er sich zu erinnern glaubte. Irgendwann konnte Wilhelm einfach nicht mehr. Die Wunde am Bein, die ihm schon in der Sklaverei Probleme bereitet hatte, schmerzte nun unerträglich und wurde rot. Außerdem brummte sein Kopf, als hätte jemand ein Feuer darin angezündet. Wilhelm war am Ende seiner Kräfte. Er schaute sich um. Er war auf einen ziemlich abgelegenen Teil des Weges gekommen. Nur einige heruntergekommene, offenbar verlassene Hütten standen zu seiner Linken. Auf der anderen Seite standen Bäume und wunderbar grünes Gras wiegte sich im Wind. Wilhelm lenkte seine Schritte dorthin, sank nieder und fiel unfreiwillig nach hinten. Sein Kopf landete sanft im Gras. Ihm wurde schwarz vor Augen.

Ungewissheit

Aufgeregt stürzte Matthias in Cecilias Kammer. „Karl und Florian ... gefangen", keuchte er außer Atem. Cecilia erstarrte. „Woher ...? Erzähl erst mal langsam."

„Ich hatte ja mit den Pferden hinter der Burg gewartet, aber Karl und Florian kamen nicht. Ich habe eine Ewigkeit gewartet. Also müssen sie gefangen genommen worden sein."

Matthias hatte Recht. Die Sonne hatte ihren Zenit überschritten und die Freunde waren am Vormittag aufgebrochen. Die Mission hatte schnell gehen sollen. Cecilia atmete tief durch, um einen kühlen Kopf zu bewahren. Es war wohl gut gewesen, Matthias mitgehen zu lassen, damit die Flucht zu Pferde möglichst schnell ablaufen könnte. So wusste sie wenigstens Bescheid.

Ihre Beherrschung war vorbei. Tränen der Wut und Trauer bahnten sich ihren Weg. Sie war wütend auf sich selbst. Hätte sie nicht ihre Erlaubnis gegeben, würden Karl und Florian nun nicht sterben müssen. Es war Matthias, der sie mit vollkommen unerwarteten Worten aus den düsteren Gedanken riss. „Hört auf, Herrin. Wir können jetzt nicht resignieren. Karl und Florian müssen gerettet werden und über den Herrn wissen wir auch noch nichts." Cecilia nickte. Matthias hatte Recht. Wenn sie hier jammerten, war weder Wilhelm noch Karl und Florian geholfen. Also schüttelte sie, so gut es ging, die Verzagtheit ab und fragte: „Hast du schon eine Idee?"

Matthias brauchte erst einen Moment. So eine Frage hatte ihm, einen Knappen, noch nie jemand gestellt. Normalerweise war es eher umgekehrt. Der Knappe fragte die Herrschaft um Rat. Aber was war an der ganzen Situation schon normal? „Na ja, ... ein bisschen." Cecilia musste lächeln. Sie hatte doch gewusst, dass Matthias sich seine eigenen Gedanken gemacht hatte.

„Ich dachte, dass man vielleicht einfach ein Auge auf die Burg hat, um vielleicht etwas aus dem Gesinde herauszubekommen. Möglicherweise können wir sogar Verbündete, besser gesagt Gehilfen, finden, die bei einer Flucht mithelfen." Matthias atmete aus und warf einen zögernden Blick auf das ernste Gesicht seiner Herrin.

Cecilia versuchte mit aller Kraft, bei den Überlegungen zu Matthias' Vorschlag nicht nur an die Gefahren zu denken. Im Grunde erschien ihr sein Gedanke richtig und als einzige Möglichkeit. Außerdem würden sie für eine Flucht wirklich Helfer brauchen. Ihr letzter Gedanke war, dass sie über Bedienstete vielleicht auch erfahren könnten, ob Wilhelm hier war. Also willigte sie ein. „Gut, ich bin einverstanden."

Matthias grinste erleichtert. Er war froh, endlich eine wichtige Aufgabe zu haben. „Also sehe ich mich morgen um."

„Ich auch", erklärte Cecilia.

„Ihr?", fragte Matthias überrascht. Seine Herrin wollte mit zur Burg kommen?

„Ja. Ich werde bestimmt nicht als einzige müßig hier herumsitzen!"

„Aber ... Ihr seid guter Hoffnung", wandte Matthias vorsichtig ein.

„Matthias", antwortete sie mit leichtem Tadel in der Stimme, „eine schwangere Frau muss man nicht schonen, zumindest nicht einen Monat vor der Niederkunft. Sie kann ebenso arbeiten wie andere."

„Wenn Ihr meint", murmelte er. Die leichte Rundung war ihm schließlich nicht entgangen.

* * *

Irene verließ mit ziemlich schlechter Laune die Burg. Sie hasste es, Wasser holen zu müssen, aber zu ihrem Ärger musste sie es immer wieder tun. Jedes Mal wurden die Kleider nass oder bekamen sogar Grasflecken. Gerade hatte sie sich hingekniet, um den Eimer in den Bach zu tauchen, als vor ihr ein junger Mann mit orangeroten Haaren und eine ebenfalls noch junge Frau mit blonden Haaren auftauchten. Irene runzelte überrascht die Stirn. Sie hatte keinen der beiden je gesehen. Was wollten die Fremden von ihr?

„Wer bist du?", fragte die Frau.

„Irene ... Wer seid ihr denn?", stotterte sie.

„Ich bin Matthias und das ist Cecilia"

„Du bist hier Magd?", fragte Cecilia.

„Ja ... was wollt ihr?" Diese Fragerei machte Irene neugierig. Sie wollte endlich wissen, was das sollte!

„Weißt du vielleicht, ob ein Wilhelm von Henneberg hier gefangen ist? Groß, braune Locken, gutaussehend?" Cecilia wartete auf eine Antwort.

Dieser Wilhelm musste wohl ihr Mann sein, vermutete Irene. Sie versuchte sich zu erinnern. Tatsächlich hatte sie manchmal die Aufgabe, den Gefangenen das Essen zu bringen, und glaubte, vor kurzem nach einem Gefangenen gesehen zu haben, auf den die Beschreibung passte.

„Es könnte sein, dass er hier war. Vor kurzem gab es jedenfalls noch einen Gefangenen, der so aussah. Er war übel zugerichtet ..."

Irene sah, dass das Gesicht der Frau pures Entsetzen zeigte und auch der junge Mann wirkte erschrocken.

„Hast du irgendeine Ahnung, wo man ihn hingebracht haben könnte?", fragte Cecilia, die mühsam ihre Stimme unter Kontrolle bekam. Irene schüttelte den Kopf. So sehr sie ihren Kopf auch anstrengte, sie wusste es nicht.

„Ist in letzter Zeit jemand zu Besuch gekommen?", fragte Matthias, einer plötzlichen Eingebung folgend. Die Magd überlegte.

„Nun ja, vor einiger Zeit war ein seltsamer Fremder hier, er hatte einen komischen Akzent und dunkle Haut."

„Weißt du seinen Namen?"

„Nein, ich habe nicht ... Moment! Der Herr nannte ihn Murad. Mehr weiß ich aber nicht."

Nachdem sie diesen Namen genannt hatte, ergriff Cecilia das Wort. „Hör zu, Irene. Wir könnten deine Hilfe gebrauchen. Gestern wurden zwei Freunde von uns gefangengenommen, Karl und Florian. Wäre es dir möglich, den beiden die Kerkertüren zu öffnen und uns in die Burg zu bringen?"

Während des Gespräches und bereits davor hatte sie überlegt, wie sie und Matthias die Freunde befreien könnten. Wenn Irene ihnen helfen konnte und wollte, wäre es nicht mehr so schwierig.

Irene unterdessen befand sich in einer Zwickmühle. Wenn sie dem Knappen und seiner Herrin half, verriet sie ihren Herrn und der konnte sie dafür töten. Andererseits fühlte sie sich ihrem Herrn Ludwig nicht gerade verpflichtet. Nein, sie hasste ihn regelrecht, seit er sich an Anna, ihrer besten Freundin, vergangen hatte. So spielten also letztendlich auch ihre persönlichen Gefühle eine Rolle bei Irenes Entscheidung. „Ja, ich helfe Euch. Über die Küche kann ich Euch zum Verlies bringen." Man spürte förmlich das erleichterte Aufatmen ihrer Gegenüber.

„Vielen Dank, Irene!", sagte Cecilia mit einem Lächeln. „Du erweist uns einen großen Dienst."

Zum Dank umarmte sie die hilfsbereite Magd herzlich.

Als Irene sich dann schon umdrehen wollte, fragte Matthias plötzlich: „Irene, könntest du uns vielleicht noch anderweitig helfen?"

Ihm war plötzlich wieder der Gedanke gekommen, dass er und seine Herrin nicht im „Gefleckten Haus" bleiben konnten. Ludwigs Spione, die er hier, in seiner Stadt, unzweifelhaft überall hatte, würden es ihm berichten und das wäre das Ende.

„Das kommt darauf an, was Ihr wollt", antwortete Irene.

„Nun, weißt du vielleicht, wo wir uns hier in der Stadt vor deinem Herrn verstecken können?"

Irene überlegte lange. Konnte sie diese Gefahr ebenfalls auf sich nehmen? Sie wollte um jeden Preis verhindern, dass die beiden in Ludwigs Hände fielen. Doch gab es überhaupt einen sicheren Ort für Cecilia und Matthias?

„Ja, ich weiß einen sicheren Platz. Meine Tante und mein Onkel wohnen ein Stück außerhalb von Erffa. Sie werden euch sicher aufnehmen. Kommt morgen ganz früh, sobald das Stadttor geöffnet wird, nach Haina. Es ist ein kleiner Bauernhof, der zweite auf der rechten Seite."

Cecilia lächelte Irene freundlich zu. „Ich weiß gar nicht, wie ich dir danken soll, Irene."

Zahlt es meinem Herrn heim, dachte Irene.

Matthias hatte sich am Nachmittag noch ein wenig in der Nähe der Burg umgehört und hatte herausgefunden, dass Ludwig Besuch bekam. Siegfried, einer seiner Kumpane aus Meiningen. Nachdem Wilhelms Knappe das Cecilia erzählt hatte, zögerten sie nicht lange und beschlossen, Siegfried zu bedrohen, wie er und die beiden anderen es einst mit Cecilia taten. Wenn alles so lief, wie erhofft, würde Siegfried ihnen sagen können, wer Murad war. Matthias hatte zwar schon spekuliert, dass es wegen Aussehen und Name ein Osmane sein könnte – doch sie brauchten Gewissheit. Sollten sie nämlich herausfinden, wer Murad war, stießen sie vielleicht endlich auf eine brauchbare Spur zu Wilhelm.

So warteten sie nun in einer kleinen Gasse darauf, dass Siegfried auftauchte. Sie hatten ihn die Burg verlassen und in die Stadt gehen sehen. Ludwig hatte zu tun und so hatte sein Freund sich wohl allein auf einen Weg durch die Stadt Erffa gemacht.

Die Straßen waren an diesem Vormittag menschenleer und so würde es kein Aufsehen erregen, wenn sie Siegfried unauffällig in die Gasse zogen. Als Ludwigs Kumpan also tatsächlich an ihnen vorbeilief, packten Cecilia und Matthias ihn blitzschnell am Arm und brachten ihn in die Gasse, wo Matthias ihm sofort den Dolch an den Hals setzte. Siegfried riss, teils erschrocken, teils erstaunt, die Augen auf, als er seine Gegenüber erkannte.

„Was wollt ihr?", fragte er und seine Stimme zitterte vor Angst.

„Wir wollen, dass du uns eine einfache Frage beantwortest: Wer ist Murad?", erwiderte Cecilia.

„Murad? Den Namen habe ich noch nie gehört."

Siegfried legte es darauf an, sich unwissend zu stellen. Der Druck an seiner Kehle verstärkte sich und eine schmale Blutspur rann seinen Hals hinab. Siegfried fürchtete um sein Leben und änderte die Taktik. „Gut, gut, ich erzähl ja schon!" Die Klinge des Dolches ging wieder etwas zurück.

„Murad Sharim ist ein Bekannter von Ludwig. Ich weiß nicht, wie er ihn kennengelernt hat. Jedenfalls ist er Händler aus Konstantinopel."

„Weißt du, ob er etwas mit Wilhelms Verschwinden zu tun hat?", fragte Cecilia.

„Nein, davon weiß ich nichts." Das war Siegfrieds abwehrende Reaktion.

Bevor Matthias ihn jedoch freiließ, zischte er ihm noch zu: „Wehe du erzählst irgendwem hiervon. Dann töten wir dich!" So einfach war das zwar nicht möglich, einen Ritter zu töten, aber in seiner Angst nickte Siegfried.

„Konstantinopel", murmelte Cecilia auf dem Rückweg. Sie hatte noch nie davon gehört. War es möglich, dass Wilhelm dorthin geraten war? Als Sklave?

„Wo ist Konstantinopel?", fragte sie Matthias.

„Das ist die Hauptstadt des Osmanischen Reiches, mehr weiß ich nicht. Ich habe mal gehört, dass man über Venedig dorthin kommt."

„Über Venedig?", wiederholte Cecilia gedankenverloren. Sie sah wieder Matthias an. „Wir müssen noch heute Karl und Florian retten. Dann machen wir uns auf den Weg nach Venedig."

„Ihr wollt also dieser Spur folgen?", fragte Matthias.

„Ja, das will ich, Matthias."

Mit dieser Antwort beendete seine Herrin das Gespräch.

Am nächsten Morgen, kaum dass die Sonne aufgegangen war, machten Cecilia und Matthias sich mit den Pferden auf den Weg zum Stadttor.

„Wohin des Wegs?", fragte ein Wachsoldat.

„Wir wollen nach Weimar", log Cecilia, um Ludwig auf eine falsche Fährte zu locken, sollte der Mann ihm Bericht erstatten.

So zogen sie ungehindert weiter.

Matthias sah sich nervös um.

„Was ist los?", fragte Cecilia.

„Ich hatte vorhin das Gefühl, als würde uns jemand verfolgen. Ich war mir aber nicht sicher ..."

Auch Cecilia blickte um sich. Neben ihnen erstreckte sich ein weites Feld. Dort konnte sich niemand verstecken.

Nachdem sie beide ein Stück geritten waren, hielt Matthias unvermittelt an und drehte sich um. Als Cecilia es ihm gleich tat, sah sie einen Mann. Er war in einiger Entfernung gelaufen und ergriff nun, da er entdeckt worden war, panisch die Flucht.

Doch Wilhelms Knappe setzte ihm nach und hatte ihn zu Pferd bald eingeholt. Cecilia wendete ihre Stute ebenfalls und erreichte die Szene, als Matthias dem Fremden gerade das Schwert an den Hals setzte. „Bist du uns gefolgt, um deinem Herrn Bericht zu erstatten?"

Der Mann blickte verängstigt zwischen dem Knappen und der Frau hin und her.

„Bitte ... ich habe Familie ..."

„Schwörst du bei deinem Leben, dass du deinem Herrn nichts erzählst?"

Zögernd hob der Fremde zwei zitternde Finger. „Ich schwöre bei meinem Leben."

Matthias ließ die Klinge zurück in die Scheide gleiten. Der Mann warf sich zu Boden. „Danke!"

Als sie weiter ritten, fragte Cecilia: „Wie hast du ihn bemerkt?"

Matthias lächelte schwach. „Ich habe ganz leise seine Schritte gehört. Diese Lektion war eines der ersten Dinge, die ich von meinem Herr gelernt habe."

So erreichten sie unbehelligt den Bauernhof von Irenes Verwandten in Haina. Irene erwartete sie bereits und brachte sie in eine kleine Kammer.

* * *

Irene hatte nicht viel Mühe gehabt, ihre Tante und ihren Onkel zu überreden, Cecilia und Matthias aufzunehmen. Sie hatten ihr nur selten einen Wunsch abschlagen können. Außerdem besaßen Irenes Verwandte einen ausgeprägten Gerechtigkeitssinn. So hatte sie ihnen nur erzählt, dass die beiden ohne Grund von Ludwig verfolgt würden. Dann hatte sie ihrer Tante und ihrem Onkel noch eingeschärft, bei Fragen über die Besucher nur zu sagen, dass es sich um entfernte Verwandte handele.

Nachdem Irene Cecilia und Matthias in den Hof gelassen hatte, hatte sie sich auf den Weg zur Burg gemacht und ihre Arbeit angetreten.

Nun quälten sie Zweifel. War es wirklich richtig, was sie tat? War es zu gewagt gewesen, Cecilia und Matthias auch noch ein Versteck anzubieten? Nun waren auch ihre Tante und ihr Onkel in Gefahr, die Irene nach dem Tod ihrer Eltern wie ihr eigenes Kind behandelt hatten. Konnte sie das verantworten?

Irene erhob sich und machte sich auf den Weg zu Ludwigs Kammer. Sie musste ihre Familie beschützen und da war es vernünftig, Cecilia und Matthias an ihren Herrn zu verraten. Ihre Schritte hallten von den Wänden wieder. Der Korridor, in dem sich die Kammer des Vogtes befand, war erreicht.

Plötzlich blieb Irene stehen. Vor ihrem inneren Auge tauchte wieder das Bild ihrer geschundenen Freundin auf. Wie sie den großen blauen Fleck auf Annas Bein entdeckt hatte und wie die daraufhin Irene stockend alles erzählt hatte, was Ludwig getan hatte ...

Nein! Sie konnte das nicht tun. Ihr Herr musste bestraft werden! Wenn Cecilia und Matthias das tun wollten, würde sie ihnen helfen.

Sie kehrte um.

* * *

Sie hatten sich gut auf ihre Flucht aus Erffa vorbereitet. Cecilia hatte alle Sachen, auch die von Karl und Florian, gepackt, während Matthias die Pferde bereitgemacht und sie dann anschließend mit dem Gepäck beladen hatte.

Auch in anderer Hinsicht waren sie vorbereitet – Matthias hatte Cecilia für den Ernstfall noch die wichtigsten Lektionen im Schwertkampf erteilt.

Als sie die Burg erreichten, versteckten sie zuerst die Pferde hinter den Bäumen, die die Burg an einigen Stellen umgaben. Dann gingen sie zum Wassergraben. Es gab nur einen Weg, außer über die Zugbrücke: Durch das Wasser. Cecilia nickte Matthias nur noch einmal ermutigend zu, dann setzte sie den ersten Fuß in das frische Nass. Es war wirklich sehr kalt und sie glaubte, jeden Moment müssten ihre Füße zu Eis gefrieren. Aber

Cecilia biss die Zähne zusammen. Zu ihrem Glück reichte das Wasser ihr nur bis zu den Knien. Sie begann langsam vorwärts zu laufen. Karl und Florian mussten unbedingt gerettet werden und keine Schwierigkeit sollte sie aufhalten.

Jeder von den beiden trug zwei Waffen, zwei Seile über den Schultern und Matthias noch Stofffetzen.

Die Zeit schien endlos, bis sie am anderen Ufer ankamen. Im schwachen Schein des Mondes erkannte Cecilia die Magd, die ungeduldig am rückseitigen Giebel eines Wirtschaftsgebäudes wartete. Sie liefen zu ihr.

„Da seid ihr ja!", flüsterte Irene und Erleichterung schwang in ihrer Stimme mit. „Ich habe heute Abend das Gitter bei euren Freunden offen gelassen und ihnen gesagt, dass sie warten sollen."

„Danke!" Cecilia umarmte Irene.

„Also los, folgt mir!"

Sie schlichen zu dritt durch das Haus bis zur Vordertür. Nachdem alle das Gebäude verlassen hatten, schlichen sie an der Wand entlang weiter nach Süden. Dann standen sie an einem neuen Eingang.

„Jetzt wird es gefährlicher", flüsterte Irene. Es war kaum mehr als ein Zischen. „Das ist der Innenhof. Er wird streng bewacht. Folgt mir einfach."

So schlichen sie weiter, eng an die Mauer gedrängt. Der Mond warf sein helles Licht zum Glück in die Mitte des kleinen Hofes, an dessen Ecken wuchtige Türme standen. Dieses Dreieck war das Herzstück der Burganlage. Hier war der Rückzugsort, aber auch die Verteidigungsanlage der Festung. Am ersten Turm stoppten sie.

„Hier müsst ihr rein. Wenn ihr die Treppe hinunter geht kommt ihr direkt zum Verlies." Irene wünschte ihnen Glück, wandte sich um und lief zurück.

Cecilia und Matthias öffneten leise die Tür und traten langsam ein. Das Turminnere war nur schwach von einigen Fackeln erleuchtet. Diese wiesen ihnen jetzt den Weg, als sie die Treppe zu den Verliesen hinabstiegen. Wie schon bei Karl und Florian waren die Bewacher, vier Männer, mit Würfeln beschäftigt. So leise wie nur irgend möglich setzte Cecilia einen Fuß vor den anderen, bis sie hinter zwei Männern stand. Ehe eine der Wachen reagieren konnte, hatte jeder ein Schwert im Rücken.

„Waffen auf den Boden legen und nicht umdrehen!" Matthias' eiskalte Stimme ließ die Männer erschrocken zusammenzucken. Jetzt erst schienen sie die Schwertspitzen richtig wahrzunehmen. Alle gehorchten widerstandslos. Selbst wenn sie die Schwerter ziehen könnten, die Fremden hätten sie schneller getötet.

„Karl, Florian ihr könnt jetzt raus kommen", rief Matthias nach hinten zu den Zellen. Seine Stimme hallte von den Wänden wieder. Cecilia stand fast mit dem Rücken zum Gefängnis. So hörte sie nur, wie eine Tür knarzend geöffnet wurde und dann Schritte, die kurz hinter ihr stehen blieben, wahrscheinlich vor Überraschung über das Bild.

„Könnt ihr die Schwerter übernehmen?!", rief Matthias mehr befehlend als fragend. Offenbar war ein Nicken die Antwort, denn kurz darauf tauchte Karl bei Cecilia auf und sie sah Florian bei Matthias. Sie übergab Karl die Schwerter und machte sich daran, die beiden Männer mit Seilen festzubinden und zu knebeln. Als sie damit fertig waren, verließen sie zu viert den Turm und schlichen sich wieder im Schatten der Häuser zum Außenhof.

Irene hatte die Tür des Hauses, aus dem sie gekommen waren, offen gelassen, so dass sie wieder zum Burggraben gelangen konnten. Dann kam das Wasser. Langsam wateten sie hindurch und Cecilia wagte einen Blick zu den Türmen. Wenn die Wächter sie sahen, war alles verloren. Dann würden sie es nicht schaffen.

Da sah sie, wie ein Mann zu einem Posten lief, von wo aus sie gut zu sehen waren. „Runter!", rief sie gedämpft und zum

Glück reagierten die drei anderen schnell und sie verschwanden im Wasser. So war es noch kälter, als nur mit den Beinen im Wasser. Sie blieben so lange unter Wasser wie nur möglich, dann tauchte Cecilia mit dem Kopf wieder nach oben und sah, dass der Mann sich abgewandt hatte.

Triefend nass erreichten sie das Ufer und liefen sofort in Richtung der Pferde. Sie hatten keine Zeit zu verlieren. Trotzdem dachte Cecilia an ihr ungeborenes Kind und ließ sich von den anderen in den Sattel heben. Dann ritten die vier los. Die Wachen würden wahrscheinlich erst am Morgen gefunden werden und bis dahin mussten sie das Gebiet von Erffa verlassen haben. Es war ein ziemlich anstrengender Ritt. Sie sprachen nicht. Als der Morgen graute, hatten sie Erffa hinter sich gelassen.

Noch eine Weile ritten sie, dann machten sie Rast. Endlich war Zeit, die nassen Sachen auszuziehen, etwas zu essen und zu erfahren, wie es Karl und Florian ergangen war. Jetzt erst konnte Cecilia sie auch mustern. Dunkle Ringe lagen unter ihren Augen und sie sahen elend aus.

„Was hat Ludwig mit euch gemacht?", fragte Cecilia.

„Er wollte uns durch Hunger und Durst dazu bringen, dass wir unsere Pläne preisgeben, doch er hat es nicht geschafft."

Karls Stimme klang trocken und knarrend, er musste endlich etwas trinken.

„Es tut mir so leid", flüsterte Cecilia, die sich noch immer schuldig fühlte.

„Cecilia, es war nicht deine Schuld", versuchte Karl, sie zu beruhigen.

„Aber ich habe es erlaubt!"

„Ja, schon", erwiderte Florian, „aber wir wollten es ja machen. Vielleicht hätten wir es auch ohne deine Erlaubnis getan."

Nun lächelte Cecilia. „Danke."

Karl wechselte das Thema. „Wie geht es jetzt weiter?"

„Nun, wir haben einiges herausbekommen, während ihr nicht da gewesen seid", antwortete Cecilia. „Ludwig hatte vor einer Weile Besuch von einem gewissen Murad. Er ist Händler aus Konstantinopel und vielleicht hat er Wilhelm …"

„Du meinst also, dass Wilhelm …"

„… Sklave sein könnte", beendete Cecilia den Satz und schluckte. Die Vorstellung hatte etwas sehr Erschreckendes. In der Sklaverei passierte viel. Vielleicht … war Wilhelm längst tot! Nein! Wie so oft verbot sie sich diesen Gedanken.

„Und wohin bringt dieser Murad seine Sklaven?", fragte Florian und riss Cecilia damit aus ihren Gedanken.

„Nach Konstantinopel", erklärte Matthias.

Einen Moment herrschte Schweigen.

„Also auf nach Konstantinopel?", mutmaßte Karl.

„Auf nach Konstantinopel", bestätigte Cecilia.

Giovannis Zug

Wilhelm schwebte in einer eigentümlichen Traumwelt. Er konnte die Augen nicht öffnen und war zu schwach, um sich zu bewegen. Trotzdem bekam er mit, was um ihn herum geschah. Manchmal hörte er Schritte auf der nahen Straße oder laut schwatzende Stimmen. Aber meistens machte er sich nicht die Mühe, die Sprache entziffern zu wollen. Wilhelm hatte jegliches Gefühl für Zeit verloren. Wann hatte er Cecilia und die Kinder zum letzten Mal gesehen? Vor einem Monat? Einem Jahr? Würde er hier jemals wegkommen oder würde er sterben?

Da hörte er Geräusche, als würde ein größeres Gefährt näher kommen. Schließlich waren Schritte zu vernehmen. Anscheinend hatte jemand ihn von der Straße aus entdeckt.

„Mama mia, ein Verletzter *omneo*!", rief eine aufgeregte Männerstimme in einer fremden Sprache. Plötzlich spürte Wilhelm den übergroßen Wunsch zu sehen, wer vor ihm stand. Mit aller Kraft schaffte er es, die Augen zu öffnen. Zuerst sah er alles nur verschwommen, aber dann wurde seine Sicht klarer. Weit im Hintergrund sah er einige ziemlich verwahrloste Häuser und davor die steinige Straße, über die er vor ungewisser Zeit gelaufen war. Am wichtigsten jedoch war die dickliche Gestalt mit einem freundlichen Gesicht, die auf Wilhelm zusteuerte. Vermutlich hatte dieser Mann die fremdartigen Worte gerufen. Der Fremde griff sich erleichtert ans Herz, als er sah, dass Wilhelm die Augen geöffnet hatte. „Er lebt! Mein Gott, bin ich erleichtert!", hörte er den Dicken sagen. Der kniete sich neben ihn.

„Size yardim edebilir miyim?", fragte er. Diese Sprache kannte Wilhelm. Es war Osmanisch. Also antwortete er mit einem der ersten Sätze, die Karim ihm beigebracht hatte. „Ben Alman degilim" – ich bin ein Deutscher. Der Fremde lächelte. „Das ist gut. Mit Osmanisch wäre ich nicht weit gekommen", meinte er in akzentfreiem Deutsch. „Ich bin Giovanni Ostini, Kaufmann aus Venedig. Wer bist du und wie kommst du hierher, wenn du aus dem Römischen Reich kommst?"

„Ich bin Wilhelm von Henneberg. Ich bin nach Konstantinopel versklavt worden und bin geflohen."

Einen Moment sah der Dicke ihn überrascht an.

„Dann war das Italienisch, was Ihr vorhin gesprochen habt?" Giovanni Ostini nickte.

„Und warum sprecht Ihr so gut Deutsch?"

„Nun, ich habe viele Geschäftspartner im Deutschen Reich."

Ein zweiter Mann kam auf sie zugelaufen. Er war hager und ziemlich groß, vielleicht in Wilhelms Alter.

„Was ist los, Herr?", fragte er auf Italienisch.

„Ich kümmere mich um diesen Mann. Er ist ein deutscher Ritter." Dann wandte er sich wieder an Wilhelm. „Das ist Juan, mein Knecht. Er kann ebenfalls mit Euch sprechen. Er hat mich oft begleitet." Wilhelm nickte nur.

„Also", fuhr Giovanni Ostini fort, „wenn du möchtest, Wilhelm, kannst du gern mit uns kommen. Ich nehme ja an, dass du, da du geflohen bist, zurück in deine Heimat willst. Von Venedig kommst du bequem weiter ins Deutsche Reich."

„Macht Euch das auch keine Umstände …?", setzte Wilhelm an, aber der Kaufmann unterbrach ihn. „Außerdem bist du verletzt. Das muss dringend versorgt werden." Jetzt erst nahm Wilhelm seine Beinrunde wieder wahr. Sie sah wirklich nicht gut aus. Da hatte er sich entschieden.

„Ich komme mit", erklärte er. Giovanni Ostini half ihm auf und sie liefen zu den großen Wagen des Kaufmanns. Es waren gleich zwei, jeder von zwei Pferden gezogen. Die Wagen waren von zwei bewaffneten Reitern flankiert.

„Das sind Sergio und Alfonso, mein Geleitschutz", erklärte Giovanni. Er führte seinen Gast zu dem hinteren Wagen. Daraus reichte er Wilhelm ein Hemd und eine Hose, außerdem Sandalen. „Hier, zieh das an. So kannst du nicht weiterreisen."

Wilhelm blickte an sich herunter und nickte. Er hatte noch immer die zerschlissene Hose an, die er als Sklave getragen hatte. Schuhe hatte er nie bekommen. Schnell schlüpfte er in die neue Kleidung und kehrte dann zu den anderen zurück. „Wir wollen weiterziehen", sagte Giovanni Ostini. „Du bleibst am besten erst einmal im Wagen und ruhst dich aus." Das Angebot nahm Wilhelm dankbar an. Trotz des Rumpelns war er auch bald eingeschlafen.

Es war schon Nacht und die Sterne leuchteten am Himmel, als Wilhelm wieder erwachte. Er fühlte sich ausgeruht und voller neuer Energie. Er kletterte aus dem Wagen und sah nicht weit entfernt ein Feuer brennen, um das Giovanni Ostini, Juan und die beiden Waffenknechte saßen. Als der Kaufmann ihn bemerkte, lächelte er. „Ah, da bist du ja! Wie geht es dir?"

„Gut", antwortete Wilhelm und setzte sich zu seinen Reisegefährten. Giovanni forderte ihn auf, mehr von sich zu erzählen. Wilhelm sprach von Cecilia, wobei er ihre schwierige Liebesgeschichte ausließ, von seinem Onkel und von Ludwig. Er bemerkte, dass es ihm nun kein Problem mehr bereitete, darüber zu reden. Seit er wusste, dass er bald wieder bei seiner Familie sein könnte, war alles leichter. Alle vier hörten ihm aufmerksam zu, obwohl Sergio und Alfonso nicht viel verstanden. Aber weil es sie auch interessierte, übersetzte Juan das wichtigste.

„Wo sind wir eigentlich?", fragte Wilhelm schließlich.

„In Albanien", antwortete Giovanni. „Und wo wollen wir hin?"

„Nach Durrës. Von dort aus fahren wir mit dem Schiff."

Und so passierte es. Noch mehrere Tage waren sie unterwegs, ehe sie Durrës erreicht hatten. Es war nur ein kleines Fischerdorf, aber Giovanni erklärte, dass es trotzdem einer der wichtigsten Häfen in Albanien war.

Noch eine Nacht verbrachten sie dort, ehe sie ein Schiff für die Überfahrt fanden. Es war nur wenig größer als ein Fischerboot, aber zu Wilhelms Verwunderung konnten die Pferde und die zwei Wagen ohne Probleme Platz finden. Schließlich segelten sie los, in Richtung Venedig.

Vierter Teil

Die Abrechnung

„Keiner ist kühner als der, der den Teufel besiegt."

*Erasmus von Rotterdam
(wahrscheinlich 1466 – 1536),
deutsch-niederländischer Humanist*

Treffen in Venedig

Wilhelm stand am Bug des Bootes und ließ sich den Wind ins Gesicht wehen. Anfangs war ihm seine erste Schifffahrt nicht sehr gut bekommen, doch inzwischen hatte er sich an das Schwanken gewöhnt. Nun stand er vor allem hier vorn, weil Giovanni ihm gesagt hatte, dass sie bald Venedig erreichen würden. Diesen Anblick wollte Wilhelm möglichst nah genießen.

Das Boot ließ die schmale Einfahrt in die Lagune hinter sich und die eindrucksvolle Silhouette von Venedig kam in Sicht. Viele Boote und größere Schiffe lagen vor Anker und dahinter konnte Wilhelm die hohen Häuser und die Kanäle erkennen. Er überlegte, wie er wohl am schnellsten in die Heimat kommen würde und beschloss, den Kaufmann danach zu fragen.

Giovanni Ostini trat neben Wilhelm.

„Dann heißt es wohl Abschied nehmen", sagte er.

„Ja", antwortete Wilhelm, „ich danke Euch nochmals für Eure Hilfe."

„Ich hoffe, dass Ihr glücklich nach Hause findet." Das wünschte Wilhelm sich auch.

Das Boot legte an und der Kaufmann umarmte ihn. „Arrivederci, Wilhelm! Viel Glück!"

Auch die anderen verabschiedeten sich von dem „Estraneo" – dem Fremden – wie sie ihn genannt hatten. Wilhelm blieb noch einen Augenblick stehen und ließ seinen Blick schweifen. Er sah den Strand, an dem sich viele Leute drängten, und plötzlich stutzte er. In der Reihe entdeckte er vier Haarschöpfe, die ihm bekannt vorkamen. Ein dunkelbrauner und ein schwarzer, die Karl und Florian hätten sein können, ein orangeroter, wie Matthias' Haare und ... Cecilias dunkelblonde Mähne. Nein! Das konnte nicht sein. Es war unmöglich, dass seine große Liebe, seine besten Freunde und sein Knappe hier waren. In dem Moment konnte er sich nicht vorstellen, was sie hier wollten ...

Da drehte sich die Frau um. Für einen scheinbar endlosen Augenblick trafen sich ihre Augen.

Es war Cecilia. Wilhelm glaubte, sein Herz müsste vor Freude zerspringen.

* * *

Cecilia traute ihren Augen nicht. Einen Moment blieb sie wie versteinert stehen und starrte zu dem Mann auf dem Boot, der sich nun so schnell es ging durch die Menge wühlte. Sie hatte plötzlich das Gefühl gehabt, sich umzudrehen zu müssen, und da hatten sich ihre Blicke getroffen. Ohne Zweifel. Es war Wilhelm. Auch wenn der Mann, dem sie noch immer mit den Augen folgte, braungebrannt und kräftiger wirkte, als ihr verschollener Ehemann.

Noch immer war Cecilia nicht in der Lage, sich zu bewegen. Sie wollte ihre Begleiter auf den so lange Gesuchten aufmerksam machen, doch die Stimme versagte ihr den Dienst.

Es dauerte lange, bis sich die Starre löste und die Gedanken wie ein Sturm in Cecilia zu toben begannen. Was machte Wilhelm hier? Wo kam er her? War er es auch wirklich?

Da stand er vor ihr und alle Gedanken und Zweifel waren wie weggeblasen. Ohne dass sie weiter darüber nachgedacht hätte, warf Cecilia sich in seine Arme und vergrub ihr Gesicht für einen langen Augenblick der Freude an seiner Schulter.

Dann verschmolzen ihre Lippen zu einem atemberaubenden Kuss und ihrer beider Freudentränen vermischten sich. Danach sahen sie sich noch immer wortlos an und konnten alles in den Augen des anderen lesen: Die Monate voller Sorge, die Sehnsucht und die Liebe.

„Wilhelm?", hörte Cecilia Karl entgeistert fragen.

Wilhelm sah seine Freunde hinter ihr und lächelte. „Karl! Florian! Matthias!" Er umarmte alle drei. Dann sah er in die Runde. „Was macht ihr hier?"

Karl lachte befreit auf. „Die Frage ist ja wohl eher, was du hier machst."

„Ich habe zuerst gefragt", erklärte Wilhelm.

„Wir haben nach dir gesucht", ergriff Cecilia das Wort. „Man hat gesagt du wärst tot, aber ich habe das nicht geglaubt." Sie überlegte kurz, ob sie von Ludwigs Drohung und seiner versuchten Vergewaltigung erzählen sollte, entschied sich aber dagegen. Es würde später noch in Ruhe Gelegenheit sein, um auch darüber zu sprechen.

„Ich habe dann mit Karl und Florian gesprochen und sie wollten mir helfen, dich zu suchen. Matthias hat davon erfahren und wollte ebenfalls mitkommen."

„Wir mussten aber zuerst nach Weimar und deinen Auftrag ausführen", fuhr Karl fort.

„Wie hat der Kurfürst reagiert?", wollte Wilhelm wissen.

„Nun ja, er war natürlich nicht erfreut und wir wissen ja alle, dass er ein sehr überschäumendes Temperament hat", antwortete Florian und konnte ein Grinsen nicht unterdrücken. „Er lud uns allerdings ein zu bleiben und das kostete uns einige Zeit", erzählte Karl weiter. „Danach suchten wir in Erffa nach deiner Spur."

Cecilia wusste, dass Karl seine Gefangenschaft ausließ, weil Wilhelm dann ein schlechtes Gewissen gehabt hätte.

„Dort haben wir erfahren, dass Ludwig Besuch von einem Sklavenhändler hatte, der Sklaven nach Konstantinopel verkaufte und so beschlossen wir, von hier nach Konstantinopel zu fahren", beendete Karl.

„Nun erzähl von dir!", drängte Florian. Also erzählte Wilhelm von der Entführung, der Gefangenschaft in Ludwigs Kerker, von der Sklavenzeit in Konstantinopel, von seiner Flucht und der

Reise mit Giovanni, dem Händler. Als er davon erzählte, dass der Kaufmann ihn am Straßenrand gefunden hatte, musterte Cecilia ihn besorgt.

„Wie ist das passiert?" Sie deutete auf den provisorischen Verband, den er anstelle des wollenen Kniestrumpfes an einem Bein trug.

„Als die Bewaffneten mich auf dem Weg nach Weimar angriffen, hat mich dort ein Pfeil getroffen. Der ist mir im Kerker raus gezogen worden", antwortete Wilhelm.

Cecilia runzelte die Stirn. Das sah nicht gut aus. Kathrein, ihre heilkundige Freundin, würde sich darum kümmern müssen. Nach diesem Gedanken schob sie alles weitere weg und ihre Freude kehrte zurück. Sie sah zu Wilhelm, der sie zum wiederholten Male musterte.

Ein glückliches Lächeln huschte über sein Gesicht, gefolgt von Sorge. Er hatte ihren schon stark gerundeten Bauch bemerkt. Cecilia war erstaunt, dass es ihm jetzt erst auffiel, aber vorhin waren sie beide einfach zu sehr von ihren Gefühlen überwältigt gewesen.

„Du hast diese Reise auf dich genommen, obwohl du unser Kind erwartest", flüsterte er gerührt. Es war eher eine Feststellung als eine Frage.

„Ich hätte nicht einfach zu Hause untätig herum sitzen können", meinte sie. Wilhelm legte seinen Arm um sie.

„Was ist, reisen wir nach Hause?", fragte er Karl, Florian und Matthias.

„Nach Frankenhausen", korrigierte Cecilia ihn leise.

Wilhelm verstand. „Du hast die Kinder zu Kathrein gebracht?"

Sie nickte. Doch Wilhelm spürte, dass die Kinder nur ein Grund von mehreren war, warum sie nicht nach Meiningen zurückkehrten. Plötzlich kamen ihm wieder Ludwigs Worte im Kerker ins Gedächtnis: *„Tja, ich hatte noch einiges zu erledigen,* *mit deinem Liebchen"* und *„Sie hat geschrien und gewimmert als ginge es um ihr Leben."* Er hatte damals geglaubt, Ludwig hätte gelogen. Aber hatte er das wirklich?

„Was hat Ludwig dir angetan?", flüsterte er Cecilia ins Ohr.

„Nichts", antwortete sie, obwohl das nur die halbe Wahrheit war. „Ich erzähl dir später alles." Damit gab sich Wilhelm vorerst zufrieden.

Immer öfter wurde die kleine Gruppe von Leuten angerempelt und von wütend aussehenden Italienern angesprochen. „Wir sollten wohl lieber von hier verschwinden", meinte Florian und die vier anderen nickten zustimmend.

So verließen sie den Hafen und liefen durch die engen Gassen zwischen Kanälen und Häusern.

Cecilia merkte, dass Wilhelm noch stark humpelte und etwas unsicher auf den Beinen war. Anscheinend war die Wunde doch nicht so harmlos, wie er es ihr hatte glauben machen wollen. Sie sollten wohl schnellstens den Rückweg antreten.

Als hätte Karl ihre Gedanken gelesen meinte er: „Wir sollten am besten möglichst schnell nach Frankenhausen kommen. Aber vielleicht wäre es trotzdem gut, wenn wir erst noch eine Nacht hier ausruhen. Vielleicht bessert sich dann auch die Wunde."

Sein Vorschlag klang richtig und Cecilia nickte kaum merklich. Auch die anderen schienen einverstanden.

„Also sollten wir uns eine anständige Unterkunft suchen", schlug Florian vor.

Schließlich gelangten sie an ein vielversprechendes Gasthaus. Die Verhandlung über den Preis überließen die Männer Cecilia, ihr Italienisch war ausreichend und besser als das der anderen.

In stillschweigendem Einvernehmen hatten Cecilia und Wilhelm beschlossen, ihr Wiedersehen ein anderes Mal zu feiern. Sie waren müde und der Schlaf war wichtig für die bevorstehende Reise. Wilhelm lag bereits im Bett, während Cecilia noch ihren Zopf löste.

„Erzählst du mir nun, was Ludwig getan hat?"

Cecilia seufzte leicht. „Wir sollten schlafen. Ich werde dir alles erzählen. Versprochen! Aber nicht jetzt."

Statt einer Antwort drang ein Stöhnen an ihr Ohr.

„Wilhelm?"

Sie drehte sich um. Wilhelms Gesicht war schmerzverzerrt. „Wilhelm, was ist los?"

„Mein Kopf ..." Seine Stimme klang kraftlos und heiser. Cecilia legte ihm eine Hand auf die Stirn. Erschrocken zog sie diese wieder weg. Wilhelm glühte. Die Angst stürzte auf Cecilia ein und ließ ihr Herz erstarren. Sie hatte keine Ahnung, was das war, geschweige denn, wie sie etwas dagegen unternehmen konnte. Seine Augen schlossen sich und er schlief. In Cecilia machte sich Panik breit. Was, wenn Wilhelm wieder in diese seltsame Ohnmacht fiel, wie auf seiner Flucht oder wenn er gar ... Nein! Diesen Gedanken wollte Cecilia nicht zulassen. Sie wagte es trotz der Sorge nicht, ihn aufzuwecken. Der Schlaf war vielleicht sogar richtig und konnte Wilhelm helfen. Also legte Cecilia sich ebenfalls ins Bett und versuchte lange Zeit einzuschlafen. Es gelang ihr nicht. Angst um Wilhelm und Sorge über seinen Zustand hielten sie wach.

So war Cecilia auch schon sehr früh auf den Beinen und zog sich an. Wilhelm schlief noch immer.

Kurz darauf klopfte es und Karl, Florian und Matthias traten ein. Alle drei blieben erschrocken stehen.

„Was ... ist passiert?", presste Karl, noch immer schockiert, hervor.

„Ich weiß es nicht", antwortete Cecilia mit tränenerstickter Stimme, „er hatte Fieber und ist einfach eingeschlafen."

„Meint Ihr, er ist wieder in diese Ohnmacht gefallen?", flüsterte Matthias.

„Hast du versucht, ihn aufzuwecken?", fragte Karl.

„Nein. Ich wollte ihn lieber schlafen lassen."

„Dann sollten wir ihn schnellstens aufwecken", erklärte Florian. Er ging zu Wilhelms Seite des Bettes und rüttelte ihn sanft an der Schulter. „Wilhelm? Hörst du mich?" Cecilia konnte leichte Anspannung in seiner Stimme erkennen.

Wilhelm schlug die Augen auf. Alle atmeten erleichtert auf. Cecilia lief zu ihm und legte wieder ihre Hand auf seine Stirn.

„Ich glaube, das Fieber ist ein wenig gesunken", sagte sie dann.

„Wir sollten schnellstens aufbrechen und Wilhelm zu Cecilias Freundin bringen", sprach Karl die Gedanken aller aus.

„Aber wie wollen wir den Herrn transportieren?", gab Matthias zu bedenken.

„Er kommt mit auf mein Pferd. Meine Stute hat auch meine Kinder und mich getragen. Wir werden eben öfters eine Pause einlegen müssen, damit sie ausruhen kann", entschied Cecilia. Damit waren die Freunde einverstanden und kurz darauf traten sie den Heimweg an.

Es war eine anstrengende Reise. Manchmal ritten sie die Nächte durch, wenn schon am Tag eine lange Pause eingelegt worden war. Doch keiner konnte sich dann an dem Leuchten der Sterne erfreuen, weil alle viel zu angespannt und müde waren. Wenn sie in der Nacht schliefen, dann in der Natur auf einer Decke. Es störte keinen sonderlich, nachts mit schmerzendem Hinterteil zu reiten. Das Geld reichte einfach nicht mehr für Herbergen, geschweige für einen Medicus, der Wilhelms Wunde ansehen konnte.

Schließlich erreichten sie Thüringen und kurz darauf Rudolstadt. Trotz der vielen Sorgen und Ängste freute Cecilia sich, noch einmal in den kleinen Ort zu kommen, wo Jonas auf die Welt gekommen war und sie Wilhelm wiedergesehen hatte. Es hatte sich nichts verändert, wie sie auf der Suche nach einer Unterkunft feststellte. Das Rathaus hatte noch immer kein Dach und auf der Bleichwiese legten die Frauen noch immer ihre Wäsche aus.

In der Nähe des Marktplatzes rief plötzlich jemand: „Cecilia?"

Sie drehte sich auf der Suche nach dem Rufer um und erblickte Hellmuth Roth, den Mann ihrer ehemaligen Herrin Eleonora.

„Herr Hellmuth!"

„Was ist denn mit Junker Wilhelm passiert?"

„Er ist krank. Wir sind auf der Suche nach eine Unterkunft. Könnt Ihr uns vielleicht eine Herberge empfehlen?"

Jetzt erst bemerkte sie die fragenden Blicke ihrer Gefährten. „Oh entschuldigt! Meister Hellmuth, das sind Wilhelms Freunde Karl von Trotha und Florian von Nesselroth, sowie Wilhelms Knappe Matthias von Schwarzburg. Karl, Florian, Matthias – das ist Hellmuth Roth, mein ehemaliger Herr hier in Rudolstadt."

Der Gewandschneider verneigte sich vor den Junkern. „Ich kann euch tatsächlich eine Unterkunft empfehlen: Das Haus der Familie Roth. Wir können leider nicht alle beherbergen. Wir besitzen nur eine kleine Gästekammer, aber wenn du möchtest, Cecilia, könnten du und Junker Wilhelm bei uns unterkommen."

„Das ist sehr freundlich, aber meine Freunde ..."

„Geh ruhig, Cecilia. Wir kommen schon zurecht", sagte Karl. Sie lächelte. „Gut, dann nehme ich Euer Angebot gern an." Hellmuth Roth lächelte zurück. „Meine Frau wird sich freuen, dich wiederzusehen."

So ritt Cecilia neben dem Gewandschneider in die Badergasse. Dort stellte sie ihr Pferd in den Stall und half Wilhelm, der noch immer fieberte und sich kaum auf den Beinen halten konnte, von der Stute. Dann ging sie, ihren Mann stützend, ins Haus.

In der Eingangshalle wurde sie von ihrer ehemaligen Herrin begrüßt.

„Schön dich zu sehen, Cecilia. Geht es dir gut?"

„Mir schon." Cecilia lächelte. Rudolstadt und seine Bewohner hatten sich kein bisschen verändert.

„Was ist denn mit Junker Wilhelm passiert?", fragte Eleonora Roth und ihr Blick wurde besorgt.

„Wir wissen es nicht genau", erklärte Cecilia, während sie Anna Eberleins Schwester die Treppe hinauf folgte. „Er ist sehr krank und fiebert, aber ich weiß nicht, woher das kommt."

„Hoffentlich wird er wieder gesund."

„Ja, das hoffe ich auch."

Sie waren an einer Tür angelangt und Eleonora öffnete sie. „So, da sind wir. Hier könnt ihr schlafen. Ich lasse euch dann allein." Damit ging sie.

Cecilia legte Wilhelm ins Bett und sah ihm dann eine Weile beim Schlafen zu. Sie war sehr froh, dass sie Frankenhausen bald erreichten und er endlich anständige Pflege erhalten konnte. Dieses Schwanken zwischen Angst, Sorge und Erschöpfung hielt sie einfach nicht mehr aus.

Schließlich klopfte es und Hellmuth Roth trat ein.

„Ich soll dich zum Abendessen holen."

„Nein, ich bleibe lieber hier."

„Ach, komm, du musst etwas essen. Außerdem wollen wir doch wissen, wie es dir ergangen ist."

Seinem bittenden Ton konnte sie nicht standhalten.

„Nun gut."

Der Gewandschneider grinste wie ein kleiner Junge, dem ein guter Streich gelungen war.

Also kam Cecilia in das Esszimmer, in dem sie vor ein paar Jahren noch das Essen aufgetragen hatte. Sie setzte sich zu dem Ehepaar und dessen Sohn Rudolf.

„Also, Cecilia, wie ist es dir ergangen?", fragte die Herrin des Hauses. „Wie geht es Jonas?"

„Ihm geht es gut. Er ist nun fünf und hat noch eine kleine Schwester, Bertha. Bald werden sie noch ein Geschwisterchen bekommen."

Sie strich liebevoll über ihren stark gerundeten Leib.

„Also bist du noch immer Junker Wilhelms Geliebte?", fragte Eleonora Roth.

„Wir haben vor fast fünf Jahren geheiratet."

Ihre Gastgeber waren nur kurz überrascht.

„Und wir waren nicht eingeladen?", fragte Hellmuth mit gespielter Entrüstung. Einen Moment hatte Cecilia ein schlechtes Gewissen, ehe sie den Unterton bemerkte.

„Ich habe gar nicht an Euch gedacht."

Der Gewandschneider lächelte. „Du scheinst deinen Platz im Leben gefunden zu haben."

Bange Wochen

Nach weiteren langen Tagen kam die Gruppe in Frankenhausen an. Alle waren froh, die beschwerliche Strecke hinter sich zu haben, aber vor allem, dass es nun bei Kathrein für Wilhelm endlich Hilfe gab. Um kein Aufsehen zu erregen, ritten sie durch ein kleines Tor in die Stadt und hielten sich dann an der Mauer. Solange, bis sie das Haus der Familie Eberlein erreichten, oder besser gesagt, den Hintereingang. Karl ging zur Tür und klopfte dreimal kurz, dann lang und dann noch einmal dreimal kurz, das war das vereinbarte Zeichen mit Kathrein.

Die Magd öffnete selbst und riss kurz darauf erschrocken die Augen auf, als sie Wilhelm sah.

„Dur meine Güte! Was ist denn passiert?"

„Ich erzähl das später alles. Hilf mir jetzt bitte erst mit Wilhelm, ja?", drängte Cecilia.

Kathrein nickte und zusammen gingen sie, Wilhelm stützend, ins Haus. Die drei anderen folgten ihnen.

„Ich habe schon eine Krankenkammer hergerichtet, für alle Fälle", erklärte Cecilias Freundin. „Dein Bett wird also mit in meiner Kammer stehen. Für die Geburt ist auch schon alles fertig: der Gebärstuhl und die Wiege sind in meiner Kammer."

Cecilia lächelte Kathrein dankbar zu. „Vielen Dank für alles." Ihre Freundin winkte ab. „Ist doch selbstverständlich."

Sie öffnete eine Tür und die Freundinnen betraten eine kleinere Kammer mit einem großen Bett. Da hinein legten sie Wilhelm und Kathrein begann, nach der Ursache für die Krankheit zu suchen.

Nach einer ganzen Weile – Cecilia hatte ihr fasziniert zugesehen – entdeckte sie die Beinwunde. Kathrein sah sie sich genauer an und nickte dann.

„Was ist?", fragte Cecilia.

„Ich bin mir ziemlich sicher, dass diese Beinwunde der Grund seines Zustandes ist."

„Inwiefern?"

„Nun, es sieht nach Wundbrand aus. Die Wunde wurde nicht gut versorgt und hat sich entzündet."

„Was kannst du tun?", fragte Cecilia leise. Sie hatte Angst vor der Antwort.

„Ich kann leider nicht sehr viel tun. Das Fieber muss gesenkt und die Wunde versorgt werden. Trotzdem ... ist es jedes Mal ein Kampf mit dem Tod."

„Du meinst, er könnte ..." Ihre Stimme war kaum noch mehr als ein Flüstern.

„... sterben? Gott verhüte es, aber ja ..."

Cecilias Beine wollten gerade nachgeben, als ein heftiger Schmerz durch ihren Körper brandete und sie zusammen zucken ließ. Die Wehen. Nein, nicht jetzt, flehte sie innerlich. „Cecilia?"

„Die Wehen haben eingesetzt."

Kathrein rechnete einen Moment. „Das ist etwas zu früh. Bis es soweit ist, solltest du dich noch bewegen. Geh spazieren. Das hilft."

Cecilia befolgt den Rat ihrer Freundin und verließ das Zimmer. Im Flur standen ihre Kinder und schienen auf sie gewartet zu haben. Cecilia wäre am liebsten in Tränen ausgebrochen, doch vor den beiden beherrschte sie sich.

„Jonas! Bertha!" Sie hockte sich hin, so gut es ging, und breitete die Arme aus. Die Kinder rannten zu ihr und schlangen ihre Arme um Cecilias Hals.

„Was ist mit Vater passiert, Mutter?", fragte Jonas.

Cecilia schluckte. „Euer Vater ist krank. Kathrein kümmert sich um ihn."

„Papa geht in Himmel?", fragte die keine Bertha mit weit aufgerissenen Augen.

Wieder hatte Cecilia das Gefühl, als stecke ein Kloß in ihrem Hals.

„Nein", presste sie hervor. In diesem Moment spürte sie, dass die Wehen heftiger wurden. „Ich kann nicht hier bleiben. Euer Geschwisterchen will auf die Welt."

„Mama auch krank?", fragte Bertha ängstlich.

„Nein. Mutter bekommt nur ein Kind", erklärte Jonas seiner Schwester altklug. Beinah hätte Cecilia gelächelt, aber dazu war sie gerade nicht fähig.

„Ich hab euch lieb." Sie drückte jedem einen Kuss auf die Stirn, dann machte sie sich auf den Weg in Kathreins Zimmer.

Dort stand neben einem zweiten Bett tatsächlich eine Wiege und auch der Gebärstuhl stand in einer Ecke. Cecilia lief eine Weile unruhig hin und her, bis Kathrein kam. Es dauerte dann nicht mehr lange, bis die Wehen stärker wurden und das Fruchtwasser zu Cecilias Beschämen auf den Boden tropfte. „Das macht doch nichts. Ich wische das später weg", versuchte Kathrein sie zu beruhigen. „Komm, du solltest jetzt auf den Stuhl."

Sie stütze ihre Freundin und Cecilia machte sich für die Presswehen bereit. Die ließen nicht lange auf sich warten und Cecilia wandte alle Kraft auf, um den neuen Erdenbürger an das Licht zu bringen. Es dauerte sehr lange und irgendwann war sie am Ende ihrer Kräfte.

„Los! Nicht mehr viel, dann hast du es geschafft!", sprach Kathrein ihr Mut zu. Und Cecilia presste weiter, bis sie schließlich spürte, wie das Kind in die Welt glitt. Sie hörte noch seinen ersten Schrei der Entrüstung, dann wurde sie ohnmächtig.

Cecilia erwachte von Stimmen. Sie drangen nur gedämpft an ihr Ohr und sie sah auch niemanden im Zimmer. Die Sprechenden, es war ein Mann und eine Frau, mussten vor der Tür stehen.

„Sie war vollkommen erschöpft – das alles war zu viel. Die Reise, die Sorge um Wilhelm und die Geburt ..." Das war Kathrein.

„Wir hätten ihr schon vor Venedig Einhalt gebieten sollen. Sie hätte diese Reise nicht antreten dürfen." Das war Karls Stimme.

„Macht Euch keine Vorwürfe. Sie wusste, worauf sie sich eingelassen hat."

„Glaubst du?"

„Ja, das glaube ich."

Ja, sie hatte gewusst, worauf sie sich einließ. Aber nicht darauf, dass nun mit Wilhelms Tod vielleicht alles umsonst gewesen sein könnte. Die Verzweiflung war zurückgekehrt, der sie durch die Ohnmacht eine Weile entgangen war. Was sollte sie tun, wenn Wilhelm wirklich sterben sollte? Sie konnte nicht ohne ihn leben.

Das Öffnen der Tür unterbrach Cecilias Gedanken. Kathrein trat mit einem Bündel im Arm ein. „Na, endlich aufgewacht?"

„Ja ... ist das mein Kind?"

Kathrein lächelte. „Ja, das ist sie."

„Es ist ein Mädchen?"

„Ja, und sie ist gesund und munter."

Sie gab Cecilia das Bündel. Ein unbeschreibliches Glücksgefühl erfüllte die Mutter. Das Kindchen hatte Wilhelms grüne Augen, aber es sah danach aus, als würde es Cecilias blondes Haar bekommen.

„Hast du schon einen Namen?", fragte ihre Freundin. Cecilia musste nicht lange überlegen.

„Maria." Wilhelm würde sich darüber freuen. Er hatte manchmal von seiner Schwester erzählt und dabei hatte stets große Zuneigung aus seiner Stimme gesprochen.

„Wie kommst du auf diesen Namen?"

„Wilhelms Schwester heißt so. Er wird sich darüber freuen." Wenn er das nur konnte ... Dieser Gedanke trieb Cecilia die Tränen in die Augen. Kathrein umarmte sie.

„Mach dir nicht so viele Gedanken. Ich gebe mein Bestes und wenn das nicht ausreicht ... ist es Gottes Wille."

Cecilia lächelte gequält. Ihre Freundin hatte wieder einmal ihre Gedanken erraten.

„Wie geht es ihm?"

Kathrein schaute an ihr vorbei. „Das Fieber sinkt nur langsam. Ich habe die Wunde auch bestmöglich gesäubert, aber bis jetzt will sie nicht heilen. Mehr kann ich im Moment nicht tun."

Cecilia nickte niedergeschlagen.

„Ich muss dich jetzt kurz allein lassen, der Pfarrer muss geholt werden. Bewege dich nicht vom Fleck!", sagte die Magd. Cecilia wiegte eine ganze Weile ihre kleine Tochter, dann dachte sie darüber nach, Maria einen Brief zu schreiben, um sie einzuladen. Sie sollte die Patin des Kindes werden und – so hoffte Cecilia – Wilhelm bei seiner Genesung helfen.

Kurz darauf war Kathrein zurück, in Begleitung eines Pfarrers. Die Nottaufe und der Eintrag ins Kirchenbuch erfolgten. Schließlich waren die Freundinnen wieder allein.

„Kann ich ihn sehen?", fragte Cecilia, obwohl sie sich nicht sicher war, ob sie das wirklich wollte.

„Du sollst dich noch ausruhen", murmelte Kathrein.

Cecilia wusste jedoch, dass die Freundin nur verhindern wollte, dass sie nach den gerade überstandenen Wirren Wilhelms Anblick ertragen musste.

„Ist es so schlimm?"

Statt einer Antwort reichte Kathrein ihr die Hand, um ihr beim Aufstehen zu helfen. „Ich könnte dich ja sowieso nicht aufhalten."

Als sie auf ihren Füßen stand, schwankte Cecilia etwas. Probehalber ging sie zur Wiege und legte Maria hinein. Sicherer geworden folgte sie Kathrein zu Wilhelms Zimmer. Nachdem die Magd geöffnet hatte, trat Cecilia mit zitternden Knien ein.

Der Anblick ließ ihr Blut gefrieren und Tränen stahlen sich in ihre Augen.

Totenblass und bewegungslos lag ihr geliebter Ehemann auf dem Bett. Auf seiner Stirn lag ein nasses weißes Leinen und auch die Wunde war versorgt. Trotzdem wirkte er auf Cecilia, sei es nur wegen ihrer Sorge, wie ein Sterbender.

Wie zur Salzsäule erstarrt stand sie da und ließ die Tränen der Angst fließen. Dann versagten die Beine ihren Dienst. Sie fiel auf die Knie und ohne weiter darüber nachzudenken, begann sie tonlos ein Gebet.

„Gnädiger Gott, ich flehe dich an: verschone meinen geliebten Mann! Er hat schon genug Steine in den Weg gelegt bekommen. Verschone ihn! Mehr will ich nicht und mehr werde ich nie wollen.

Kathrein schaute sie besorgt an.

„Alles ist gut", sagte Cecilia leise. Sie stand auf. „Kannst du mir sagen, wo ich Papier und Feder finde?" Ihre Freundin nickte „Ich bringe es dir."

„Danke. Leg es einfach auf mein Bett. Ich gehe noch kurz zu meinen Kindern."

„Sie sind in der Kammer gleich neben meiner", sagte Kathrein noch, ehe die Freundin das Zimmer verließ.

Cecilias Kinder saßen auf dem Boden, als ihre Mutter die Tür öffnete. Jonas erzählte Bertha gerade eine Geschichte. Cecilia lächelte bei dieser Szene.

„Mutter!" Bertha hatte sie als erstes bemerkt und rannte auf sie zu. Cecilia nahm ihre Tochter hoch.

„Ist unser Geschwisterchen da?", fragte Jonas, dem natürlich das Fehlen des dicken Bauches aufgefallen war.

Wieder lächelte seine Mutter. „Ja. Ihr habt eine kleine Schwester."

Bertha blickte noch etwas unentschlossen, aber Jonas strahlte. „Können wir sie sehen?"

„Ja!", rief die Zweijährige und klatschte in die Hände. „Natürlich, dürft ihr. Aber seid leise. Sie schläft."

So ging Cecilia, Bertha auf dem Arm, Jonas hinter sich, in Kathreins Kammer. Sie legte noch einmal mahnend den Finger auf den Mund, dann ließ sie die Kinder eintreten. Jonas lief sofort zur Wiege und Cecilia und Bertha folgten ihm. Ganz verzückt blickten die beiden auf ihre kleine Schwester und Jonas flüsterte: „Darf ich sie mal streicheln?"

„Ja. Aber ganz vorsichtig." Beinah andächtig streichelte der Junge sanft über die zarte Wange des Schwesterchens.

„Das hast du sehr gut gemacht", lobte Cecilia den Sohn. Schließlich brachte sie die Kinder zurück in ihr Zimmer, um den Brief an Maria zu schreiben. In der Kammer hatte sie auf dem Bett Papier und Feder liegen sehen. Also setzte sie sich auf einen Stuhl und begann zu schreiben.

Verehrte Schwägerin!

Ich weiß nicht, in wie weit Ihr mit den Geschehnissen vertraut seid, aber Euer Bruder, mein Gatte, wurde entführt und musste in Konstantinopel als Sklave dienen. Er wurde auf das Schändlichste behandelt. Wir konnten ihn zwar in Sicherheit bringen, aber er ist sehr krank. Nun wende ich mich hoffnungsvoll an Euch und bitte Euch, zu ihm zu kommen, um ihm in der Stunde der Not beizustehen.
Der zweite Grund, weshalb ich Euch nach Frankenhausen ins Haus der Familie Eberlein bitte, ist fürwahr ein vollkommen anderer, jedoch erfreulicher Grund. Ich habe einer kleinen Tochter das Leben geschenkt

und ihr den Namen Maria gegeben. So bitte ich Euch denn, mir und meiner Familie die Ehre zu erweisen und ihre Taufpatin zu sein.

Mit den besten Wünschen und der Bitte um baldige Antwort
Cecilia von Henneberg

Sofort nach dem Beenden des Briefes ließ Cecilia Matthias rufen und bat ihn, nach Weida zu reiten und Maria von Reuß den Brief zu überreichen. Der Knappe, froh darüber, sich nützlich machen zu können, ritt sofort los.

Danach stillte Cecilia noch ihr Kind, ehe sie sich auf ihr Bett fallen ließ und einschlief.

Am nächsten Tag ging sie wieder zu Kathrein, um ihr bei Wilhelms Pflege zu helfen.

„Du solltest dich besser noch ausruhen", wehrte die Freundin Cecilias Unterstützung ab.

„Mir geht es gut", erwiderte sie. „Ich möchte jetzt für Wilhelm da sein. Außerdem kannst du Hilfe bestimmt gut gebrauchen." Cecilia setzte eine betont liebenswürdige Miene auf. Daraufhin gestand Kathrein zähneknirschend, dass sie tatsächlich eine helfende Hand nötig hätte.

Von nun an verbrachte Cecilia die Tage im Krankenzimmer. Die Wiege der kleinen Maria hatten sie und Kathrein ebenfalls, allerdings in gehörigem Abstand zu Wilhelms Lager, in diese Kammer gestellt, weil Cecilia nicht von der Seite ihres Mannes weichen wollte.

Als Cecilia jedoch die zweite Nacht in Folge keine Anstalten machte, ins Bett zu gehen, sprach Kathrein ein Machtwort. „Cecilia, leg dich schlafen! Es hilft keinem, wenn du dich hier zu Tode arbeitest."

„Du übertreibst maßlos", antwortete ihre Freundin, doch die Mattigkeit ihrer Stimme strafte ihre Worte Lügen. „Ich kann jetzt nicht schlafen gehen."

„Und ob du kannst! Siehst du, deshalb war ich dagegen, dass du mir hilfst. Der Schlaf ist wichtig für deine Gesundheit. Du kannst nicht tagelang wach bleiben."

„Natürlich kann ich", begann Cecilia noch einen letzten schwachen Versuch.

„Nein! Du gehst jetzt zu Bett", sagte Kathrein, wie eine Mutter mit einem unartigen Kind sprechend.

Cecilia war einfach zu müde, um noch zu widersprechen. Also verließ sie das Zimmer und als sie in Kathreins Kammer ins Bett fiel, schlief sie augenblicklich ein.

Die Sonne hatte bereits ihren Zenit überschritten, als Cecilia wieder aufwachte. Wenn auch ungern, musste sie einsehen, dass ihre Freundin Recht behalten hatte. Der Schlaf war wirklich dringend fällig gewesen. Trotzdem verlor sie nun keine Zeit mehr, zog sich an und ging zurück zu Kathrein. Die Magd saß auf einem Stuhl in der Kammer und schien gerade aufzuwachen, als Cecilia eintrat. Wilhelm lag ruhig da und schlief.

„Geh ruhig schlafen. Ich bin ja hier."

Kathrein sah sie kurz aus müden Augen an, dann nickte sie und stand auf. Cecilia sah kurz zum schlafenden Wilhelm, dann blickte sie in die Wiege. Auch Maria schlief selig und hatte offenbar einen guten Traum, denn ihre Lippen waren zu einem Lächeln verzogen. Da sie also nichts zu tun hatte, ließ sie sich auf den Stuhl sinken, auf dem zuvor Kathrein gesessen hatte. So konnte sie einmal in Ruhe nachdenken.

Cecilia dachte an die Zukunft. Und als sie sich damit beschäftigte, wurde ihr klar, dass diese noch in den Sternen stand. Sollte Wilhelm aller Mühe zum Trotz nicht überleben, standen sie und die Kinder vollkommen mittellos da. Ob irgendjemand ihr dann helfen würde, wusste Cecilia nicht. Und was, wenn Wilhelm wieder gesund ist? Können sie dann nach Meiningen zurückkehren?

    Doch dann sah Cecilia wieder Wilhelms ruhiges Gesicht und all diese Fragen gerieten in den Hintergrund. Ihr geliebter Mann musste gesund werden, alles andere war Nebensache.

DIE RÜCKKEHR

Auf ein Klopfen hin ging Cecilia zur Haustür. Sie hatte gerade gefrühstückt und ein Geräusch gehört. Es waren Matthias und hinter ihm eine junge Frau mit dunkelbraunem Haar auf ihrem Pferd.

Cecilia lächelte. „Schön, dass du wieder da bist, Matthias." Dann wandte sie sich an die Frau. „Und Ihr müsst Maria sein. Ich freue mich, Euch kennen zu lernen. Euer Bruder hat viel von Euch erzählt."

Auch Wilhelms Schwester lächelte. „Ich freue mich ebenso. Ihr seid gewiss Cecilia."

„Ja, die bin ich."

Maria stieg von ihrem Pferd und umarmte ihre Schwägerin ohne zu zögern. „Ich bin so glücklich, Euch endlich kennenzulernen. Ich fand es nicht richtig, dass mein Bruder Heinrich die Einladung zur Hochzeit nicht angenommen hat", flüsterte sie.

„Ja, Wilhelm war sehr enttäuscht", murmelte Cecilia, die vollkommen überrascht über die Umarmung und den Wortschwall der jungen Frau war.

Als sie ihre Fassung zurückerlangt hatte, öffnete Cecilia die Tür weiter und sagte: „Tretet doch ein."

Maria strahlte sie an. „Gern."

Im Haus meinte sie dann: „Euer Brief hat mich sehr erschreckt. Wie geht es meinem Bruder?"

„Nun er ... er fiebert. Meine Freundin sagt, er hat eine Wundentzündung."

„Wie das?"

„Wilhelm hat sich gegen die Entführer gewehrt und einen Pfeil ins Bein bekommen. Die Wunde ist nicht versorgt worden."

„Was ist nun eigentlich genau passiert?"

„Das wird er Euch wohl am besten selbst erzählen können, wenn er genesen ist. Andernfalls werde ich Euch die Geschichte erzählen, wenn mehr Zeit ist."

Maria wurde blass. „Meint Ihr etwa ... er könnte nicht gesund werden?"

Cecilia atmete tief durch. Sie wusste, wie schwer solch eine Nachricht einen liebenden Menschen traf, sie hatte es ja am eigenen Leib erfahren. „Es ist jedenfalls nicht auszuschließen, dass Wilhelm ...", ihre Stimme war nur noch ein Krächzen, „... sterben könnte."

Einen Moment herrschte Schweigen. Maria schluckte schwer. „Kann ich zu ihm?"

Cecilia zögerte. „Meint Ihr, es zu schaffen?"

Ein trauriges Lächeln trat auf das Gesicht von Wilhelms Schwester. „Ich kenne meinen Bruder seit Beginn meines Lebens. Ich glaube nicht, dass mich noch etwas erschrecken kann."

Cecilia war sich zwar immer noch nicht ganz sicher, aber sie lief los und Maria folgte ihr zur Krankenkammer. Sie ließ ihre Schwägerin zuerst eintreten und trat hinter ihr ebenfalls ein. Kaum hatte Maria Wilhelm erblickt, schlug sie entsetzt die Hand vor den Mund. Die Tränen stiegen ihr in die Augen. Dann lief sie aus dem Zimmer, Cecilia folgte ihr.

Auf dem Gang schluchzte Maria hemmungslos. Cecilia umarmte sie und die junge Frau weinte an ihrer Schulter weiter. Cecilia bereute schon, Maria geschrieben zu haben. „Es tut mir leid. Ich hätte Euch nicht schreiben sollen."

Maria schniefte. „Oh nein, es ist nur ... Wilhelm war für mich immer der starke, unverwundbare Bruder, mein Beschützer. Ihn jetzt so zu sehen ..."

„Ich hätte Euch diesen Schmerz nicht bereiten sollen."

„Es war richtig von Euch, den Brief zu schreiben. Ich bin froh, dass ich den Brief doch noch lesen konnte."

„Wie meint Ihr das?"

„Mein Bruder Heinrich wollte den Brief verbrennen, aber ich konnte ihn retten. Dann habe ich Euren Boten gebeten, mich hierher zu bringen."

Cecilia hatte Mitleid mit der jungen Frau. Ihr Bruder musste ihr jegliche Freiheit nehmen. Maria war nur ein Jahr jünger und Cecilia wusste, dass sie so eine Bewachung nicht ertragen hätte.

„Außerdem", fuhr Maria fort, „habe ich mich ja auch über den Brief gefreut, zumindest über Eure zweite Mitteilung. Wo ist mein Patenkind?" Cecilia lächelte. Ihre kleine Tochter würde Maria von dem Kummer ablenken.

„In meiner Kammer. Kommt mit."

Auf dem Weg erzählte Cecilia noch: „Wilhelm und ich haben noch zwei weitere Kinder. Ich dachte, er hätte Euch und Eurem Bruder von den Geburten geschrieben?" Maria verzog das Gesicht. „Die Briefe wird Heinrich verbrannt haben. Schade. Ich hätte gern davon gewusst. Kann ich die beiden ebenfalls kennenlernen?"

„Natürlich! Ich kann sie dann holen."

Maria lächelte. „Ja, das wäre sehr schön. Mir scheint, ich habe viel versäumt."

So erreichten die beiden Frauen Kathreins Kammer und traten ein. Cecilia nahm ihre gerade aufgewachte Tochter aus der Wiege und ging mit ihr zu Maria.

„Eine wunderschöne Tochter. Ich bin sehr glücklich, ihre Patin zu werden."

„Wollt Ihr sie mal halten?"

Marias Augen glänzten. „Darf ich?"

„Aber ja." Vorsichtig ließ Cecilia ihr Kind in die Arme seiner Tante gleiten. „Kommt Ihr zurecht? Dann werde ich schnell meine beiden anderen Kinder holen."

Maria nickte. Also ging Cecilia ins Nebenzimmer.

„Mutter!" Jonas und Bertha kamen sofort zu ihr gelaufen. „Kommt mit. Ich möchte euch eure Tante vorstellen."

Neugierig folgten die beiden ihr und blieben bei Marias Anblick befremdet stehen.

„Kinder, das ist eure Tante Maria, die Schwester eures Vaters. Maria, das sind Jonas und Bertha."

Beim Frühstück am nächsten Morgen lernte Maria auch alle anderen Bewohner und Gäste des Hauses kennen: Anna Eberlein, die Söhne Jakob und David, sowie Kathrein. Nur Katarina, die Tochter der Eberleins, und den Hausherrn konnte Cecilia ihr nicht vorstellen. Erstere, weil sie geheiratet hatte und nicht mehr hier wohnte, und letzteren, weil er geschäftlich unterwegs war.

Dann kamen Karl und Florian an die Reihe. „Das ist Junker Florian von Nesselroth, Junker Matthias kennt Ihr ja bereits und dies ist Junker Karl von Trotha."

Beide standen auf und verneigten sich. Dann küsste erst Florian, dann Karl Marias Hand. Als der Trothaer diese formelle Begrüßung vollzog, machte sich flammende Röte in Marias schönem Gesicht breit.

„Wir freuen uns euch kennen zu lernen", erklärte Florian mit vollendeter Höflichkeit.

„Die Freude ist ganz auf meiner Seite", entgegnete Wilhelms Schwester mit einem schüchternen Blick zu Karl.

In Cecilias Augen blitzte es. Es war nicht zu übersehen, dass Maria Gefühle für Karl empfand.

Auch Florian schien erstaunt, denn sein Freund, der mit seiner Wortgewandtheit so mancher Dame den Kopf verdreht hatte, brachte keinen Ton heraus.

Als alle aßen, sagte Kathrein: „Wenn Wilhelm in den nächsten Tagen nicht aufwacht, ist er verloren."

Cecilia hörte auf zu essen. „Ich werde bei ihm bleiben."

„Erlaubt Ihr, dass ich Euch begleite?", fragte Maria.

Cecilia wollte schon bejahen, als ihr die dicken Augenringe ihrer Schwägerin auffielen. Maria hatte die ganze letzte Nacht bei Wilhelm verbracht.

„Versteht mich nicht falsch, aber es wäre wohl besser, wenn Ihr Euch schlafen legt. Ihr seht sehr müde aus."

Maria verstand. „Ja, ich glaube Ihr habt Recht."

Sie erhob sich. „Bis später, Frau Eberlein, Kathrein, David, Jakob, Matthias, Florian und ... Karl." Ihre Stimme zitterte leicht.

Die Genannten neigten ihre Köpfe.

Cecilia sah nach Maria. Die Kleine weinte und so beschloss sie, die Tochter mitzunehmen, als sie zu Wilhelm ging. Da er schlief, setzte Cecilia sich auf einen Stuhl und wiegte ihr Kind.

* * *

Das erste, was Wilhelm wahrnahm, war das Licht. Helles, rotes Licht, das durch seine geschlossenen Augen drang. Dann spürte er den Schmerz: Stechend und warm in seinem Kopf, stärker und brennend an seinem Bein.

Auch andere Dinge konnte Wilhelm nach und nach wieder wahrnehmen. Die Luft roch nach Kräutern und ganz leicht konnte er noch einen angenehmen, süßlichen Geruch erkennen. Schließlich fühlte Wilhelm sich bereit, für den nächsten, wichtigsten Schritt: Das Öffnen der Augen. Langsam blinzelte er gegen das Licht. Wilhelm spürte eine Bewegung irgendwo neben sich. Dann endlich öffnete er seine Augen ganz. Zuerst sah er die Decke eines Raumes, den er nicht kannte, danach drehte Wilhelm den Kopf in die Richtung, aus der er die Bewegung wahrgenommen hatte. Wilhelm erblickte eine blonde Frau mit einem Kind auf dem Arm. Er erkannte sie. Es war Cecilia, seine Frau und die Liebe seines Lebens.

Sie strahlte ihn an. „Willkommen zurück bei den Lebenden, Liebster. Ich habe dich vermisst."

Und dann beugte sie sich zu ihm hinunter und küsste ihn sanft auf die Lippen. Dieser Kuss brachte Wilhelm endgültig zurück. Was war wohl vorgefallen? Krampfhaft kramte er in seiner Erinnerung, aber nachdem er und Cecilia in Venedig in ihr Zimmer gegangen waren, klaffte ein großes Loch in seinem Gedächtnis. Gerade wollte Wilhelm Cecilia danach fragen, als er wieder das Kind sah und sich zu erinnern glaubte, dass Cecilia schwanger gewesen war.

„Ist das unser Kind?" Seine Stimme klang heiser und kratzig. Cecilia lächelte. „Ja. Das ist unsere Tochter."

Auch Wilhelm lächelte. „Danke."

Jeder andere hätte wohl gefragt ‚Wofür?' oder den Dank lediglich auf das Kind bezogen. Nicht so Cecilia. Wilhelm ahnte, dass sie wohl fast die ganze Zeit nicht von seiner Seite gewichen war und sie wusste das.

„Warte kurz. Ich hole dir jemanden", sagte Cecilia mit geheimnisvollem Lächeln. Schon war sie verschwunden, kehrte jedoch bald zurück und führte, zu Wilhelm grenzenloser Verblüffung, seine Schwester an der Hand.

„Maria!"

„Gott sei gedankt! Du lebst!", rief sie, stürzte auf ihn zu und schlang ihre Arme um ihn. Wilhelm strich sanft über ihr Haar

„Sag, wie kommst du hier her, Schwester?"

„Cecilia hat mich hergeholt, um dir beizustehen und Taufpatin eurer Tochter zu werden."

Wilhelm sah zu Cecilia. „Du hat sie Maria genannt?"

„Ja. Ich dachte, du freust dich darüber."

„Ich liebe dich."

„Ich liebe dich auch." Beinah hätte sie Tränen des Glücks geweint.

„Also, ich lasse euch dann mal wieder allein", meinte Maria, die sich wie vergessen fühlte, und ging hinaus.

„Wo sind wir?", fragte Wilhelm.

„In Frankenhausen. Bei den Eberleins."

„Wie lange habe ich denn geschlafen?"

„Gute zwei Monate. Du hattest starkes Fieber."

„Was ist überhaupt passiert? Ich erinnere mich nur noch an unser Wiedersehen in Venedig."

„Du hast hohes Fieber bekommen und bist eingeschlafen. Auf der Heimreise warst du manchmal auch kurz wach, aber bist dann immer wieder in Schlaf, ... in Ohnmacht gefallen."

Wilhelm bemerkte den Schmerz, der sich bei der Erinnerung auf Cecilia Gesicht zeigte.

„Das muss sehr schwer für dich gewesen sein." Sie nickte. „Ich bin so froh, dass du wieder aufgewacht bist. Ich hatte furchtbare Angst, dass du sterben könntest."

Er streckte seine Hand aus und Cecilia ergriff sie.

„Sind alle hier?"

„Ja. Karl, Florian, Matthias ... Möchtest du sie sehen?"

„Schon, aber ... zuerst die Kinder."

„Sie werden alle so froh sein, dass es dir wieder besser geht", murmelte Cecilia.

Sie holte Jonas und Bertha.

„Vater!" Alle beide kamen auf Wilhelm zu gestürmt und umarmten ihn.

„Seid vorsichtig!", mahnte Cecilia, doch ihr glückliches Gesicht nahm ihren Worten die Härte.

Auch Wilhelm war glücklich. Seit er wieder erwacht war, wollte sein Herz förmlich überschäumen vor Freude. Er drückte Jonas und Bertha fest an sich, so, als wollte er sie nie wieder loslassen.

Schließlich brachte Cecilia die Kinder wieder in ihr Zimmer. Weil Kathrein gesagt hatte, Wilhelm solle sich noch schonen, hatte er zugestimmt, dass Karl, Florian und Matthias erst morgen zu ihm kommen würden.

* * *

So wurden die nächsten Tage wesentlich heiterer als die vorangegangenen. Nachdem das Fieber überwunden war und die Wunde immer besser heilte, hatte Wilhelm das Bedürfnis, endlich wieder zu laufen. Tatsächlich kam er dann auch bald zur großen Freude aller zum Essen in die Stube im Erdgeschoss herunter und es war, als hätte er nie gefehlt. Cecilia war einfach glücklich. Ihr war, als wolle das Herz vor Freude zerspringen.

An einem Abend, Cecilia hatte gerade Wilhelms Wunde neu verbunden und wollte gehen, griff er nach ihrer Hand und hielt sie zurück. Er zog sie zu sich herunter und küsste sie. Aus Wilhelms Kuss sprach pure Leidenschaft und Cecilia wusste, woran er dachte.

„Fühlst du dich denn kräftig genug?", fragte sie zweifelnd.

„Ja", antwortete Wilhelm, „ich sehne mich nach dir."

Cecilia fühlte nicht anders, also beugte sie sich zu ihm und küsste in ebenso leidenschaftlich. Dann zogen sie sich langsam gegenseitig aus und erkundeten den Körper des anderen, als wäre es das erste Mal. Cecilia fuhr mit dem Finger über jede von Wilhelms Narben, die er während seiner Gefangenschaft durch die Folter erlitten hatte. Wilhelm küsste jeden Wirbel ihres Rückens und flüsterte bei jedem: „Ich liebe dich."

Mit geschlossenen Augen genoss Cecilia die Liebkosung. Schließlich liebte Wilhelm sie mit einer Ernsthaftigkeit, die Cecilia beinah erschreckte. So wie ein Geschenk, als wüsste er, dass er das alles um ein Haar für immer verloren hätte. Danach lag Cecilia in Wilhelm Armen und eine Weile schwiegen beide.

„Ich hatte viel Zeit zum Nachdenken", brach Wilhelm das Schweigen.

„Worüber?"

„Über die Zukunft. Besonders über Ludwig."

„Über Ludwig?"

„Ja. Ich frage mich noch immer, was in Meiningen passiert ist."

„Du willst es also unbedingt wissen?"

„Ja, ich muss wissen, was Ludwig getan hat."

„Also gut. Er und seine Kumpane haben mich bedroht, weil sie dachten, ich wüsste von deiner Entführung. Mir ist nämlich vor deinem Onkel herausgerutscht, dass du lebst, weil ich das glauben wollte. Ich habe mich dann trotz der Drohungen heimlich mit Karl und Florian getroffen. Der Wirt hat mich jedoch verraten und eines Abends stand Ludwig vor der Tür. Er ... hätte mich fast vergewaltigt, aber deine Freunde müssen irgendwie davon erfahren haben und retteten mich."

Wilhelm drückte sie noch fester an sich. „Es tut mir so leid, was du ertragen musstest. Ludwig wird das büßen."

„Was hast du vor?" Cecilia hatte die Stirn in Falten gelegt.

„Ihn anklagen."

„Bei deinem Onkel?"

„Nein. Ludwig ist selbst Vogt geworden. Mein Onkel hat keine Macht mehr über ihn."

Cecilia riss die Augen auf. „Du willst doch nicht ...?"

„... vor das Landding? Und ob!"

„Aber ... Ludwig wird alles abstreiten!"

„Das weiß ich. Aber er hat Unrecht. Das wird früher oder später herauskommen."

Sie hatte nachgedacht. „Vielleicht ist das keine schlechte Idee."

„Es ist die einzige Möglichkeit."

„Willst du sofort nach Weimar aufbrechen, wenn du vollständig gesund bist?"

„Nein. Ich möchte vorher zu meinem Onkel. Er soll wissen, dass ich nicht tot bin. Außerdem muss er uns helfen. Wenn wir einen angesehenen Vogt als Fürsprecher haben, könnte dies die Sache vereinfachen."

„Du willst nach Meiningen zurückkehren?"

„Ja. Ludwig ist wahrscheinlich nicht da. Und wenn ...", sein Gesicht verfinsterte sich, „... soll er es wagen, dir etwas anzutun!"

„Ich liebe dich. Ich bleibe an deiner Seite, bei allem", sagte Cecilia.

Während der Morgenmahlzeit erzählte Wilhelm auch den anderen von seinem Plan. Zuerst blickten sie ihn beinah erschrocken an.

„Du willst wirklich vor das Landding?", fragte Karl mit weit aufgerissenen Augen.

„Ja, das will ich. Ludwig gehört zur Rechenschaft gezogen und das geht nur vor Gericht."

Florian hatte die Stirn gerunzelt. „Ich glaube, du hast Recht. Es ist die einzige ehrenwerte Lösung. Ich komme mit dir."

Wilhelm und er sahen nun Karl an. Der schüttelte den Kopf. „Gut, ich bin dabei."

„Was ist mit dir, Matthias?", fragte Wilhelm seinen Knappen.

„Ich folge Euch überall hin, Herr", antwortete dieser fest.

* * *

Maria hatte sich entschieden, ihren Bruder und die anderen nach Meiningen zu begleiten. Sie wollte gern ihren Onkel wiedersehen und außerdem hatte sie kein Bedürfnis, so schnell zu Heinrich nach Gera zurück zu kehren. Er würde nur weiter versuchen, sie zu verheiraten und ihr Vorwürfe machen, dass sie ausgerissen war.

Nach einer weiteren Woche in Frankenhausen war Wilhelm fast vollständig gesundet. Karl und Florian hatten ihm während dieser Zeit ein Pferd besorgt, denn Cajetan war wahrscheinlich von Ludwig getötet worden. Dann endlich machten sie sich munter auf den Weg. Maria war eine recht gute Reiterin, obwohl der Damensattel ihr immer wieder Schwierigkeiten bereitete. Den Tag über ritten sie durch und in der Nacht schliefen sie mit schmerzendem Hinterteil im Freien.

Es war die zweite Nacht, als Maria sanft an der Schulter gerüttelt wurde.

„Maria?"

Sie schlug die Augen auf und sah um sich nur Dunkelheit. Unscharf konnte sie die Umrisse einer Person neben sich wahrnehmen. Wer war das? Sie hatte nicht auf die Stimme geachtet.

„Es tut mir leid, Euch zu dieser Zeit zu wecken, doch ich wollte unter vier Augen mit Euch sprechen. Ich hatte mich bis jetzt nicht getraut."

„Junker Karl?" Ihre Stimme war viel höher als sonst.

„Ja, wäret Ihr bereit mit mir zu sprechen?"

„Ja", hauchte Maria.

„Gut. Ich würde sagen, wir gehen ein Stück von hier weg." Sie nickte, ehe ihr aufging, dass er das wohl gar nicht sehen konnte. „Ja!"

„Dann nehmt meine Hand." Maria streckte ihre Hand nach seiner aus und fand sie sofort. Karls Hand war warm. Maria errötete, wie jedes Mal, wenn sie ihn nur sah und war froh, dass er das nicht sehen konnte.

Karl half ihr auf und langsam folgte Maria ihm hinter einige Bäume, ein Stück entfernt von den Schlafenden. Dort angekommen konnte Maria ihre Anspannung nicht länger im Zaum halten.

„Was habt Ihr mir zu sagen?"

„Nun ...", er räusperte sich. Sie konnte seine Anspannung förmlich fühlen. „Ich wollte Euch sagen, dass ... von dem Moment an, als ich Euch das erste Mal sah ... ich mich in Euch verliebt habe."

Marias Herz machte vor Freude einen Sprung, aber sie war unfähig, auch nur ein Wort über die Lippen zu bringen. Sie nahm allen Mut zusammen um zu beginnen.

„Ich ..." Doch plötzlich wurde Maria klar, dass es eine viel bessere Methode gab, denn ihre Stimme gehorchte ihr noch immer nicht ganz. Sie nahm Karls Hände und ging auf ihn zu. Trotz der Dunkelheit fanden ihre Lippen wie von selbst zueinander. Nach scheinbar endloser Zeit lösten sie sich voneinander und Maria glaubte, ein Lächeln auf Karls Gesicht zu erkennen. Völlig unerwartet kniete er plötzlich vor ihr nieder.

„Maria, wenn du also genauso fühlst wie ich, möchte ich dich fragen, ab du mir die Ehre erweist und meine Frau wirst."

Maria brauchte erst einen Moment um den Sinn seiner Worte zu erfassen. Er wollte sie heiraten? Heinrich hatte ihr immer wieder Heiratskandidaten vorgeschlagen, aber sie hatte jedes Mal abgelehnt. Doch dieses Mal war alles anders: Der Mann vor ihr liebte sie und sie liebte ihn.

„Ja! Ja ich will." Nun stiegen ihr Tränen in die Augen. Karl erhob sich und sie fiel in seine Arme.

„Ich wollte erst deine Zustimmung. Morgen werde ich Wilhelm um deine Hand bitten", murmelte er irgendwo über ihrem Ohr.

„Das wird nicht genügen."

„Weshalb nicht?"

„Wilhelm ist nicht mein Vormund. Das ist mein Bruder Heinrich."

„Dann ... werden wir morgen nach Gera reiten, wenn du damit einverstanden bist."

„Ja. Lass uns das tun."

Während der Mittagspause am nächsten Tag machte Karl sein Wort wahr.

„Wilhelm, ich möchte dich um die Hand deiner Schwester bitten", platzte er heraus.

Alle in der Runde schienen überrascht. Auch Wilhelm schaute den Freund verwundert an.

„Aber ich bin nicht ihr Vormund."

„Ich weiß. Aber wir wollten dich trotzdem um deinen Segen bitten." Er sah kurz zu Maria.

„Nun, dann …" Wilhelm tauschte einen kurzen Blick mit Cecilia und sie nickte kaum merklich. „So sollt ihr meinen Segen bekommen." Er lächelte. „Ich hätte nicht gedacht, dass du jemals heiratest, mein Freund."

„Tja, die Liebe trifft einen unverhofft", antwortete Karl glücklich. „Maria und ich werden gleich heute nach Gera reiten und Heinrich um seine Zustimmung bitten. Wir werden pünktlich in Weimar sein, versprochen."

LANDDING IN WEIMAR

Heinrich XXIV. war mehr als überrascht, als seine Schwester den Audienzsaal betrat. War Maria schon zurück? Er hatte erwartet, sie nach ihrem Verschwinden nicht so schnell wiederzusehen. Und sie war nicht allein. Ein junger Mann mit dunklen Haaren und blauen Augen war bei ihr. Der Vogt runzelte die Stirn.

„Maria. Schon zurück?" Sein Ton klang zynisch.

„Ja, Bruder."

„Wer ist dein Begleiter?"

Der junge Mann verneigte sich. „Ich bin Karl von Trotha, Sohn des Willibald von Trotha."

„Nun, Trothaer, was wollt Ihr von mir?"

„Ich bitte Euch um die Hand Eurer Schwester."

Heinrich war ehrlich erstaunt. „Und du bist so einfach damit einverstanden, Maria?"

„Voll und ganz."

Der Vogt sah sich in einer Zwickmühle. Dieser nachgeborene Niemand war nicht die Partie, die ihm nutzen konnte.

„Wäret Ihr so freundlich, mich mit meiner Schwester kurz allein zu lassen?", bat er Karl. Dieser verließ den Raum.

„Was fällt dir ein?", zischte Heinrich wutentbrannt, kaum dass der Ritter den Saal verlassen hatte. „Jeden vermögenden Edelmann lehnst du ab, aber diesen unbedeutenden Habenichts willst du heiraten?"

„Ja, weil ich ihn liebe", antwortete Maria ruhig.

„Meinst du etwa, irgendjemand in unseren Kreisen heiratet aus Liebe?"

„Ja."

Heinrich ließ sich von dieser Antwort nicht beirren. „Und würde die gnädige Dame mir dann auch freundlicherweise ein Beispiel nennen?"

„Wilhelm und Cecilia."

Der Herr von Gera und Plauen hielt einen Moment inne. Dass Maria darauf eine Antwort wusste, damit hatte er nicht gerechnet.

Die Zeit, die er sprachlos war, nutzte Maria, um weiterzusprechen. „Außerdem bin ich alt genug, um selbst zu entscheiden, wen ich heirate. Aber leider Gottes bist du mein Vormund. Also sag nun bitte ja."

Heinrich beschloss, sich geschlagen zu geben. Eigentlich war die Hauptsache, dass Maria nicht länger als alte Jungfer galt und er sie endlich loswurde.

„Nun gut, ich bin einverstanden. Aber rechne nicht damit, dass du eine Mitgift bekommst."

Seine Schwester funkelte ihn wütend an. Nun war es auch um ihre Ruhe geschehen. „Die Mitgift steht mir von Rechts wegen zu! Du kannst sie mir nicht verweigern."

Heinrich lächelte süffisant. „Und ob ich das kann. Also entweder die Mitgift oder dein Habenichts."

Maria lächelte beinah amüsiert. „Das ist nicht dein Ernst!" Sie lachte. „Ich verzichte darauf." Damit verließ sie den Saal.

* * *

Sieben Personen umfasste die Gruppe um Wilhelm und Cecilia, als sie Meiningen erreichten. In der Stadt hatte es natürlich die Runde gemacht, dass der Neffe des Vogtes ermordet worden war. Umso überraschter waren die, die ihn kannten, als Wilhelm, der immerhin schon seit seinem achten Lebensjahr zu den Bürgern von Meiningen gehörte, durch die Straßen ritt.

Wilhelm IV. hatte von einem Wachposten bereits erfahren, dass sein Neffe eintraf. Zuerst war er einen Moment wie erstarrt sitzen geblieben und hatte die Nachricht nicht begreifen können. Als er nun im Hof stand und die Gruppe herein reiten sah, zeigte sein

Gesicht noch immer Unglauben. Es verwandelte sich jedoch in Freude, als er tatsächlich Wilhelm erkannte.

Cecilia war gerade vom Pferd gestiegen, als sie hörte, wie jemand rief: „Wilhelm, du lebst!"

Es war der Vogt, der mit ausgebreiteten Armen auf seinen Neffen zulief und ihn umarmte. „Gott sei gedankt! Ich dachte, ich hätte dich verloren", sagte er.

„Nein, Oheim. Ich lebe, auch wenn ich dem Tod sehr nah war", antwortete Wilhelm.

Sein Onkel ließ ihn los und sah ihn einen Moment besorgt an.

„Es ist alles in Ordnung", beantwortete Wilhelm die stumme Frage.

„Kommt erst mal in den Palas. Wir können in Ruhe im Rittersaal reden", meinte der Vogt. „Willkommen zurück, Florian, Matthias, Cecilia."

Alle vier verneigten sich.

„Vielen Dank, dass Ihr uns so großzügig Urlaub gewährt habt", sagte Florian. Wilhelm IV. lächelte. „Ich muss mich bei euch bedanken. Dank euch ist Wilhelm nicht tot."

Auf dem Weg durch die Burg sagte der Vogt zu Cecilia: „Es tut mir leid, dass ich dir nicht geglaubt habe, als du sagtest, Wilhelm würde leben."

„Ich konnte es Euch nicht verübeln", antwortete sie mit einem Lächeln. „Ich habe ja selbst manchmal gezweifelt."

Im Rittersaal forderte Wilhelm IV. den Neffen auf zu erzählen, wie es ihm ergangen war. Mit wachsendem Entsetzen lauschte der Vogt Wilhelms Geschichte. Danach ließ er sich auch von Cecilia und Florian berichten. „Wo ist eigentlich Karl?", fragte er dann.

„Er ist in Gera und hält um die Hand von Maria an", antwortete Wilhelm.

„Karl will Maria heiraten?"

„Ja. Sie haben sich ineinander verliebt", sagte Cecilia.

„Onkel, wir müssen mit Euch reden. Es ist wichtig", Wilhelm hatte offenbar beschlossen, mit dem Grund ihres Kommens herauszurücken.

„Was gibt es?", fragte sein Onkel.

„Nun, wir haben vor, Ludwig beim Landding anzuklagen und wollten um deine Hilfe bitten. Es wird unserer Sache bestimmt zuträglich sein, wenn wir einen angesehenen Fürsprecher haben."

„Das ist eine schwierige Angelegenheit, die ihr da vorhabt. Wenn Ludwig gut genug lügt, vielleicht noch Beweise fälscht, könntet ihr alle große Probleme bekommen."

„Das wissen wir, aber unser Entschluss steht fest. Es ist die einzige Möglichkeit, um Ludwig ehrenhaft zu bestrafen", erwiderte Wilhelm.

Der Vogt nickte. „Ja, das stimmt allerdings ... Also gut, ich werde euch begleiten und euch helfen."

„Vielen Dank, Oheim."

Nach einer Nacht in Meiningen machten sie sich auf den Weg nach Weimar. Mit der Betreuung von Jonas und Bertha hatte Wilhelms Oheim die Frau des Burgkommandanten beauftragt, die selbst eine kleine Tochter hatte, und so blieben sie in Meiningen. Nur Maria reiste in einem Tuch um Cecilias Bauch mit zum Landding, wo über die Zukunft entschieden würde.

Genau an dem Tag, als das Landding begann, erreichte die Gruppe Weimar. Sofort ritten sie auf die Burg Hornstein und überließen ihre Pferde den Knechten.

Als Wilhelm, Cecilia, Florian, Matthias und Wilhelm IV. den Schlosshof betraten, herrschte schon reges Gedränge. Viele Edle des Landes schienen angereist zu sein, um vor dem Kurfürsten Streitigkeiten schlichten zu lassen.

„Wollen die alle Klagen erheben?", flüsterte Cecilia Wilhelm zu.

„Nein. Viele wollen sich einfach nur zeigen, um sich beim Kurfürsten einzuschmeicheln." Man konnte die Verachtung über diese Speichellecker heraushören.

Ehe Cecilia etwas sagen oder weiter fragen konnte, nahmen zwei Bekannte ihre Aufmerksamkeit in Anspruch. Es waren Karl und Maria. Beiden konnte man das Glück förmlich ansehen.

„Mir scheint, Heinrich hat der Heirat zugestimmt", sagte Wilhelm und konnte ein Lachen nicht unterdrücken.

Maria verzog das Gesicht. „Glaub nicht, dass es einfach war, aber letztendlich hat er seine Erlaubnis gegeben."

„Werdet ihr in Meiningen bleiben?", fragte Cecilia.

„Nein", antwortete Karl und dabei konnte man sehen, dass er dem damit drohenden Abschied mit einem weinendem und einem lachendem Auge entgegensah.

„Ich habe meinem Vater von meiner Verlobung geschrieben. Er freut sich für mich und hat geschrieben, dass er mich als Hochzeitsgeschenk zum Vogt von Schkopau macht, ein ganzes Stück nördlich von hier. Deshalb werden wir dorthin ziehen."

„Also werden wir uns trennen?", fragte Florian. Bei ihm hörte man den Schmerz in seiner Stimme, während Cecilia ihn in Wilhelms Gesicht sah. Es war für alle drei schwer, das wusste Cecilia. Das Trio hatte beinah sein ganzes bisheriges Leben zusammen verbracht. Diesmal war es keine Trennung für kürzere Zeit, wie bei Wilhelms Suche nach Cecilia oder seiner Entführung, sondern im Grunde für immer.

Bevor man weiter reden konnte, kündigten Fanfaren das Erscheinen von Johann dem Beständigen an. Alle Blicke richteten sich auf den Balkon hoch über der Ansammlung. Die bekannte Gestalt Johann des Beständigen erschien und hinter ihm traten sein Sohn und Erbe Johann Friedrich und dessen Frau Sybille von Jülich-Kleve-Berg auf die Empore.

„Seid willkommen, Edle des Reiches! Lasst uns sofort beginnen. Wer möchte als Erster sein Ansinnen vortragen oder Klage erheben?"

Mehrere Edelleute kamen nacheinander an die Reihe und ließen ihre Streite schlichten. Es waren eher unspektakuläre Dinge. Fragen darüber, wie man das Gesetz in bestimmten Fällen auslegen sollte.

Schließlich, nachdem der Kurfürst erneut gefragt hatte, wer eine Klage vorzubringen hätte, ging Wilhelm nach vorn. Nun erst machte sich die Anspannung in Cecilia breit. Die nächsten Augenblicke würden über ihre Zukunft entscheiden.

Noch im Laufen rief Wilhelm: „Ich habe eine Anklage, mein Fürst!" Er verneigte sich vor der Empore.

„Wer seid Ihr?", fragte Johann der Beständige.

„Mein Name ist Wilhelm von Henneberg."

„Sprecht, Junker Wilhelm, welche Klage habt ihr vorzubringen und gegen wen?"

„Ich klage Ludwig von Erffa an, mich entführt, gefangen gehalten, gefoltert und schließlich als Sklave verkauft zu haben."

Aufgeregtes Gemurmel setzte unter den Zuhörern ein. Das versprach, ein spannender Fall zu werden. Cecilia sah, wie Ludwig nach vorne lief und dabei rief: „Das ist eine Verleumdung! Er lügt!"

Hinter ihm kam eine rothaarige Frau gelaufen und blieb ganz vorn stehen. Das musste Dorothea sein. Wilhelm hatte Cecilia erzählt, dass sie mindestens ebenso durchtrieben war wie Ludwig, wenn nicht sogar noch mehr.

„Ich lüge?", fragte Wilhelm wütend. Er schlug seinen einen Beinling noch oben, bis man die Verletzung sehen konnte. „Lügt auch dieser Beweis? Diese Wunde wurde mir von Ludwigs Reitern zugefügt, als sie mich entführten."

„Das hast du dir selbst zugefügt!", hallte Ludwigs Stimme von den Wänden wieder. „Man will mich verleumden!"

„Warum sollte ich mir eine Wunde selbst beibringen? Das ist Unsinn!", erwiderte Wilhelm.

Um Ruhe zu erreichen, stand der Kurfürst auf.

„Meine Herren, dieser Disput wird zu keinem Ergebnis führen. Die Zeugen werden befragt. So erhalten wir schneller Klarheit. Junker Wilhelm, lasst Eure Zeugen vortreten. Sie sollen auf das Kreuz schwören, dass sie die Wahrheit sprechen."

Wilhelm nickte kaum merklich Karl, Florian und seinem Onkel zu. Die drei Männer traten zu ihm. Cecilia wäre am liebsten ebenfalls nach vorn gelaufen und sie wusste, dass es Matthias nicht anders ging. Aber sei beide hatten vor Gericht keine Stimme und ihre Aussage galt nicht.

Inzwischen hatten Karl, Florian und Wilhelms Onkel sich verbeugt. Wilhelm stellte sie vor. „Dies ist mein Oheim, Vogt Wilhelm IV. von Henneberg. Und das sind die Junker Karl von Trotha und Florian von Nesselroth."

Der Kurfürst hatte sich vorgebeugt und sah mit zusammengekniffenen Augen auf Karl und Florian. „Kenne ich euch?"

Karl verneigte sich erneut.

„Wir waren vor einigen Monaten bereits hier und haben euch über die Gräueltat in Ellingshausen in Kenntnis gesetzt."

„Richtig. Nun ...", der Fürst machte eine gebieterische Handbewegung, „... fahrt fort."

Ein Priester trat heran, in der Hand ein großes Kreuz. Karl legte als erster zwei Finger darauf. „Ich schwöre, dass Ludwig von Erffa den Junker Wilhelm von Henneberg auf schändliche Weise gefangen gehalten hat und dasselbe auch mit mir und Junker Florian tat. Ich schwöre weiterhin, dass wir ihn in Venedig wiedergefunden und ihn nach Frankenhausen gebracht haben." Er trat zurück.

Nun war Florian an der Reihe. „Ich schwöre dasselbe wie Junker Karl. Ludwig hat Junker Wilhelm gefangen gehalten und uns beide ebenso. Wir haben Wilhelm in Venedig wiedergefunden, nachdem er aus der Sklaverei geflüchtet war."

Als letzter legte Wilhelms Onkel die Finger auf das Kreuz. „Ich schwöre, dass die Worte der beiden Ritter der Wahrheit entsprechen."

Diese wenigen Worte waren der Ausschlag dazu, dass die Waage der Gerechtigkeit auf Wilhelms Seite kippte.

„Vielen Dank, meine Herrn. Vogt Ludwig, wie verteidigt Ihr Euch?", tönte die Stimmer des Kurfürsten über den Hof.

„Ich denke, um die Wahrheit herauszufinden, wäre ein Gottesurteil angebracht", meinte Ludwig.

Cecilia lächelte grimmig. Ludwig sah keinen anderen Ausweg, um seine Ehre zu erhalten.

„Nehmt Ihr diesen Vorschlag an, Junker Wilhelm?", fragte der Kurfürst.

Wilhelm nickte. „Ja, ich nehme an."

Johann der Beständige sah in die Runde der Versammelten. „Gut. Morgen zur neunten Stunde soll das Gottesurteil vollzogen werden. Möge Gott den Lügner strafen."

Die vorn Stehenden verneigten sich noch einmal und traten wieder zurück.

Cecilia beobachtete Ludwig und Dorothea und plötzlich wandte Dorothea sich zur Seite. Ihre bernsteinfarbenen Augen funkelten sie wütend an, dann drehte Ludwigs Frau sich wieder um und ging weiter.

Das Gottesurteil

Cecilia hatte keine Angst. Sie wusste, dass Gott auf ihrer Seite war, weil sie die Wahrheit sagten. Außerdem vertraute sie auf Wilhelms Kampfgeschick. Er war ein besserer Kämpfer als Ludwig und würde ihn besiegen.

Am Abend sagte sie zu Wilhelm: „Du wirst ihn besiegen. Ich glaube an dich."

Er lächelte sie an. „Das bedeutet mir sehr viel."

Am Tag des Kampfes schien die Sonne warm vom Himmel. In der Mitte des Hofes war der Kampfplatz in Form eines Quadrates eingezäunt. Wieder waren alle Adligen gekommen, um das Schauspiel zu sehen. Karl, Florian und Matthias hatten alle Mühe, Cecilia mit ihrer kleinen Tochter Maria und Wilhelm IV. einen Weg zu bahnen, aber dann standen sie ganz vorn.

Wieder erklangen die Fanfaren und der Kurfürst von Sachsen und Landgraf von Thüringen betrat den Balkon.

„Lasst uns also heute sehen, welcher der beiden Edelmänner die Wahrheit spricht. Die Regeln für das Gottesurteil sollte jeder kennen. Der Sieger darf den Besiegten töten oder, sofern der Ankläger gewinnt, den anderen zum Eingeständnis seiner Schuld zwingen. Die beiden Ritter sollen nun den Kampfplatz betreten."

Wilhelm und Ludwig, beide ohne Kettenpanzer und nur mit Schwert und Holzschild, traten in das Quadrat. Der Priester eilte herbei und die Gegner mussten schwören, dass ihre Sache gerecht war und sie nicht gelogen hatten.

„Möge Gott die Gerechtigkeit siegen lassen!", rief der Gottesmann und alle stimmten in sein Gebet ein.

* * *

Wilhelm stellte sich in die eine Ecke, Ludwig ihm gegenüber. Ein höhnisches Grinsen spielte um den Mund des Kontrahenten. „Mein wahrer Gott wird mir zum Sieg verhelfen und euch und euren lutherischen Teufel so schnell untergehen lassen, wie ihr gekommen seid", zischte er.

Kaum hatte Ludwig die Worte zu Ende gesprochen, als er schon auf Wilhelm zu stürmte und ihn mit einem wuchtigen Oberhau angreifen wollte. Wilhelm ahnte die Bewegung und fing den Schlag ab. Die Parierstangen glitten aneinander nach unten und Wilhelm spürte die angespannte Stimmung der Zuschauer. Dann löste Ludwig sein Schwert und versuchte erneut, ihn mit einem Schlag zu treffen. Wilhelm parierte wieder. Als diese Gefahr überstanden war, wollte er seinerseits angreifen und zielte auf Ludwigs Bauch. Doch sein Gegner war schneller und traf mit einem Seitenhieb Wilhelms Oberarm. Es brannte höllisch, aber er achtete nicht darauf und verhinderte mit einem kräftigen Schlag, dass die Klinge noch tiefer in sein Fleisch drang. Danach holte Ludwig erneut zu einem Oberhau aus, aber diesmal war Wilhelm schneller und stieß seinem Kontrahenten das Schwert in den Bauch. Blut spritzte auf und in Ludwigs Gesicht trat ein Ausdruck des Erstaunens. Er versuchte, Wilhelm noch zu treffen, aber mit einem wuchtigen Schlag schaffte dieser es, ihn umzuwerfen. Schließlich blieb Ludwig leblos liegen. Er war tot. Es war vorbei.

Jetzt erst drangen die Beifallsäußerungen der Menge und der Ruf des Kurfürsten an Wilhelms Ohr. „Junker Wilhelm, auf deiner Seite ist Wahrheit und Gerechtigkeit!"

Er konnte noch immer nicht fassen, dass es vorbei war. Es kam ihm vor wie ein Traum. Die jahrelange Schikane in Weida, die Entführung, seine, Karls und Florians Gefangenschaft, Cecilias Bedrohung und ihre versuchte Vergewaltigung – das alles war gesühnt.

Wilhelm verneigte sich in Richtung des Kurfürsten.

„Wilhelm von Henneberg, für deinen Mut und deine Tapferkeit mache ich dich hiermit, aufgrund der Kinderlosigkeit deines Onkels, zum anerkannten Erben von Meiningen und dem gesamten Hennebergischen Besitz deines Oheims."

Wilhelm konnte sein Glück kaum fassen. Zwar war der Plan ja schon länger gefasst, dass er die Besitzungen übernehmen sollte, aber bis jetzt hatte er nicht gewusst, wie er diesen Anspruch auch offiziell geltend machen konnte.

„Des weiteren", fuhr Johann der Beständige fort, „will ich dir, als Entschädigung für erlittenes Unrecht, einen freien Wunsch gewähren."

Wilhelm überlegte kurz. Dann sah er zu Cecilia, gab ihr ein Handzeichen, dass sie zu ihm kommen sollte und sagte: „Mein Fürst, ich danke Euch für Eure Güte. Es gäbe da tatsächlich noch einen Wunsch, den Ihr mir erfüllen könntet." Cecilia war neben ihm angekommen und sah ihn fragend an.

„Was ist Euer Wunsch?", fragte der Kurfürst.

„Mein Frau Cecilia ist nicht adlig. Ich bitte Euch, gebt ihr offiziell meinen Namen."

Der Herrscher nickte. „So sei es. Tretet vor, Cecilia von Henneberg."

Mit weichen Knien ging Cecilia einige Schritte nach vorn, dann sank sie nieder. Offenbar konnte sie es nicht fassen. Der Kurfürst hatte öffentlich die Anrede benutzt, die sie selbst schon lange verwendete und das bedeutete, dass sie jetzt rechtmäßig geadelt war.

„Ich kenne Euch ebenfalls, nicht wahr?", fragte Johann mit einem Lächeln.

„Ja, Herr", antwortete Cecilia mit noch immer zittriger Stimme. „Ich war mit Junker Karl und Junker Florian hier."

Der Kurfürst nickte. „Ich gratuliere Euch zu Eurer Erhebung. Ihr dürft Euch entfernen."

Cecilia kam zu Wilhelm zurück und er legte seinen Arm um sie. Gemeinsam mit ihren Freunden verließen sie die Burg, einer glücklichen Zukunft entgegen.

Epilog

Der Traum

Fremde Männer stürmten in den Raum. Sie waren bewaffnet. Ein Mann mit gepflegtem Bart und mürrischem Gesichtsausdruck trat nach vorn.
„Bruno! Was willst du hier?"
Eine junge Frau hatte den Raum betreten. Es war offensichtlich, dass sie bald ein Kind zur Welt bringen würde. Sie funkelte den Fremden wütend an. Der hielt ihr ein Papier entgegen.
„Da steht es schwarz auf weiß: Das Haus gehört mir!"
„Du willst mich auf die Straße setzen?" Ihre Stimme klang gereizt.
„Ja", antwortete der Mann namens Bruno ungerührt. „Nimm dein Balg und verschwinde!"
Er ging auf das kleine Mädchen zu, das mit großen Augen der Szene zugesehen hatte. Die Frau war ihm gefolgt.
„Fass sie nicht an!"
Als der Mann nach dem Kind greifen wollte, schlug sie ihm auf die Hand.

Schweißgebadet wachte Cecilia auf.
„Mutter", flüsterte sie, nachdem sich ihr rasender Atem beruhigt hatte. Die Erinnerung war durch den Traum zurückgekehrt. Ihre Mutter war hochschwanger aus Günzburg vertrieben worden. Deshalb hatte sie keinen anderen Ausweg gewusst, als zu Bertha nach Meiningen zu gehen.

Neben ihr wurde eine Kerze angezündet. Wilhelm hatte sich aufgesetzt und sah sie besorgt an.

„Was ist los? Du hast dich hin und her geworfen und geschrien."

„Mutter", flüsterte sie wieder.

„Du hast von ihr geträumt?"

„Ja. Es war die Erinnerung an damals, als meine Mutter mit mir Günzburg verlassen hat. Weißt du noch, als du mich einmal danach gefragt hast?"

Wilhelm nickte.

„Ich weiß jetzt, was geschehen ist. Meine Mutter wurde vertrieben."

Er sah sie überrascht an. „Was?"

„Ja. Im Traum habe ich mich wieder erinnert. Nach dem Tod meines ... Ziehvaters haben sie meine Mutter hochschwanger vertrieben."

Ein beinah wütender Ausdruck trat auf Wilhelms Gesicht. „Aber wer tut denn so etwas Unmenschliches?"

Cecilia schluckte. „Wahrscheinlich die Verwandten meines Vaters. Aber ich weiß es nicht. Es war ein Mann namens Bruno, nur das habe ich erfahren."

Nach einem Moment des Schweigens meinte Wilhelm: „Beruhige dich und lass uns noch etwas schlafen." Er blies die Kerze aus.

Erst als die Dunkelheit sie wieder umfing, konnte Cecilia wirklich die Dinge begreifen, die sie nun erfahren hatte. Die Wut über die, die letztendlich Schuld am Tod ihrer Mutter hatten, wurde übermächtig.

In diesem Moment schwor sie sich, ihrer Mutter Gerechtigkeit widerfahren zu lassen.

Nachbemerkungen

Nachdem ich mich im ersten Teil mit dem Bauernkrieg beschäftigt habe, geht es in diesem Teil vor allem um die Reformation. Für mich als Protestantin ist das ein Thema, das mich ganz persönlich berührte, wenn ich gelesen habe, wie die ersten Anhänger meiner Religion gelitten haben.

Zuerst einiges zum Thema Glaubensspaltung: Als ich mich über die Reichstage von Speyer und Augsburg informierte, war es vor allem eine Person, die mir imponierte: Johann der Beständige. Also machte ich ihn sozusagen zu meiner historischen Hauptfigur. Was ich in meinem Buch über ihn geschrieben habe, stimmt größtenteils mit der historischen Wahrheit überein. Fakt ist, dass der Kaiser ihm gedroht hat, die Kurfürstenwürde zu entziehen, wie ich es ja beschrieben habe, und Johann das „Augsburger Bekenntnis" trotzdem unterschrieb. Auch bei dem Protest in Speyer war Johann mit dabei, nachdem er sich von Anbeginn zu Luther bekannt hatte.

Was die Reichstage betrifft, habe ich mich möglichst an den wahren Ablauf gehalten. Das übernommene Zitat aus dem Augsburger Bekenntnis stammt aus „Evangelisches Kirchen-Gesangbuch".

Der eine oder andere denkt bestimmt, dass die Stelle, in der Cecilia Martin Luther begegnet, vollkommen an den Haaren herbeigezogen ist. Dazu sage ich: Nein! Tatsächlich war Luther ein häufig gesehener Gast beim sächsischen Kurfürsten und als ich das erfahren habe, musste ich einfach die Chance nutzen und diesen Mann, der die Religionsrichtung gegründet hat, der ich angehöre, kurz auftreten lassen.

Nun noch etwas zum Thema Sklaverei. Eine alte Regel, die zu der Zeit galt, besagte, dass keine gläubigen Christen versklavt werden durften. Allerdings hat es natürlich Fälle gegeben, in denen durch Lügen oder auch bewusst Christen verkauft wurden.

Das Osmanische Reich erstreckte sich zur damaligen Zeit vom Balkan bis zu der Grenze Ägyptens, war also das, was man als Großreich bezeichnet. Der Sultan Süleyman der Prächtige brachte sein Land zur Blüte brachte. Seinen Baumeister Sinan ließ er besonders in der Hauptstadt Konstantinopel (heute Istanbul) viele heute noch erhaltene, prunkvolle Bauwerke errichten. Dazu gehörte eben auch die Süleymaniye-Moschee, deren Bau in Wirklichkeit aber erst ab 1550 und nicht 1530 stattfand.

Kaiser Karl V. hatte sogar noch mehr Gebiete, als die, die ich genannt habe. Karl war der Sohn des Herzogs von Flandern, Philipp des Schönen, und der Infantin von Spanien, Juana von Kastilien. Karl wuchs in Burgund auf und so war seine Muttersprache Französisch. Und trotzdem er schließlich König von Spanien wurde, blieb sie es sein Leben lang.

Weil sein Großvater Kaiser des Heiligen Römischen Reiches war, bewarb sich Karl nach dessen Tod um die Kaiserwürde und wurde 1520, im Alter von zwanzig Jahren, zum Kaiser gekrönt. Wie ich schon in der Geschichte sage, sprach Karl V. kein Deutsch, sondern bediente sich des Lateinischen.

Seine gesamten Titel, wegen denen man auch sagte, Karl herrsche über ein Reich, in dem die Sonne nicht untergeht, will ich nun aber lieber nicht aufzählen, das würde zu lange dauern …

Verzeichnis der handelnden Personen

(* Kennzeichnung historischer Persönlichkeiten)

Meiningen:

Cecilia
Waise, Ziehtochter von Bertha, Magd, später Frau von Wilhelm von Henneberg

Wilhelm von Henneberg
Ritter, Neffe von Wilhelm IV. von Henneberg, später Ehemann von Cecilia

Johannes
Bruder von Cecilia

Bertha
Witwe, Ziehmutter von Cecilia und Johannes

Jonas und Bertha
Kinder von Cecilia und Wilhelm

Karl von Trotha und Florian von Nesselroth
Ritter, Freunde von Wilhelm

Ludwig von Erffa
Ritter, erbitterter Feind Wilhelms

Dorothea von Erffa
Gemahlin Ludwigs von Erffa, vorherige Kammerfrau der Maria von Reuß in Weida

Matthias
Wilhelms Knappe

Wilhelm IV. von Henneberg*
Vogt von Meiningen, Oheim von Wilhelm

Friedmar
Waffenmeister auf der Burg

Thomas Fuchs
Wagner und Ratsherr in Meiningen

Gerald
Freund von Johannes
Hartmut und Siegfried
Ritter, Ludwigs Kumpane

Frankenhausen:

Jörg Eberlein
Kaufmann und Ratsherr
Anna Eberlein
Gemahlin Jörg Eberleins
Katarina Eberlein
Tochter von Anna und Frank Eberlein, Freundin von Cecilia
David und Jakob Eberlein
Brüder von Katarina
Kathrein
Magd bei der Familie Eberlein, Freundin von Cecilia
Veit
Knecht im Dienste der Familie Eberlein
Cornelius Georgi
Medicus zu Frankenhausen

Personen auf Wilhelms Reise:

Süleyman II.*
„der Prächtige", Sultan des Osmanischen Reiches
Muhrad Sharim
Sklavenhändler, Freund Ludwigs
Shengil Al Assad
Sklavenaufseher in Konstantinopel
Jussuf, Karim und Elim
Sklaven im Palast des Sultans

Giovanni Ostini
Kaufmann aus Venedig
Juan
Knecht Giovanni Ostinis
Sergio und Alfonso
Geleitschutz für Giovannis Zug

Adel und Geistlichkeit:

Karl V. von Habsburg*
Kaiser des Heiligen Römischen Reiches Deutscher Nation
Ferdinand I. von Habsburg*
Bruder des Kaisers, König von Böhmen, Ungarn und Deutschland
Johann von Wettin*
„der Beständige", Kurfürst von Sachsen und Landgraf von Thüringen
Philipp I. von Hessen*
Landgraf von Hessen
Heinrich XXIII. von Reuß*
Vater von Wilhelm, Herr von Weida, Gera und Plauen
Heinrich von Reuß*
Sohn von Heinrich XXIII., ältester Bruder von Wilhelm, später Heinrich XXIV.*, Herr von Gera und Plauen
Georg von Reuß
Bruder von Wilhelm, Vogt von Weida
Maria
Schwester von Wilhelm, Heinrich und Georg
Georg III.*
Truchsess von Waldburg, Anführer des Schwäbischen Bundes
Konrad II. von Thüngen*
Bischof von Würzburg

Pater Jakobus
  Pfarrer in Gera
Martin Luther*
  Reformator
Wolfgang Stein*
  Hofprediger in Weimar

Weitere handelnde Personen:

Christian Beyer*
  Kanzler von Kurfürst Johann
Roland
  Ritter in Weida
Thomas Müntzer*
  Bauernführer
Sebastian Lotzer*
  Kürschner in Memmingen
Anton Heimer
  Händler auf dem Weg nach Nordhausen
Jakob Grünbaum und Otto Sorge
  Partner Anton Heimers, ebenfalls unterwegs nach Nordhausen
Johann Salzer
  Fuhrmann
Hellmuth Roth
  Gewandschneider in Rudolstadt
Eleonora Roth
  seine Gemahlin, Schwester von Anna Eberlein
Margarethe
  Magd bei der Familie Roth
Irene
  Magd auf Burg Erffa

GLOSSAR

Akçe:
bis zum Anfang des 19. Jh. verwendete osmanische Silbermünze

Allgäuer Haufen, Baltringer Haufen, Bodenseehaufen:
drei der größten Bauern-Haufen im Deutschen Bauernkrieg

Bliaut:
Übergewand

concilii niceani:
wörtlich: des Konzils von Nicea
Das Konzil wurde vom römischen Kaiser Konstantin I. im Jahr 325 nach Nicea (auch Nicäa) einberufen, um die Streitigkeiten zwischen verschiedenen christlichen Glaubensrichtungen zu schlichten, weil diese der Stabilität des Reiches abträglich waren. Ergebnis war das noch heute in fast allen christlichen Kirchen geltende Glaubensbekenntnis zum Wesen Jesu und zur Dreieinigkeit von Gott Vater, Sohn Jesus und Heiligem Geist, sowie die kanonische Fassung des Neuen Testaments.

Erffa:
kleine Stadt (heute Friedrichswerth) mit Wasserburg (heute Schloss) nw. von Gotha, Stammsitz derer von Erffa bis ins 17. Jh.

Fränkischer Haufen:
besonders in Thüringen herumziehender Haufen, der sich an zahlreichen Kämpfen und Stadtbelagerungen (auch Frankenhausen) beteiligte

Gulden:
im 16. Jahrhundert gebräuchliche Gold-, später auch Silbermünze; in Sachsen wurde der Gulden u. a. in Leipzig, Freiberg und Dresden geprägt

Junker:
Anrede für unverheiratete Männer aus niederem Adel, die kein Anrecht auf einen höheren Titel hatten

Kürschner:
Handwerker, der Tierfelle zu Pelzbekleidung und anderen Pelzprodukten verarbeitet

Landding:
vom Kurfürsten einberufene große Landesversammlung des Adels, bei der Rechtsstreitigkeiten der Burggrafen, Edelfreien, reichs- und kurfürstlichen Ministerialen verhandelt und die landespolitischen Fragen behandelt wurden

Landsknecht:
zu Fuß kämpfender, zumeist deutscher Söldner, im 15./16. Jh.

Paternoster:
lateinische Bezeichnung für das Vaterunser

Plebejer:
aus der Römerzeit stammendes Wort für das einfache („ungebildete") Volk

Schapel:
Reif, mit dem der Schleier befestigt wurde

Truchsess:
Vorsteher der Hofhaltung und oberster Aufseher der fürstlichen Tafel

Vogt:
Beamter, der für die Verwaltung und Sicherheit in seinem Verwaltungsbezirk verantwortlich war

Wagner:
alte Berufsbezeichnung für Hersteller von Wagen(-rädern) aus Holz

Werrahaufen:
Bauernhaufen im Bauernkrieg, der vor Meiningen lagerte und sich danach an der Schlacht von Frankenhausen beteiligte

Wormser Edikt:
Erlass Kaiser Karls des V. 1521 nach der Anhörung Martin Luthers auf dem Reichstag zu Worms. Das Edikt verhängte die Reichsacht über Luther und verbot jede Verbreitung seiner Lehren. Da von den Territorialfürsten nur teilweise durchgesetzt, wurde es 1529 auf dem Reichstag zu Speyer erneut bekräftigt, war jedoch weiter nur in katholischen Territorien wirksam

Zunfthaus:
Versammlungsort aller in einer Stadt ansässigen Zünfte

Danksagung

Mein Dank geht an:

- meine ganze Familie, weil sie mich beim Schreiben unterstützt, mitgefiebert und ihre Meinung gesagt hat,
- meine Mama, mit der ich einen ganzen Tag Korrektur gelesen habe und die immer für mich da war,
- meinen Papa, der sich immer einmal Passagen angehört und seine Meinung gesagt hat,
- meine Schwester Helen, für unermüdliches Zuhören und ihre Hilfe beim Recherchieren,
- meine Oma, die innerhalb von einer Woche Unmögliches vollbracht hat,
- meine besten Freundinnen Eli und Lia, die geduldig meine monatelange gedankliche Abwesenheit ertragen haben und ebenfalls manchmal „geschmökert" haben,
- Eli noch einmal extra, weil sie mit mir das (allererste) Cover entwickelt und mir geholfen hat,
- Lia noch einmal extra, die mit mir immer eine Engelsgeduld hatte und beim Abtippen geholfen hat,
- Herrn Dr. Manfred Silge, der mich beraten und den ganzen Prozess der Buchentstehung begleitet hat,
- meine Geschichtslehrerin Frau Reinhard, die mir die Bedeutung der „Zwölf Artikel" erklärte.

November 2012

Theres Wohlfahrt

Theres Wohlfahrt, geboren 1997, ist Schülerin des Gymnasiums „Fridericianum" zu Rudolstadt. Sie begann mit ihrem Roman „Die Rosenkette" im Frühjahr 2011. Nach der Niederschrift von „Der silberne Armreif" im Jahr 2012 wird sie den Zyklus dieser Erzählungen über Liebe und Intrigen in der Zeit des Deutschen Bauernkrieges und der Glaubensspaltung mit zwei weiteren Erzählungen abschließen.
Vorbild von Theres ist die Bestseller-Autorin Sabine Ebert. Ihre Texte sind jedoch in Inhalt und Stil eigenständig.
Theres´ Berufswunsch ist Historikerin.

Lesen Sie weiter von Theres Wohlfahrt:
(vorauss. Erscheinungstermin 2013)

Der Saphirgürtel
Die Holzschatulle